U0607529

和辛夷在一起的星期三

朱辉——著

中国书籍出版社
China Book Press

图书在版编目（CIP）数据

和辛夷在一起的星期三 / 朱辉著 . —北京 : 中国书籍出版社 , 2018.1
ISBN 978-7-5068-6676-7

Ⅰ . ①和⋯ Ⅱ . ①朱⋯ Ⅲ . ①短篇小说—小说集—中国—当代
Ⅳ . ① I247.7

中国版本图书馆 CIP 数据核字（2018）第 022426 号

和辛夷在一起的星期三

朱辉　著

图书策划　牛　超　崔付建
责任编辑　戎　骞
责任印制　孙马飞　马　芝
出版发行　中国书籍出版社
地　　址　北京市丰台区三路居路 97 号（邮编：100073）
电　　话　（010）52257143（总编室）（010）52257140（发行部）
电子邮箱　eo@chinabp.com.cn
经　　销　全国新华书店
印　　刷　三河市华东印刷有限公司
开　　本　650 毫米 ×940 毫米　1/16
字　　数　232 千字
印　　张　14.5
版　　次　2018 年 4 月第 1 版　　2021年 1 月第 2 次印刷
书　　号　ISBN 978-7-5068-6676-7
定　　价　46.00 元

目录

惘然记

子蔚爱上了一个男人。那个男人有家室，但他也很爱子蔚。子蔚和他在一起的机会不多。这固然跟他有家庭有关，主要原因还是：他太忙了。为了公务或生意，他经常在几个城市间穿梭往返，他乘着飞机在天上飞来飞去。有时候，子蔚站在阳台上，看着钻进云层的飞机，心里想，这是他乘的飞机吗？又要过多长时间才能见到他呢？再见到他时，子蔚就骂他：你真像是一只鸟儿啊，你是一个鸟人！后来，子蔚就经常用“鸟人”来称呼他。“鸟人”里的这个“鸟”字，子蔚读成“niao”，而不是别的。

好了，开始讲故事吧。子蔚的情人叫王杜。王杜三十多岁。他在一个机关任职，也做一点生意，算是有一份成功的事业。他和妻子周禺是在大学里认识的，同级而不同班，大学毕业后两三年他们就结婚了。再过两三年他们又有了一个女孩。这是一个典型的城市三口之家，丈夫在机关，妻子在高校，一个女儿，就这

样。他们过着大家熟知的家庭生活，主要内容是：挣钱（工资和工资外的），事业上取得一些小小的成功（小台阶式的，细水长流），买菜、做饭、睡觉，逗逗女儿。婚前两个人的时候，他们的天空是开放式的，结婚后，他们自觉或不自觉地用一张由道义、感情、责任之类材料织成的布幔把两个人罩在了一起。后来这布幔底下又添了一个女儿。王杜首先感到了憋闷甚至烦躁。布幔是深灰色的，像蒙古包的顶，城市的风吹不进来，王杜躺在床上总盯着那张无形的布幔看，他希望那儿出现一个洞。这时候，他认识了子蔚。

王杜和子蔚经过一段时间的交往，终于跨出了关键性的一步。他们有时候会躺在床上，回忆他们的初识。其实王杜和子蔚究竟是怎么认识的，对大家并不重要，这个世界给一个三十多岁的男人提供了太多的这样的机会，总之，他们认识了。子蔚二十多岁，在一家合资公司任职，单身一个人住着一套租来的房子。有机会王杜就来看她，有时会在她那儿过夜。

子蔚和王杜谈过婚姻的问题，特别是刚开始的时候，谈过不少次。每次王杜都用别的话，或动作（譬如拥抱接吻）把话题岔开。当然谈多了。子蔚也有了自己的打算，她现在年龄还不大，等到了二十四五岁，顶多二十六吧，这件事就应该有个最后的决断了。她和王杜还是有婚姻的可能的。也有好几个人在追求子蔚，但他们都比不上王杜。王杜曾说过，他是个负责任的男人，子蔚有时候会很冲动地想：我这一次就怀上他的孩子吧，那样他就必须娶我了。但她每次都在最后的关头打消了这个念头。

王杜的妻子周禺已经有了点察觉。王杜经常外出，有时还在外面过夜。她当然会问他。有的人撒谎被识破是因为他的眼睛和嘴不

肯配合，嘴上理直气壮，眼睛却是游移的。王杜能把嘴和眼睛协调得很好，但是他的身体却常常力不从心，这一点瞒不过妻子。周禺细心同时也温文尔雅地注意着王杜。

为了一件生意上的事，王杜要到南方去一趟。这件事不能让单位知道。王杜请了几天病假，买好了飞机票。他对周禺说：我到那儿会给家里打电话的。你不必送我了。周禺说：我还是送送你吧，今天我正好没课。王杜没办法，只好依她。两人在楼底下打了辆车，直奔机场。

到了机场，周禺把王杜送进候机大楼的旋转门，就跟原车回去了。分手的时候，周禺说：平安！王杜也挥挥手。周禺有点迷信，她送人上飞机，不说“一路顺风”，只说“平安”。

王杜看着周禺坐的出租车绝尘而去，马上出了候机大楼。他在广场上站了一会儿，打了一辆车，往城里开去。司机奇怪地看了他一眼，王杜说：我忘东西了，不过时间还来得及。其实王杜的机票是第二天的，他省下一天的时间是为了去会子蔚。细心的周禺也有粗疏的一面，她就没想到要看看机票。

王杜在车上用手机给子蔚打了个电话。子蔚喜出望外，他们已经十多天没见面了。子蔚抓紧时间洗了个澡。在浴室里，子蔚想，他要来了，我在洗澡。子蔚有点不好意思。子蔚想，我在洗澡，而且红了脸，我这算是什么呢？她洗好，揩干了身子，本想穿上睡衣，迟疑了一下，还是把衣服穿戴整齐。她把微微沾湿的头发也擦干了。子蔚不想让王杜看出自己是为了迎接他而先洗澡的。

王杜来了。一见面两个人就拥在一起。他们接吻、抚摸，然后做爱。王杜是子蔚的第一个男人，所以子蔚对男人和性的全部好奇都集中在王杜身上；而子蔚是王杜的第二个女人，子蔚对王杜而言有一种经过比较后的新鲜和刺激。他们纵情地狂欢。正因为他们不能经常在一起，所以他们一直保持了那份激情。后来他们累了、困了，搂抱着沉沉睡去。醒来时，天已经黑了。看看时间，已经是晚上六点多了。

子蔚去厨房做点吃的。王杜坐在沙发上听音乐。他们吃完了饭，又躺到了床上。子蔚问他，怎么有时间过来的。王杜把大概情况讲了一下，说自己明天还得走。说着又把子蔚抱在怀里。平常，每天的新闻联播他是必看的，但今天他顾不上了。他们连电视机都没有打开，这样王杜就错过了一条新闻。这条新闻和他大有关系，但他没能及时知道。

新闻是飞机失事了。就是王杜本该乘坐的那架航班。飞机落地时起火爆炸，机上人员无一生还。王杜一到机场就知道了这个消息，他惊呆了。他倒没想到要感谢子蔚，只觉得是自己的运气。但他立即想到了麻烦。几天后他将要回去，该怎样对妻子解释呢？由于失事的机场被封锁，当天的这次航班只能在离目的地一百多公里的另一个城市降落。在飞机上以及去目的地的汽车上，王杜一直在计划着怎样才能自圆其说，但他始终没有想出一个无可挑剔的办法。

王杜心事重重地办完了事，买票，回去。他下了飞机，没敢立即就回家，而是先到了子蔚那儿。子蔚这时也早已知道了飞机失事的消息，她吊着王杜的脖子，流着眼泪说：谢天谢地，你没有乘那架飞机。这说明了什么你知道吗？她说：这说明了我对你的重要，你只有和我在一起才是安全的。她说：我爱你。

王杜心里非常惶恐。他在子蔚的住处待了一天，强打精神和子蔚亲热。子蔚敏感地觉察到了王杜的敷衍，说：你请的假到期了吧？你回去吧，你总要回去的对吗？你能够平平安安地回来，你妻子还不知道怎么高兴哩。她不会为难你的。我也是个女人，我了解女人。子蔚觉得王杜这次能够死里逃生，是由于自己给他带来的好运，这是个好兆头。她心里高兴，也变得大度起来。她还帮王杜设想了几套回家的说辞，由王杜自己决定怎么说。她甚至还在心里暗想，索性就让王杜把真相说出来吧，迟早都会有这一天的。但她终于还是没有提。王杜家现在肯定已经够乱的了，她不想在这时候再添乱。子蔚想，王杜是只鸟，并不是一条可以从混水里摸来的鱼，没有哪个男人会钟情于一个喜欢胡搅的刁蛮女人的。

临分手的时候子蔚说：鸟人儿，我等着你回来。

王杜硬着头皮回了家。家里已经乱了套。小孩被送到了本市的一个亲戚家，周禺蓬头垢面地躺在床上，眼睛红得像两个桃子。王杜这次外出是瞒着单位的，幸亏周禺的神经还算强健，还没有告诉单位，否则乱子将会捅得更大，越发不可收拾。但周禺已经打电话告诉了两边的家里，很快就会来人。周禺一听说飞机出了事，马上就瘫在了沙发上，她一面哭着一面打电话给机场，机场很快用电脑查询了一下，告诉她，出事的那次航班的旅客登记册上并没有王杜这个名字。周禺不信，她认为民航部门还想瞒着她。她悲痛欲绝，心里完全乱了方寸，也没想到再查一查其他的班次。她不停地往周禺的手机上打电话，一直没有打进去，因为王杜根本就没敢把手机打开。周禺心里马上就有了个预感：没准儿王杜真的没在那架飞机上！可是，他又到哪儿去了呢？

王杜回来了，毫发无损，只是人瘦了一圈。周禺一见丈夫，愣了一下，然后猛地扑上来，抱着王杜哇地哭出了声。王杜轻轻地拍着周禺的后背，心里也酸酸的。周禺哭了一会儿，声音小了下来，但她抱得更紧，下巴把王杜的肩膀压得生疼。王杜的眼睛也湿湿的。

周禺一面问王杜究竟是怎么一回事，一面忙着给两边家里打电话，让他们都不要来了。周禺开始的询问很平和，甚至不能算做盘问。王杜本想支吾过去，他说，他刚要进安检，手机响了，单位有急事要找他，他只好改签了第二天的机票。王杜尽量说得轻描淡写，但周禺立即把脸色拉了下来，她冷笑说：不是这么回事！第二天你总该知道飞机出了事吧，你为什么不打个电话回来报个平安？你把手机一直关着，心里一定有鬼！王杜哑了。他脑子一转，立即就放弃了继续争辩的念头。他说：我去看一个朋友了。周禺说：果然是这样。是一个女的，对吗？王杜嗫嚅道：是的。

周禺不再说话。她的泪水无声地流了下来，仿佛两只红红的桃子被碰伤了，渗出了液汁。她伸出手，指着王杜说：你是不是打算离婚？

她的手离王杜的脸还有一米多远，但王杜清楚地看见了她手上粗糙的纹路。这是长期干家务的结果。王杜坚决地说：我没说要离婚，是你说的。

周禺说：那好，我也不想离婚。既然我们都不想离，那么有件事请你安排一下。

王杜看着她，不说话。

周禺说：我想见见她。请你跟她联系一下。

王杜说：你想干什么？

周禺说：她救了我的丈夫，我应该去谢谢她。

王杜说：你不要去见她。我自己去一下就行了。

周禺讥诮地说：你难道还想再单独见她吗？

王杜低下头，双手插在乱蓬蓬的头发里，半晌才抬起头说：我跟她联系一下，她未必愿意的。

周禺说：她愿不愿意关键在你。如果你不想让我见她，我只好自己去找她。你应该相信我能够找到她。

王杜这时的内心非常虚弱，他想，这件事不能再拖下去了。总归会有这一天的。家里有电话，他没有用，跑到楼下的公用电话那儿给子蔚打了个电话。他没说别的，只说自己想见她，就明天，他约了个咖啡馆。子蔚有点奇怪，为什么不在她的住处。王杜说见面再说吧，有人等着用电话，就把电话挂了。

第二天，周禺才问起子蔚的名字。她还面带笑意地询问她的长相：她漂亮吗？王杜不肯说，他神色委顿，说：你自己看嘛。离约定的时间还有一个小时，周禺问：你这次出去可能会挣到多少钱？王杜狐疑地回答：大概一万块吧。周禺翻出了一张一万块的存折，找出身份证带在身上。他们出了门，周禺先去取了钱，然后他们打车去咖啡馆。路上，王杜问她拿钱干什么，周禺没打搭理他。

子蔚心里隐约有些不安。她和王杜已经很久不在咖啡馆之类的场所见面了。她觉得蹊跷，又担心被熟人看见。这天是个星期日，人不少，子蔚静静地坐在那儿，啜着一杯橙汁。她的对面还放着一杯咖啡，那是她给王杜要的。这时候，她看见了王杜高大又有些微微发胖的身影，她坐着没动，只是微笑着抬起头。正好有几个人走过来，她没有注意到王杜的前面还有另一个女人。王杜的表情木然，没有提示他是和另一个女人一起来的。周禺走到桌边停下来，向她伸出了手。子蔚一愣，慌忙站起了身，椅子被她碰得嘎地一响。子蔚向王杜投去询问的眼光，王杜把视线避开去，说：这是周禺。子蔚的心里立即感到了冷，她的目光像冰碴子一样射向王杜，但王杜就是不看她。子蔚坐下来，说：你好，你找我有什么事吗？

周禺说：早就想见到你，一直没有机会。

子蔚不说话，冷着脸打量着周禺。她比子蔚想象得要漂亮。

周禺问王杜：你喝点儿什么？

王杜说：我不要。

周禺冲小姐扬扬手，说：给我一杯红茶，给这位小姐再来一杯橙汁。她显得很老练。王杜知道，周禺极少到这样的场合来，她的老练只能说明她对于今天的这次约会的重视。他觉得自己过去低估了周禺。他坐在那儿，双手搁在自己带来的皮包上。子蔚注意到他一直没有动他面前的那杯咖啡，心里冷，又有点惘然。

小姐把红茶和橙汁端来了。周禺端起茶，冲子蔚做了个“请”的手势，说：我今天是来谢你的，不管怎么说，你救了我的丈夫。

子蔚说：你用这种方式约了我，就是为了这个吗？

周禺说：当然不全是。我本想单独找你，可我不知道怎么找到你。如果你觉应该由我们两个单独谈，我可以请他回避一下。

王杜的脸色煞白。子蔚说：不必了。

周禺说：我还想告诉你，我到目前为止还爱着我的丈夫。飞机掉下来了，我的天也塌下来了。我真心地谢谢你。

子蔚的手微微发颤，她避开周禺的眼睛，盯着王杜。王杜低着头，好像什么也没听到。她想，他对我讲的那么多关于他妻子和他们夫妻之间的事，还有多少是真的呢？子蔚突然觉得有些奇怪，她怎么看，面前的这个男人都和她心里的那个判若两人。她好像在做一个梦，梦里有飞机在天上飞，没有声音，好像是一只风筝。子蔚问王杜：你呢？你就不想说点什么吗？

王杜游移了一下目光，然后看着她，说：我也谢谢你。真的。

周禺说：我们两个，还有我们的女儿，都谢谢你。

子蔚轻轻地笑了。这一瞬间，她想了很多。她扬扬眉毛说：那好吧，你们准备怎么谢我？

周禺说：我们想给你一点补偿——王杜，你把钱拿出来。

王杜愣着不动，接着又顺从地从包里掏出了钱，放在桌子上。王杜觉得自己好像在梦里被人讲了一回价，他觉得非常尴尬。但他立即就坐直了身子，他想到还有两个女人爱着他，争他，自己还不失为一个好男人。周禺把钱推到子蔚面前，说：这是一万块。

子蔚把钱拿过去，用手弹一下，说：才从银行取出来的吧？她对王杜说：你值这么多吗？又对周禺说：我想我不能要这么多。我可不能宰你。我想想该拿多少——她把钱抓在手上拨弄着，她很愿意把这个时间拖得长一点。

这会儿子蔚已经完全从梦里醒过来了。而周禺却觉得自己突然坠入了梦中，她对自己今天做的一切产生了怀疑。但她不动声色，她想自己这会儿已经没有退路了。

子蔚从那叠钱里抽出了一张一百块的，对小姐竖起手指，说：请过来结账。她把钞票放在盘子里，说：不用找零了。等小姐走开，她对周禺说：剩下的请你收起来。我想我们两清了。

周禺的嘴唇发颤，她缓缓地站起身，说了声“再见”，快步走出去。王杜看看子蔚，把钱收进了皮包，跟着往门口走。

子蔚觉得浑身软软的，没有力气。她觉得悔恨，觉得不公平。她心里对那个把背影留给自己的男人确实已经没有丝毫的留恋，从此以后她将和他形如路人。然而，这段经历将会永远地驱之不去，在心里尾随着自己。

王杜在出门的时候回了一下头。他看见在橘黄色的顶灯下，子蔚的双手捂在脸上，指缝里有闪亮的泪水流出来。乍一看，好像是她的双手在流泪。

和辛夷在一起的星期三

房子里是他所熟悉的气息。

这是一套两居室。厅很小，只能摆一张饭桌；上面的一束花是他上次带来的，已经萎了。两个房间，一个做客厅，另一个是卧室。厚重的窗帘紧闭着，窗外有一盏路灯，探头探脑，使足了劲才在窗帘中央透出了一个淡淡的光斑。卧室里陈设简洁，一张床，一只床头柜，还有一个衣橱。衣橱不是木质的，是布的，简易的那种，一道拉链自上而下，切断了一条河流。这是一个拙劣的工业品，每次他的目光沿着河流扫过去，都要在接缝处咯噔一下。这似乎在提醒他，她是一个旅人，衣橱里随时都会空掉。拉链“滋拉”响一下，半晌，再响一下，衣橱就空了。然后是关门的声音，这房子也就空了。

但是这房子现在是充盈的，弥漫着他所熟悉的味道，一股浓烈的香气。据说是印度香，不知是在哪里燃着，还是已经熄了。总之房间里充满了浓雾似的香味，饿急了似的往人鼻孔里钻。也许还混杂着她的体香，她的体温幽幽地烘着她自己，把她自己放大了。

卧室的斜对面是厨房，她在里面忙碌着。灯光把她的身影也放大了，恍若是一个主妇的身姿。但她不是主妇，他们也不是夫妻。显然的，对这里，他是熟门熟路，所以他累了，就可以直接到卧室的床上躺着。现在他起身了，走到逼仄的小厅里，用手拨弄一下那束枯萎的花，拔出来，继续走向厨房。客厅的壁灯开着，音响也开着，传出一丝淡悠的音乐，很熟悉，却说不出名字；此刻，厨房才是真正的中心，锅铲在摩擦，油在炸响，抽油烟机在轰鸣，那是一个乐队的打击乐。她既是乐手，也是一个舞者。灯光和火苗勾勒出她的背影，他沿着光亮走过去，手里拿着那束花，悄悄地，以一种舞场上锤炼过的脚步走过去，仿佛双人舞里献花的男主角。她厨师一样颠着锅，火苗突然“轰”一声腾了上来，锅燃起来了。他吓了一跳。她却没有被吓着，左手晃动着，好像在玩着那团火。他定住脚步，痴痴地看着她。火熄了，她放下锅，右手用锅铲挑起一点菜，尝了尝。一个精致的下巴。他走近了，轻轻把手里的花扔进垃圾桶。刚要说什么，她却回过了身，挑着菜的铲子伸了过来。

“你，尝尝。”

菜在铲子上显得很少，到了嘴里却是满的。他“呜呜”地赞着，疑惑地看着台面上魔术般变出的菜肴；红艳的西红柿，翠绿的菠菜，淡雅的韭黄，还有肉、一条鱼，它们还没有变成菜肴，但也快了。一起上楼的时候她的手上并没有拎菜，那么说，她是早已准备好了，今天是什么特别的日子吗？他想不出，也不敢贸然询问，怕她责怪他粗心。他略有些惶恐，还有些不快，似乎她有什么秘密隐瞒着自己。她继续忙碌着，要准备一桌丰盛的晚餐，肯定要把做

饭进行到底。他讪讪地问："要我帮忙吗？"

"不用，"她愉快地笑着说，"你能帮什么忙？——别闹，别耍无赖了，"他从后面抱住了她的腰肢，脸贴着她的背，脸在上面轻轻摩挲着。她晃晃身子挣一下，"你去坐着，听听音乐吧。"

他听不见音乐。过于熟悉的音乐容易被忽视。客厅的灯光很清淡，茶几，地面，墙壁，所有的平面都在反光。很柔和。这是星期三，一个再平常不过的日子，一个星期的中点。但是它现在有点神秘。其实要是深究起来，神秘的东西可真不少。但是不该深究的就不能深究，这是他的原则。何必要深究呢？生活哪里经得起深究呢？就像这个沙发，他现在坐在上面，但他不知道里面有多少根弹簧；卧室的那张床，他无疑是熟悉的，他熟悉那上面时常变换的温暖的床单，那里自然也曾落下过他的毛发，但他不晓得床底下还有些什么，也从没想过要去看一看；即使是那个简易的衣橱，他也只知道里面是她的衣服，却不知道有几件，是什么样的衣服——其实这倒也是重要的呀，现在是秋天，如果里面还挂着冬天的衣物，也许就说明她还准备在这里继续住下去，在这个城市住到天冷，他们还可能相伴到冬季——可是他以前确实没有留意过。

他心里感到一丝疼痛，突然发现自己害怕她的突然离去。他站起身，想去卧室看一看，看看候鸟预先准备的羽毛。但刚走出两步，他就停住了。他看到了墙上她的两张照片，也是他熟悉的。一张是纽约的世贸中心，现在已经成为废墟，她站在远处微笑着；另一张的背景是浦东，她倚栏而立，那是她出国前生活的地方。光圈 8，百分之一秒，他略懂一点摄影，但他们大学毕业距今已经六年，百分之一秒，你能看出什么？

她不说，你也不要问。

他只知道她毕业后就出国了，听别的同学说又离了婚，然后她突然就回来了。有一天他毫无预兆地接到了她的电话。然后他就渐渐熟悉了这套房子，也熟悉了她的身体，直到现在。

菜摆到了小饭桌上。

就像第一个电话是她打过来的一样，第一个菜也是她端过来的。他跟过去，两人穿梭着，把那些红的，绿的，五彩杂陈的菜肴一个个摆好。两支高脚杯，一边一个，斟满了美艳的葡萄酒。光线透过酒杯，在桌上落下了两个焦点。餐桌是一朵硕大的花朵，又有点像个迷魂阵。今天到底是什么日子，竟有如此盛宴？这是怎么啦？——不过没关系，且听她说。

他似笑非笑地凝视着她，心里其实充满狐疑。她肤色白皙，指若柔荑，她举起了酒杯道："我们干杯。"

他问："为了什么干杯？"

"不为什么，"她一怔，含嗔道，"天下的事都是问得为什么的吗？"许是觉得自己语气生硬了，自失地道，"好，就是为了酒好喝，菜好看，干！"一仰脖子喝了一大口。

他也干了杯中的酒，给她斟上。他决定今天不管是什么背景，决不主动相询。那说不定是在惹事。他永远是谨慎的。这处房子的钥匙，她曾经主动提出要给他一把，他没有要。"我要你的钥匙干吗呢？如果你在，我没有必要拿；如果你不在，我又进来干什么？"他的理由听起来很充分，也许心底还是觉得这钥匙重，拿了就算完成了某种仪式，就有了承诺。

她给他夹着菜，斜睨他道："你说，一对情人，他们什么时候

最想见面？”

他期期艾艾，良久才道："他们最想见的时候，他们就见。还要有机会。”

“滑头！”她笑了，“那我问你，他们什么时候最应该见面？”

“那应该是一些特殊的日子，譬如情人节、妇女节、春节、中秋节……他出语谨慎，总觉得她今天的话里有套子，只好随口开个玩笑，“对了，还有儿童节！”

“你才儿童！”她顶了他一句，“儿童节是属于你儿子的。”

他没有接话。他当然知道另有些日子是更深刻的，比如两人初识的日子，初吻的那一天，等等，可他一时竟理不清他们的经历——似乎，她第一次给自己打电话的那一天是一个星期三，可是星期三，每个星期都有，那可多了去了。

他一时语塞。她黯然道："你说得对的，节日是女人最盼望的日子，也是最怕的日子。她们希望能和情人一起度过，又怕她的情人不能脱身。其实即使脱了身，又有什么滋味？”她垂首道，“节日是属于家庭，属于夫妻的。”

她款款地，夹了一筷子菜伸过来，是爆炒牛柳。他的嘴立即略带夸张地配合着，迎上去。“有你妻子烧得好吗？说老实话！”她微笑着，语气咄咄。他支吾着连连点着头。嘴里虽然塞了菜，但他还不至于说不出话，只是这样的问题让他不由得有点畏闪。妻子是贤惠的，若论烧菜，大概跟她不分伯仲，但生活不只是烧菜呀。他生怕她像电视里那些女人那样，水母一样娇痴地缠上来说：其实我也能做个好妻子的，我也能的，只要你能给我机会！他怕这个。他也一直回避着这个。可你虽然没有拿这房子的钥匙，但你总归是进来了，她真要说了，你怎么办？

也许她今天差点就要说了。但她终于还是没有说。此情此景，如此氛围，她没说，也差不多就是说了。她似乎从来都是乐天的，散淡的，并不追寻未来，但今天显然有些异样。他感到压力，开始后悔，也许他今天原本是不该来的。他们一般在星期二或者星期四见面。见面前会提前通个电话。但是今天他没有预先约她。他这时突然想起妻子，还有儿子来了。现在的妻子和下午的妻子是不一样的。下午的妻子是个唠叨的母鸡般的角色。下了班，他突然不愿回家，想见她，似乎他们已经分开了很久。他把自行车留在单位楼下，打了车子直奔这里。他在车上给家里打了个电话，是儿子接的，他让儿子转告他妈妈，说他出差了，明天回来。他还从来没在她这里过过夜，今天他决定给她一个完整的，一个激情缠绵的夜晚。

但是她不在房子里。楼还是新的，刷着淡黄的颜色，像小孩子的脸。可是别人的窗户都亮着灯，一家家整齐地排列着，只她那里黑着，像缺了一颗牙齿。他站在楼下的树影里，打了她的手机。电话立即就通了，她听说他已经在楼下，显得有点吃惊。她说她在外面，路还比较远，可能要半小时才能到。他夸张着咬牙切齿地说：“我等，半小时我等，等到天亮我也等！”

事实上她几乎马上就到了。刚接完电话不久，有谁在他肩上拍了一下。他吓了一跳，回头一看，是她，嫣然笑着，站在斑驳的树影下。他奇道：“你不是要半小时才到吗？”

“是啊。走路是要半个多小时啊，骑车可能要十几分钟，我是打车回来的。”她粲然一笑，往门洞里走，回头轻声道，“我归心似箭呀。”

她是空着手回来的。他没有预料到桌上的这些菜。她当时的神

色确实是有点喜出望外。

他暗暗思忖，今天肯定不是什么节日，这绝对没有错。他虽然谨慎，却也是个健谈的人。话头既然起来了，又有酒下了肚，壮了胆色，也许，他还是想解开自己的疑惑，他开口了："其实啊，节日也就是个平常的日子，既不是二十三小时，也没有二十五小时；恋爱的人们特别看重这一天，是因为一种集体暗示。"他侃侃道，"新年还没有到，新日历就公布了，提前好多天，大家就都在准备，准备着到那一天团聚，互相祝福。女人比较细腻柔弱，尤其会受到影响。"

"可是男人们有难处，他们分身乏术，对吗？"她冷笑道，"我想我已经不是那种'细腻柔弱'的小女人了。"她斜靠在椅子上，手里灵巧地玩弄着半满的酒杯，"但并不是所有的日子都需要男人去分身的！"

她的身姿懒洋洋的，但话锋锐利。他感觉到她话里浓重的怨尤。突然他心中电光石火般地一闪，举杯往她杯子上一碰道："干了，祝你生日快乐！"仰起头一饮而尽，"其实我早就知道了，要不我为什么要今天来？"

"你怎么知道？我好像没有告诉过你呀。"她诧异道，"我本来想打电话叫你来，但我没打，我就是不打，我盼望你不请自到。"

"我这不是到了吗？"他得意地笑着说，"而且今天不走了。"

"真的？"她双颊酡红，又惊又喜。他心中不由一荡。

"当然真的，"他给两个杯子都斟上了酒，嘴一滑道，"而且我——"他猛然收住了口，"而且我永远不走了"，这话差一点就溜出来！他吓得浑身一冷。不知道她的生日不算什么，她也没告诉过，他只知道这是星期三，星期三多了去了。可“永远不走”却不是随便说的。他掩饰地改口道：“而且，我明年要大大地给你过一回生日。”

“明年？”她凄然一笑道，“明年我还不知道在哪里哩。”

他心中一凛。现在连这个话题他都不敢接下去了。他举举杯子道：“其实呀，天下所有相爱的人，生日都应该在一起过的，除非他运气太差，老婆的生日恰巧和情人同一天。”

看来酒真的是能乱性的。他喝了不少。他从来都回避“老婆“还有“情人”这些词，嘴一滑却溜出来了，就像牙齿掉了终于还是要落出来一样。他怕她计较，偷眼看看她。女人重视节日，也许还更重视生日，她们习惯于在某个节日里成就一项重要的事情，喜欢把两个好日子叠加在一起。但是万幸，她似乎浑然无觉，不知是沉浸在对明年那个浪漫生日的憧憬里，还是被今后不知身归何处的情绪浸透了，也许，她是完全被他今天不走的喜悦淹没了，或者，仅仅是由于酒的作用，反正，她没有计较他的用词。

瓶中的酒已经空了，艳红的颜色全涂到了他们脸上。菜也吃残了。她问他吃饱了没有，站起身，自己去收拾碗筷。她不要他帮忙，让他去客厅坐着。

他走进了客厅。音响一直开着，早已走到碟片的尽头。空的。他随手打开了电视。里面是“晚间新闻”的末尾，正在播报天气预报。他随意扫了两眼，没有兴趣。他打开了阳台的门。

门一开，才知道外面的喧闹。嘈杂的声音是从远处慢慢靠近的。一群男女簇拥着一对新人，吵闹着，杂杂沓沓沿着楼群间的道路过来了。城区早已禁止燃放鞭炮，于是他们就闹得格外的凶，比

鞭炮还要喜庆十倍。这是一场婚礼的尾声，也接近了真正的高潮，如果有兴趣，你可以站在阳台上看他们“听房”，因为新房就在对面的一楼，大红的双“喜”贴在那儿。新娘显然是人群的中心，一袭雪白的婚纱。她的鞋跟大概是太高了，不小心崴了一下，一个趔趄，人群哄笑起来，有一个怪腔怪调的声音在喊：“别急啊！”更大的哄笑鸽群一样轰起来了。

在这哄笑过后，一个家庭即将诞生了。

他扑哧笑了。他突然想到要给家里再打个电话，毕竟他那个报告“出差”的电话是儿子接的，毕竟儿子还小。他有些犹豫。他现在怕和妻子说话。他的这次“出差”确实太突兀了一点，而且，他现在是在这边，这套房子里——可是，他为什么就不能出差？他在单位也是个领导，二把手，他工作繁忙，为什么就不能出一个紧急的差？！——正迟疑着，他的手机响了。

他看了看号码，暂时没有接。回头看去，她正在厨房里洗碗，传来一点叮叮当当的声音。他知道他的手机太灵敏了，妻子的耳朵一贯灵敏，声音很可能会传过去。这可不巧，没有谁出差会出到厨房里，他又不是厨师去实习。阳台下竟然还传来了“结婚进行曲“的声音，仿佛全世界都在结婚。真是该死！他退回了客厅，把阳台的门关上了。

手机还在不依不饶地响，仿佛是在敲门，妻子马上就要破门而入。他心念一动，飞快给音响换了张碟子，一张随机赠送的测试碟，录有雷阵雨、飞机起飞、打枪、摔玻璃之类的声音——他虽然不知道那个衣橱里具体的衣服，但这里的碟片他是熟悉的，客厅是他经常的场所。他把音响声音调大，随手把电视关了；电视里刚刚播送过天气预报，他已经得到了有用的信息。

手机接通了。音响里传出了哗啦啦的雨声。他觉得身上有点冷，仿佛真的站在风雨里。“啊，是我。我下午出来的，来不及告诉你。”他镇定地说，“其实也不算出差，是我们自己的事。”

“什么？”妻子的声音很清晰。

“我帮一个作者在其他出版社弄了个书号，必须要我亲自来处理一下——钱的事情你不知道吗？只能自己经手。”他语气有些不耐烦了，“你要知道那么多干吗？回去再向你汇报行不行？！”

“你那边下雨呀？有没有多带点衣服？”

“没有。问题不大，再冷我会去买一件。挣了钱就是要花的嘛。”他哆嗦一下，似乎打了个寒战，“下雨也不能不来呀，明天回去还要防着单位的暗箭哩。让那些家伙知道就麻烦了。”

漫天风雨。那边的妻子大概也能感觉到冷。他还真觉到了阵阵寒意。这仿佛是一对站在冰库里的夫妇在通话。妻子叮嘱他，事办完早点睡，最好泡个热水澡；儿子不用他操心，他已经睡了。

电话挂了。他抓着手机坐在沙发上。那个城市的雨还在不停地下。陡然一阵爆雷炸响，倒把他自己吓了一跳。幸亏电话已经挂断了，否则秋天的春雷说不定就要把他的谎言震碎。他暗自感到庆幸。就这么两分钟，他感到身心疲惫。他时刻也没把厨房里的她忽略。音响里传出了飞机起飞的啸声，隆隆地从地面响起，然后，宛若刀锋划过玻璃，在湛蓝的天空掠了过去……尖锐的呼啸声裂帛般划过他的心，他突然感到一阵恐慌，似有一种罔罔的威胁正向他逼近。他回头看看厨房，却不见她的影子，他立即快步走进了厨房。

她正蹲着把碗碟往低柜里放。他松了一口气，拿抹布擦着台面。她笑了笑，表情有些僵硬，脸像被冻僵了。她洗了手，径自走进了卧室。

他呆立在门口，不知道自己该不该跟进去。如果她进卧室是一种暗示或者诱惑，却也来得太快了一点。“砰！砰！”客厅里竟又发出几声枪声，他被震得一哆嗦。这才想起是音响忘了关。想去关掉，她过来了，她手上拿着一件衣服。

“喏，你的。”

“什么？”他一时反应不过来。

“你不是冷，要买衣服吗？”她微笑道，“上次就给你买好了，你没有带走，今天正好派上用场。”

这是一件灰色的休闲呢上衣，或许，以前就挂在那个衣橱里。他的脸腾地热了一下。他有点尴尬。她把衣服往他身上一披道：“明天记着穿在身上。”她扑哧笑道，“没有我这件衣服，你怎么回家呢？这是行头啊！”

“我身体好，不怕冷，不行啊？”

“是啊你身体好，嘴更硬。”她的眼睛闪烁着，似乎是泪水。他把目光闪开了。

突然有什么被打碎了。两人怔了一下。这是那张碟片上打碎玻璃的声响。两人对视一眼。那声音当啷啷，当啷啷，一下，一下，清晰得你能看到玻璃细碎闪烁的光亮；仿佛有个阴沉的疯子，拢了一大堆酒杯、花瓶、装着合影的镜框，一件一件地往地上扔……一下，一下，又一下，每一次响声间都有一个停顿，仿佛那个疯子每拿起一件还要先认真地打量一眼……

他受不了，脑子似乎正被玻璃划着。他快步过去，把音响关了。

音响的效果实在太逼真，地上真像是有玻璃。他下脚时不由得有点犹疑。

他们终于躺到了床上。这是他们唯一的一次完整的夜晚。他们本已是轻车熟路，但今天，他们有些异样。她延宕着迟迟不脱掉内衣，他老是觉得她的衣服有点扎人——出鬼了，还真有玻璃屑？他轻轻款款，同时也是坚决地脱去了她身上的胸罩……她顺从了，但是她紧紧地护住了自己的内裤。

“今天不要。我不方便。”

“嗯？”

“我挂彩了，”她玩笑似的道，“我受了伤，流血了。”

这时候她的泪水流了下来。脸颊湿了，仿佛那个城市的雨水洒到了她脸上。但是灯关掉了，窗帘是厚实的，没有天光，他看不见。他没有坚持，沮丧地住了手。

这一夜没有波澜壮阔的浪涛。他伸着胳膊，轻轻搂着她睡着。他们就像两只缆绳系在一起的小船。

半夜里，他悄悄下了床。因为怕把她吵醒，他没有穿衣服，只披上了那件呢上衣。她一动不动，纹丝未动。他蹑手蹑脚地出了卧室，穿过客厅，走到了阳台上。那个新房的灯早就熄了，看不见双喜，红色在夜间也是黑的，也没有听房的人。12 点早过了，刚刚过去的是星期三。多年以前的那个星期三——他现在想起了，他相信那也是个星期三，他和辛夷一起从大学毕业的时候，她的父亲，一个很高大的中年男人约见了他，他说他女儿的未来在国外，一切都安排好了，但没有他的位置。他是个乡下来的小伙子，他陡然明白了，他顶多能留在城市，但到不了美国。现在她回来了，至少她的婚姻是失败了，但他这些年倒还算得上成功。他终于可以平等地与她相处。这是他的一个“坎”，他终于要和她写完一个故事。但她终究只是他生活里的一个旅人。第一次相遇时没有牵手，现在，也

只能这样了。

他的酒早醒了。即使酒不醒，他也不是一个糊涂人。

对面的住宅楼，一楼走廊的灯突然亮了。一个男人走了进去。一楼，二楼，楼道的灯渐次亮了起来，一路亮上去。如果你现在就不再看他，你会觉得此人会一直往上爬，爬到三楼，四楼，一直爬上去，最后他要从楼顶冒出去。

这是个好男人。他还知道要回家。即使过了12点，他还知道要回到酣睡的妻子身边去，他比自己好。他这么想着，突然念头一转：谁能肯定这个人将要打开的门就是他自己的家门呢?

他打了个寒战。从被窝里带来的温暖已经被耗尽了。他披着呢上衣，里面却只有内衣。他现在还不能回家去，即使他已经衣冠整齐也还不能回去。他还得回到卧室，轻手轻脚地脱掉上衣，躺下去，躺到辛夷身边，争取不把她惊醒。

相约日暮里

日本有些地名是很奇怪的。有个地方叫早稻田，这很多人都知道。其实早稻田在东京的闹市区，不用说稻田，连稻草你都看不到。日本是很干净的。又有个地方叫演歌，在宇都宫市的城郊，“演歌”那个路牌的东面就是大片的稻田，野风飒飒，有几个农妇顶着头巾在田里慢慢地移动，一声也不吭，跟“歌”好像也沾不上边。当然了，现在没有草，没有歌，也许以前是有的，就像南京有个地方叫“破布营”，并不代表现在那儿的居民还要再去收破烂。但另外一些地名总还是让人摸不着头，简直令人发噱。东京的北边有个吾妻桥，是一条小街，不知是什么人竟把自己的妻子和万人踩的桥联系在一起，不可理解。更有个城市叫“我孙子市”，按中国人的习俗，这真是把这座城市的居民一起骂了。

去日本以前，妻子给我寄过一张东京地图。因此我不光知道早稻田，还知道银座和浅草。银座像个贵妇人，富丽堂皇，霓虹万丈，令人难以逼视；浅草的街道纵横交叉，酒旗猎猎，就像一群小家碧玉，喧闹，浅薄，却很容易让人亲近。这两个地方后来我都去过了，确实是地如其名。这些地方都游览过以后，我在日本就基本上无事可干了，成了一个闲人。

去日本以前我就知道我还要回来。学校让我交出房子，我心里就有些不快。后来找了人，交了押金才算是把手续办好。出去以前很是忙乱了一阵，不光是各式各样的手续，还因为适逢我们班毕业十周年返校纪念，我是唯一留校的，义不容辞要来主持。那一天能来的都来了。除了两个分在新疆、内蒙古的，一个生病去世，五个在国外，一共到了三十个人。后来大家都喝多了。我们当时的班长，现在当了副厅长的，来跟我干杯。我已经不能再喝了。但他说这一杯你得喝，为了你在日本的妻子，你一定得喝。妻子也是我们的同学，这酒我不能不喝。一杯下去他又端起一杯。说日本还有个同学，你也得为她来一杯。我心中一凛，开始装傻。但是装不过去。同学们都看着我坏笑，开始起哄。我硬着头皮把酒喝下去，说不出是什么滋味。

我们的脸上都红通通的，仿佛十年前的青春又回到了我们身上。其实青春是没有了，剩下的只有回忆。我原本以为我和辛夷的那段故事同学们大多不知道，看来我错了。出国以前的那段日子我手忙脚乱，简直有些慌张。毕业后我只见过辛夷一次，她来南京出差，好几个同学聚在一起，我们没有单独说一句话。一晃又是好些年了。间或有她零零星星的消息传过来，我知道她去了日本。出国的前夜我梦见了她。她的侧影。醒来后我有些惶恐，一夜再也没有睡着。我就要见到辛夷了。还有妻子也在日本。不知道是谁更让我感到迫切。这样的想法令我羞愧。我觉得有点对不起妻子。

东京还有个地方叫日暮里。这是一个不那么著名的地方，地图上不容易发现。我是在从东京去宇都宫市的电车上知道这个名字的。妻子在宇都宫读书，而她在日本的亲戚都在东京，我们常常要乘坐 JR 东北线电车在两地间往返。市际电车上一般人不多，每一节车厢里往往只有三两个乘客，或在看书，或在打盹。一个小时的车程有些无聊，每停一站，我都会走到车门那儿，看看车门上方的路线图。妻子给我做些解说。但日本的公共交通实在是太发达，也太复杂了，我一直弄不清什么“山手线”“中央线”，倒是“日暮里”这个地名我过目不忘。它在东京的西部，日落的地方，这更令人向往。我们偶尔看到一个人的名字，很别致，有味道，就想去见见这个人，是不是也是一样的心理呢？

日暮里应该是一个陈旧的地方，一个记忆中的名字。它应该是歌舞伎町和摩天楼的反面。想象中的日暮里是一个款款而行的老妇人，木屐清脆，击打着小街，和服是黯淡的，混着细碎的夕照——也许，和服还是艳丽的吧，但华丽的和服掩不住老妇苍老的容颜，一如街道两旁的老房子……到日本几个月了，日暮里我还一直没有去。其实去一下并不很难，路不算远，也没有经济上的考虑。那时候我们已经去过迪斯尼乐园，去过箱根温泉，富士山、日光也都去过了，好几次妻子问我还想到哪儿看看，话到了嘴边我还是闪过去了。

辛夷的电话打来时我略有些意外。到日本后妻子就把她的手机给了我，她在研究室，而我大部分时间在宇都宫的街上闲逛，带了手机方便一些。但问题也随之而来。除了妻子和几个中国亲友，手机一响，传出的总是“摸西摸西”，是日语，让我不知说什么好。我多么想听到中国话呀，可是在周围听不到，在电视里听不到，连

电话也说日语。我已经讨厌这个东西了，上街前常常把它扔到床上。那天手机偏偏带在身上。铃声响时我不想接，但它很固执，不接不行。出乎意料的是里面传出了我熟悉的乡音，中国话。我立即就听出，那是辛夷的声音。

我很慌乱，简直语无伦次。我似乎一直等待着这个声音。她怎么知道我来了日本的呢？

我骑在车上，伸腿支着车子。街上很安静，汽车从远处的隔离栏那边嗖嗖地驶过，如五彩的流水。说起来令人难以置信，这是辛夷有史以来第一次和我通电话，第一次通话我们用的却不是中国的电波。她说她知道我来了，很高兴，还说我们大概有十年没见面了吧，真是很久了。我说见过一次的，在南京的常春藤酒馆，可是那一次酒喝得很匆忙。她说记得的，问我还好吧，是不是还和以前一样。我不知道怎么回答这个问题，这几年我没什么变化，可和大学时那是完全不同了。我问她怎么样，肯定很忙。她说是忙。现在就在上班，不过她的同事们听不懂中国话，没关系，我们只管聊。可我实在是不知道再说些什么，十年了，要说的实在是太多。我倒是很佩服她，轻轻一带，就超越了我想象中的某种尴尬。我们只像是两个普通的同学。但其实我们不是啊。我想起了大学校园的林荫大道，那里留下了我的青春，我青春的梦，我的家现在还在那里。我不知道再说什么好，只能沉默。也许我是故意的。她也不说话了，电话里传来了吱吱的杂音，很远很远。她想起那条春深似海的大路了吗？

还是辛夷首先打破了寂静。她提了到我的妻子。她说没想到会在新宿碰见她，真是很意外。那个场面妻子已经跟我描述过，在我的想象中多次出现。东京有几十万中国人，妻子又不常去东京，可她们就在新宿碰见了。辛夷夸我妻子，说她没有变，还像以前一样。我说你也不会变的吧，反正我是老了。辛夷说是吗，我倒想看看你现在成了什么样。话筒里传出了她的笑声，我似乎看到了她笑起来右颊上的酒窝。她说她要请我们吃饭，问我们什么时候有空。我告诉她我们也许后天就到东京去，本来就要去办事。辛夷说那就说定了，我们在东京见面，又说：你能做主的吧？她笑，我也笑。我说“大丈夫”（日语：没问题）。辛夷说那就一言为定，到时候再联系。我说好的，如果她方便的话，就在日暮里见面。她愣了一下，似乎诧异我怎么一下子提出这个地方。但是她没有多问。见面的地点就这样约定了。

多年的写作似乎已反过来影响了我的生活。妻子曾玩笑说我有小资产阶级情调，想一想，她说得没错。提到日暮里的时候我是脱口而出的。那是一个陈旧的背景，天生适合回忆。我们到了东京的第二天，辛夷又打来一个电话。妻子和她嘻嘻哈哈地谈了半天，然后电话递给了我。辛夷问我见面的时间，我说就下午，四点吧。顾及妻子就在我身边，我的话很简短。我没有说黄昏见面，但下午的后面就是黄昏。人约黄昏后，这更证明了我可救药的小资情调。

第一次和辛夷通电话后我的心里有些发虚。妻子从研究室回来时我已经把晚饭做好了。吃饭的时候妻子老看着我笑。怪怪的。多年的夫妻成朋友。突然间我就明白了，肯定是妻子先打电话给辛夷，告诉她我来了日本的消息，我没来之前她们也是极少通电话的。是妻子在背后促成了我和辛夷的约会。我的脸烧得像个小孩。这个时候，我简直像是她的弟弟了。我又恼又羞，索性把电话的内容向她和盘托出。妻子说：别讲了，别讲了，我不要听。又说：就

这些吗？我不相信，你缩写了吧？还说：也是的，电话里能说什么呢，你们见面的时候再细谈吧。

晚饭后，妻子说她今天不到研究室去了。我们去散步。走出我们居住的国际交流会馆，我们走上了石井町。町就是街道。两边都是两层的小楼，院子里杂树生花，很安静。妻子说辛夷现在很瘦，比上学时还要瘦得多。她说辛夷的丈夫在京都，那边有一份收入很高的工作。还说辛夷比自己聪明得多，修士（硕士）读完了就去工作，不像自己读什么博士，既辛苦又没有收入。其实关于读博士，我以前也有过同样的意见，但在日本居住一段时间以后，我不这样想了。这里很富裕，但至少不适合我生活，钱是挣不完的，读个博士回去，我们也可以过得很好。我来过了，感受过了，更明白我们终于还是要回去的。

那一段时间我写了不少散文。我原本是打算写长篇的，但发现没法写。几本中文书早已读烂，也听不到我熟悉的汉语。街上是有很多汉字的，妻子学校的对面就有一个“大众食堂”，虽然是繁体字，但意思完全一样。可我走在大街上，却像一个半梦半醒的梦游人。如果到了美国，满眼的 ABC，也许反而彻底清醒了。我已经失去了对汉语的感觉。妻子说你怎么听不到中国话呢，我跟你说的难道是外语吗？我说你说的是汉语，但你的汉语现在绝无仅有，空前强大，我一写小说就变成了你的味儿。我只能去写散文。那些文章从总体来看是一些观点复杂甚至充满自相矛盾的东西，就像我对日本的感受一样复杂。初来乍到时，我确实被它的富裕所震惊，相同的人种和熟悉的汉字也让我感到亲切。我好像是到了中国一个特别先进的特区。那些汉字和假名片假名夹杂在一起，也能表达复杂的思想，这使我感到惊异。但后来感觉就慢慢地变了。在《市役所》

那篇文章里，我告诉读者，日本的政府就叫“役所”，区役所，市役所，等等；役所就是公务员服务的地方，我觉得这样的叫法更顺耳。还有一篇《归化与永住》，我激烈地表达了自己对“归化”这个词的反感，其实归化就是入籍，日本人选用这两个汉字，使懂得汉字的中国人立即就会想起归顺甚至投降。这是很屈辱的感觉……我总共写了十几篇文章，现在看来它们也许是过于尖刻了，但当时我是如鲠在喉。在这种情绪之下很难进行小说创作，我的长篇刚开了个头就流产了。虽说我原本就没有计划在日本“永住”，但一旦真切体会到自己和一个地方的隔阂，依然会感到郁闷。曾经有个华人朋友劝我去打点工，我没有去。我怕日本工头的嘴里会骂出“八嘎”之类的话，那将不可收拾。即使只是被人吆五喝六，我也受不了。我承认，我已经成了一个废人了。

在金泽市的日本海边上，我看着金光万点的大海，看着极目处的夕阳，突然间真切地感觉到，脚下的是一个海岛。它已经在中国大陆的对面存在了亿万年。我对妻子说，我想回去了。我不一定要等签证到期。妻子说，你想得太多了，想得太多你就不快活，就像今天，有人组织我们出来玩，你就玩，有什么好吃的，你就吃。你想得太多就不会快活。我说，不，不，你在这里生活了好几年，你用这样的态度对待现实，我很同意，可我还是想早点回去。妻子不说话了，半晌她说，你难道就不想见见辛夷吗？她微笑着看着我。我避开她的目光，突然很激烈地说，我是来看你，又不是看她。我早忘了这个人了！我说，我已经看过你了，反正还有一年你也要回去的，现在我该回国了。

从金泽回宇都宫不久我就接到了辛夷的电话。那天晚上我和妻子沿着石井町散步，一直走到宇都宫市的城外。马路边上有一个

路牌：演歌。我一个人很多次骑车经过这个地方。没想到那天我们倒真的听到了音乐声。和我以前听过的《早春赋》和《樱花谣》类似，那是典型的日本音乐。循着音乐看过去，是寥落的天幕，下面是一片灿烂的灯火。那是石井小学，音乐正是从那个地方传来。妻子突然想起了什么似告诉我，那是日本七、八月间的“大祭”，是祈祷丰收的活动。她说，你也再了解了解日本吧，我们去看看。

从演歌回城到石井小学还有很长的一段路。熟悉风俗的日本人大概是早早就去了，我们在路上没有遇见一个同路的人。按说妻子应该是认识路的，其实我也认识，但夜晚所有的景观似乎都已改变，我们还是迷了路。经过路边的一片墓地时，妻子吓得再也不肯往前走。其实日本的墓地不叫墓地，叫彼岸；彼岸也不像中国那样设在郊区，他们的彼岸都在城市里面，和民居混杂在一起。这是一种特殊的生死观，但妻子是中国人，中国女人。虽说墓地的周围全是亮着灯的小楼，妻子还是坚决要求折回去。这么一折腾，我们终于找不到路了。我们走到一个死胡同，返回去，却又发现方向偏了。音乐已经很近，尖锐的笛声和沉闷的鼓声在天幕上交织，悠长而怪诞。等我们气喘吁吁地赶到学校的操场，“大祭”已接近尾声。宽阔的操场中央搭着一个瞭望塔一样的台子，一面大鼓正在上面发出节奏激越的轰响，竹笛锐利的声音仿佛寒光闪闪的利剑在夜空划动。雪亮的太阳灯光下，无数的人在围观，数不清的人在表演。男人们穿着兜裆布，抬着像中国轿子一样的东西，上面站着一个孩子，指挥着男人们的呐喊；盛装的日本女人云鬓高挽，雪白的袜子，踩着鼓点，做着简单幼稚却又华丽难言的动作，排成长队，在广场上兜圈子。也许更精彩的高潮被我们错过了，但在我以后多次的回味里，真正令我感到难以释怀的是“大祭”的音乐。沉闷的鼓声属于大地，笛声直刺云天，仿佛武士挥舞着矛与盾。整个“大祭”只有两种乐器，没有过渡，没有和声：也许只有易走极端的日本人，才能制造出这样的音乐——我在文章里写道：极端的民族手里的刺刀戳不着别人，索性捅到自己肚子里去，历史中的日本人正是这样。回去的路上有很多人同行，一辆辆汽车飞快地从马路中间掠过。妻子兴致很高，说如果我有兴趣看一次全过程，到东京我们还可以再看，浅草的“大祭”是有名的。我明确地表示我不喜欢。我不想再凑这个热闹。妻子突然就不吱声了。后来我猜想，她认为我是太想见辛夷了，对一切都不再有兴趣。其实不是这样的。我只是不喜欢那种音乐，那种仪式。我听不懂他们喊的那些口号，太汹涌了，这让我想起鬼子进村。妻子直到走进会馆都没有再说话，我这才意识到她是在生气。她是多心了，但我不忍这种多心伤着她。我索性主动说起了辛夷，我说其实我现在倒真的不想去见辛夷了，我已经听你说过，她比以前瘦了一点，肯定还老了一点，也就是那个样子了。妻子是个直性子，马上开口说，哎，你想象力倒丰富，历历在目吧？——你就不怀疑我骗你，说不定她胖了一点呢？她要是胖一点那可是更漂亮罗。我说，不可能！在日本的中国人哪有什么胖子？要胖只有像我这样，到中国去胖。我拍拍自己的肚子，妻子也笑起来。

那一夜我们很温柔。我们已经很久没有这样的激情了。半夜梦醒，我竟又想起了辛夷。我相信她肯定是比大学时更瘦了。她原本就是我们班女生中最瘦长的一个。就像我长胖了很多一样，瘦了，胖了，都是岁月的印记。现在我们同在异乡的海岛上，不知道她深夜是否也会醒来？

那时候月光透过纱窗淡淡地照在床上。妻子蜷缩在床里，沉沉地睡着。我们刚刚有过温存，但我却想起了辛夷；我想起了辛夷了，却又没有想到性。日后回想起来，这似乎是有点奇怪的，但其实，这又是不奇怪的呀。多年以前，我和辛夷同学时，我们接近了，我们恋爱得很羞涩，很小心，也很短暂。以后我明白了，所有的恋爱都是源于性的，我们的也不例外，但那时我们的交往却似乎与性完全无关。就像两颗青涩的果子，成熟的季节离我们还很遥远。唯一的肌肤相触是在蝉鸣中的树林下，一只青虫落在她身上，她尖叫一声抓住了我的手，很快又畏闪着分开。也就是这样了。这样的恋爱或许只可能发生在十多年以前，或者在现在的小说里。十多年的时间还远说不上沧桑，但一切都和从前不同了，我们也被一起驱往中年。我们接触过，然后又很快分开了，这真是一个简单的故事。在妻子面前，我并没有对这段故事讳莫如深，因为它实在已是很远。说起来我和辛夷最终的分手原因不明，但我和妻子结婚后，有一天她对我说，你知不知道，选择了配偶，就意味着选择了生活，但辛夷是先选择了生活，再选择配偶，不少女人都是这样的。她这话好像是随口说的，但当时我愣了好半天神。不管是恋爱还是结婚，我从来也没有想那么多。看看身边的妻子，我突然觉得，她是个直性子，但并不幼稚，也许她才是真正的洞若观火。

在东京的两天我们很忙碌。妻子要去参加早稻田大学的一个年会，她一篇论文的主体部分要在会上“发表”。日本的“发表”相当于我们的发布或宣读。她发表的时候我要给她录像。妻子和她的姐姐似乎有无数的话要说，我有时也会插一下嘴。但说实在，我对他们的话题没有发言权。妻子的姐姐一家已在日本生活八年，八年在日，有无数的理由可以让他们选择留下来；回国的理由只有一个，那就是，他们是中国人，而这里是日本。妻子的姐夫已在日立公司属下的一个制作所就职，很辛苦，也很稳定，他们六岁的儿子已经不能流利地讲中国话了，回国的困难也是显而易见的。他们已打算申请永住，但两口子的意见还很不统一：女的要留下，男的想回去。在这种情况下，我说什么都不好。

辛夷电话打来时，妻子正教她的小侄子珠珠认汉字，她姐姐姐夫在厨房里做饭，有一句没一句地谈论着去与留的问题。电话一响，我就抬眼看妻子，她让我去接，我坐着不动。电话果然是辛夷打来的，她先和妻子聊了半天，然后又让我说话。我和她约好了下午四点在日暮里见面。她说“不见不散哦”，我没有应声，只含混地“噢”了一下。放下电话，妻子继续逗珠珠玩，突然“扑哧”笑出来。我不满地瞪瞪她，问，你为什么说下午你不去？妻子说，我不是跟辛夷说了吗，下午我要带珠珠去上野动物园，而且我答应他了，晚上他要跟我睡。我知道这是假话。昨天她要珠珠跟我们睡，小家伙死挣活挣还是光屁股跑到他爸爸妈妈床上去了。我赌气说，那我也不去了。珠珠突然凑过来说，我去，我跟你，乘电车，不去上野。我把他拉过来说，好，我带珠珠去，我们去吃寿司。

午饭后我们几个人又闲聊了一会儿。妻子告诉她姐姐，我要去会一个老同学。临走时，她姐姐问要不要等我回来吃晚饭，妻子代我回答说，不用了。珠珠说，我去吃寿司，真的要跟去，被他爸爸拽住了。妻子送我去地铁站。她在路上对我说：辛夷的丈夫今天不在东京，又不是两个家庭的聚会，我还去了干吗呢？她把手机递给我，叮嘱我路上多看看指示牌。她拍拍我的肩膀说，你就放心去吧，将在外，君令有所不受。我嘿嘿干笑两声说：你想干什么啊？妻子说：你快走吧。我不等你回来吃饭，可是还是要等你回来睡觉

的哦。说完了，自己又先笑起来。

护国寺地铁站有很多个进出口。沿着一条斜坡走下来，就是车站了。进站后，妻子帮我在自动售票机上买好车票，把票交到我的手上。我汇入人流，通过了检票口。远远地，我看见她朝我挥着手。我摆摆手，突然间想起了四年前她来日本，我在上海虹桥机场送她的情景。她站在等候安检的队伍里，拖着和她的身高不相称的行李，我们隔着高大的玻璃，泪眼相望。她朝我扬起三根手指，用力地摇晃着。那是我们的约定，两到三年，她一定回来。到如今，一拖就是四年了。四年啊，我们就这么过来了。那一幕的情景时常在我的记忆中出现。那一天我走出机场，注视着巨大的飞机轰鸣着越飞越远，最后在云层中消失，一时间竟不知自己身在何处。现在我的耳边又响起了轰鸣声，那是地铁进站的震撼。柔和的音乐夹着日语开始报站，我走进地铁，看着车窗外飞速掠过的街道，仿佛身在梦中。

这是我几个月来第一次单独乘车。车上人不算多，我找个座位坐了下来。地铁里很安静，只有几个日本中学生在车厢的一端叽叽喳喳地聊天。她们都浑身晒得黝黑，染了头发，其中一个还染成了银白色，在她青春的脸的衬映下，她的白发显得很怪异。染发的潮流早已传到中国去了。年轻的把黑发染掉，老年人把白发染成黑发，只有中年人还保持本色。记得辛夷是一个天生的黄毛丫头，那时候我觉得是一个缺憾，分手后我还以这个为理由劝慰过自己，现在不知道，她变成什么样子了。想到很快就要见到她，我的心里开始激动。我没有把握，见面时能把她一下子认出来。那么多的人，我辨不出哪个是中国人，也很难说能一眼认出辛夷。毕竟我们已经近十年没有见面了。

地铁很平稳，每到一站，站台上就会响起悦耳的音乐，人们鱼贯着上下车，秩序井然。妻子早已反复交代，我应该在池袋换车，乘“山手线”电车去日暮里。辛夷和我说好，我们在日暮里站的南口见面。我下了车，想象着和辛夷久别重逢的场面，我们会握手吗？不握手又能怎样？明知道辛夷不会在池袋出现，但我的眼睛还是下意识地四处张望。池袋是一个大站，方圆也许有一公里，巨大的车站像一个迷宫，无数的人在我的面前匆匆走过，杂沓的足音在大厅里混响。一时间我有些恍惚，我发现独自在东京乘车并不是一件容易的事情。我在人流中穿行，寻找通往日暮里的通道。我不会几句日语，根本无法问路，只能焦急地在几个方向不同的通道口往返。当我看到“日暮里”三个汉字时，额上早已沁出了汗珠。

紧张的感觉就是从这时开始的。那一瞬间，“日暮里”那三个字，仿佛是迷路的游子眼中突然出现的故乡的炊烟。实践再度证明，我是无法离开汉字了。上了去日暮里的电车，我没有心思观赏窗外的都市景色了，我一次次地走近车门，去查看上面的运行图。直到车窗外的站台上出现日暮里的站牌，我才长长地松了一口气。

记忆中，那一天的过程是如此清晰。我看看手表，发现时间还来得及。我随着出站的人流往外走。通道拐角处的空地上分布着一些木柱，红白相间，顶端削成斜面，令人感到奇怪。后来妻子告诉我，那是专门用来对付流浪汉的，他们常年住在车站里，有碍观瞻，削成斜面的柱子让他们坐都没法坐，更不用说躺。这真是个体面的办法，比警棍管用多了。知道了柱子的奥秘后我再在街上见到那些蓬头垢面的流浪者，总是心生怜悯，几乎感同身受。但当时我可没想到这么多，我随着人流，爬上高高的台阶，走出了日暮里车站，骄阳下的热浪立即扑面而来。我记得，我身上空调残留下的冷

气似乎立即就被吸干了。

和想象的完全不同，日暮里其实是个极其繁华的地方。人来人往的大街上，看不见一家酒旗招晃的茶肆，也没有穿和服的妇人。宽阔的十字街头，无数装束怪异的年轻人在等待绿灯。几个身穿牛仔衣的姑娘小伙子，头上扎着绸带，在摩天楼前的空地上自弹自唱……和池袋或涉谷类似，这里是商品的世界，年轻人的天堂。早晨我从报纸上得知，昨天日暮里的“大祭”有十万人参加，百万人观看，通宵达旦的狂欢。那应该是一个令人震惊的场面，但现在地上干干净净，看不出一点痕迹。如同日本的河流里急涨急落的洪水，一夜间就退尽了。

我没有心思在这里驻足停留。太阳已经偏西，空气依然火热。上衣被汗浸湿了，很不舒服。我在车站出口前转悠，仔细地在人群中张望。时间已经过了四点了，我突然想起，自己是不是走错了路？回头看去，巨大的字迹赫然在目：日暮里站北口！

我慌神了。我看看太阳，根据方位辨别出南面的方向，沿着大街快跑。这是一个意外的错误，但如果你了解东京的车站有多复杂，就不难理解我为什么会迷路；如果你还知道日暮里车站的各个出口相距有多远，你就更可想象当时我有多忙乱。下一个出口我又找错了，接下来我甚至还又转到了北口。等我终于站在南口前面，浑身已是大汗淋漓了。

我抬起衣袖擦擦被汗水刺痛的眼睛。出口处的冷气悄悄地涌出，吹在我的背后，我站在热与冷的交界线上。霓虹已经盛开了，灿若星海，在视野中明灭。我瞪大眼睛，看着前面如过江之鲫的行人，希望其中出现一个身影。她看见我，朝我挥挥手，然后款款地穿过人流，向我走来……

但我最终没有见到辛夷。我看到一个穿黑衣服的姑娘向我靠近，可是我确信我并不认识她。这是一个怪诞的插曲，日后想起来百感交集。黄昏临近时，车站周围出现了一些卖假电话卡和发色情广告人，看上去形迹可疑。在这样的背景中，先是一个手持话筒的男人往我手上塞了一张纸，我一看，是“日本爱国党”抗议美国“核大虐杀”的传单，我冷笑着扔在他的脚下，他瞪瞪我，悻悻地走开了。然后，一个黑衣服的姑娘慢慢地向我走来。她浓妆艳抹，亲热地朝我微笑，嘴里说着一串日语。那种讨好的表情立即就使我明白，这是一个妓女。我正烦着，脱口说道：“你别找我！”我说的是汉语。没想她听懂了，自嘲地笑笑，说一句“没花头！”转身就走了。

我心里一片茫然。一时间竟有点抱怨妻子，本不该主动和辛夷联系，告诉她我来日本的。她真的希望见到我吗？其实也不见得，毕业后那次在南京的常春藤，她为什么匆匆告别，而不留下一个单独相聚的机会呢？

日暮里的黄昏红尘万丈，原本不是一个浪漫的地方，就像日本，凭什么要能容纳中国人的情感呢？

这一切，都是我自己的问题。

时间已经过了五点，我打定主意，转身进了车站。我决定回去了。在返回池袋的电车上，我口袋里的电话突然响起来。是辛夷的电话。她很焦急，她说她在南口等了好久，后来又四处找我。这时我已经完全平静了。我对她说，我实在是个老外，今天的责任全在我，是我不认识路。辛夷听我说我正在电车上，就问我能不能下车返回，她到日暮里的站台上等我。当时我离日暮里其实还不远，但我告诉她我还有一站就到护国寺了。我说以后我们再找机会见面

吧，今天已经耽误你的时间了。这话也许有点生分，辛夷沉默了。半晌她又说 ：“我给你打过电话的，是你没有接。”

我相信她的话。回去后检查手机的来电记录，四点多确实有过一个“公众电话”的登记，可我当时没有听见。妻子很奇怪，不明白辛夷为什么没有用手机。日本的流浪汉都有一个手机的，辛夷不配手机，难道是为了节省吗？——这是后话。辛夷说她真的打过电话，我再次向她道歉，我说下次方便的时候我来请你，我们请你吃饭，不过那可能是在中国了。辛夷说好的，回国探亲的时候一定和我联系。

日暮里离池袋有十几站，为了避免影响别人，我离开座位走到车厢的接头处。面对玻璃窗，东京浮华的夜景在我眼前源源掠过。我和辛夷拉拉杂杂地聊着天，身后一个女人的身影映在窗玻璃上，面容模糊，好像我正在和她说话，好像她就是隔着窗户的辛夷。辛夷说日本的生活是很方便的，她回国已经不太习惯了。她说她已经来了七年，等到十年就申请永住。她还说她现在的工作工资很高，她和丈夫一年的收入有一千多万日元（约一百万人民币）。

车到池袋前我们一直在通话。也许是因为距离太远，电话的声音不太清楚，不时飘过一阵悠远的杂音，仿佛在告诉我，我们隔了十年。我这些年的生活波澜不惊，乏善可陈，所以我主要是听她说。辛夷说日本人都是工作狂，她跟着天天也要加班到夜里十点。电车到达池袋前开始减速，我问她什么时候回国。辛夷说过年前就要回去。我说你不是要永住吗？辛夷说是的，过年回去是探亲，最后什么时候回去她说不准，真的是说不准。还问我打算不打算留下来。

电车停靠池袋站时我们挂了电话。我要在那里换车。熟悉的声

音已经消失了，耳畔全是杂乱的日语。我站在繁忙的站台上，像一根柱子，人流在我身边分开，又合拢。行人逐渐稀疏了，从四面射来的灯光照在我身上，投下数不清的影子。突然间就想起了妻子说过的话。她说，选择了配偶，就意味着选择了生活。那她自己呢？她也是这样的吧？她是因为选择了我，才选择放弃毕业后等待她的教职，秋后回国。不知道她以后将如何回忆日本，她是否会后悔她的选择？

我从站台上的自动贩卖机里买了一罐“乌龙茶”，大口地喝着。茶是中国福建的茶，水是日本的水，很清凉。我把空罐扔进垃圾筒，登上了开往护国寺的电车。夜景灿烂，东京进入了它日复一日的夜生活。窗外的灯火无涯无际，宛若梦境。在另一辆电车里，辛夷此刻也正在回去的路上。她的周围站满了人，我只能看见她闪烁的影子。我站在车门边，等待着电车靠站。这时，我手里的电话再次响起来了。那是妻子的声音。

别人的眼睛

通往樱洲的路有两条。一条是从玄武门进去，经菱洲、翠洲，而后走过一座白石拱桥，那就是樱洲的入口。另一条是从解放门走。进了大门，你就踏上了那道著名的长堤。“无情最是台城柳，依旧烟笼十里堤”，十里也许是没有的，但你也得走上十几二十分钟，才能看见那座白石拱桥。其实还有第三条路，只是知道的人不多。樱洲位于玄武湖公园的边缘，它有个边门，开在紫金山下的锁金大道边。那不是一个正式的入园口，要是运气好的话，你可以把那个小铁门喊开。

所谓运气好，其实就是你能把看铁门的老头喊醒。光喊醒还不行，还得有点小意思。就我的经验，这个小意思就是一包香烟，好坏倒是不拘。我住在锁金村，以前我的女友出城来看我，我们就常常步行到小铁门那儿，喊醒看门的老头，把烟塞给他，请他开门让我们到樱洲去；她家住在玄武门附近，有时我也进城去看她，我进城，我们就从玄武门进公园。准确地说，那个女孩现在只能说是我的“前女友”了。对她现在的情况我一无所知。现在回想起来，那段时间我到玄武湖，走得最多的还是小铁门，原因其实很简单：在她家我是个不受欢迎的人，我去看她的时候不多。我一直纳闷，那个小铁门既然常年都是关着的，那门又有何用？安排个看门人岂不是多此一举？要知道，我们喊门的时候，那个老头要么是睡着，要么就是醉着。

接到聚会的通知，我很自然地想到了那个小铁门。一年来我的生活发生了很大的变化，公园虽说近在咫尺，但我已很久不去了。但是那份通知里有一句话说服了我。通知说：“我们决定聚一下，这是一种缘分啊！”是啊，缘分，我们是有缘的。我们的缘分不是卡拉 OK 里对唱的“缘”，那种“缘”基本上和情歌一样的长短，唱完也就完了。我们是真的有缘分，另一种长久的缘分。我现在之所以能够清晰地阅读这份通知，是因为一年前的那次手术。我接受了来自异体的器官，角膜。参加聚会的其他人和我一样，只不过他们他们有的接受的是肾，有的是肝，或者是心脏。我们得益于同一个器官提供者。医生给我揭开绷带后，我陡然看到了这个模糊已久的世界，我哭了。那一天可以说是我的新生，我的另一个生日，但我立即想到，有一个年轻的生命死了。他死了，把他的视野留给了我。那是一次车祸，原本不会有人注意。但紧接着的事情却成了整个城市乃至全国的话题——科学的奇迹——是的，奇迹，这是新闻界当时的众口一词。死者是一个器官自愿提供者。他的遗体被送到市中心医院，华东好几家具备能力的医院立即忙碌起来。媒体开足了马力，在几家医院间穿梭，南方卫视甚至还做了现场直播。经过各自不等的一段时间，除了一个接受骨髓移植的白血病患者没有能

扛过手术后的排异反应去世之外，我们都分别出了院。如果你能想象我们等待治疗前的那种如履薄冰暗无天日的生活，你就会同意那一天确实是我们的新生。同时，今天也是我们的共同母体的周年忌日，你说，我怎能不去？况且，聚会的地点约在樱洲，那个小铁门离我只有一箭之遥。

回想起来，我似乎很久不从小铁门那儿经过了。上一次我匆匆而过时好像还是冬天，百树凋敝。铁门很突兀地嵌在灰色的围墙上。我加快脚步，逃跑一般穿过了马路。我逃离的是一段经历，我的明亮的爱情故事。此时已是春季，草长莺飞，春深如海。我走下马路边的人行道，踏上了一条小径。蜿蜒的围墙上杂草丛生，不仔细看你很难找到那扇铁门。但不管怎么说这曾经是我常走的一条路。我知道沿着这条小径一直走下去，再拐个弯，就能发现那扇铁门。然而走了不久我就愣住了，前面的小径出现了岔道。我的视力现在应该说非常之好，我甚至感觉比我没得眼疾前还要好一些。可是小径两边生满了杂草，看来已久无人迹，横逸斜出的树枝遮挡着我的视线。我站在岔道前，有些踌躇，不知道究竟哪一条是通往铁门的路。春天的力量实在是奇妙，它也许不能恢复爱情，但它能够恢复前一个春天的旧观，甚至还能够修改它，就像现在这样。即使没有岔道，周围的景观也已大异于从前。我一时辨不出道路，索性凭着感觉往前走。围墙就在前面，依稀可见，但它很高，我看不见看门老头的小房子，否则事情就要简单得多。我的想法是，只要继续往前走，总能走到围墙，再沿着围墙走上一阵，铁门总是能找到的。

小径很幽静。林间的鸟和虫子鸣叫着，你一声，我一声，似乎

在从不同的方位试探着林子的深浅。脚步一响，它们的声音乱了，马上又稳定下来，只是各自变换了位置。我的听力大概是在我生眼病的那段冥想的日子里得到了锻炼，变得非常敏锐，有时敏锐得令我烦躁。没想到这会儿倒是我的耳朵帮了我。走不多远，我无意间从不绝于耳的鸣叫声中辨出了一种声音。它很特别，颤颤悠悠，绵长而含混；走得更近些，我甚至可以从中剔出一丝闪亮的痰音：那个老头，他又喝醉了。以前他不是醉着就是睡着，今天看来他是醉了酒而且睡着了。

看来还是感觉在暗中帮了我的忙，路是没有走错。我加快了脚步。约定的聚会时间是两点，因为住得近，我没有预留多少时间。老头的鼾声越来越响，而且已挟来酒气。我看到了铁门，茂盛的藤蔓把它封得严严实实，如果你不用手去拨，它几乎就是围墙的一部分。我摇晃着铁门，喊道：师傅！老师傅！

看门老头的鼾声严密得水泄不通。一时间我有些迟疑。但我断定看门的人没有换。即使换了人，在我们这个城市，“老师傅”从来都是不分年龄的尊称，你只管见人就喊，没关系。于是我的声音又增高了几度：老师傅！老师傅！

老头的鼾声一如既往，像是决意要响到某一天的清晨，周围的鸟虫突然噤了声，鸟儿泼剌剌飞上了天，虫子想来是钻下了地。我晃晃铁门，无可奈何地放弃了。

解放门或是玄武门实在是太远了。我现在只有沿原路返回，进入另一条岔道再试试。我心中焦急，手忙脚乱，挡道的荆条毫不客气地在我脸上拉了一道血痕，很疼。突然间我有点恍惚起来。树林幽深，视野中的景物显得迷离，不可捉摸。我像在梦游。小径也许在无意中拐过了一个角度，和不远处的围墙成了平行状态，看上去永远不会重合。我沿着小径一直往前走，像一个梦中的巡视者。我这是在干什么？前面，那是哪里呢？

不知不觉中，我终于走到小径的尽头。围墙立在我前面，上面布满苔藓。墙角下有一垛砖，阳光透过树林，在上面投下凝固的斑点。

对任何事情你都不能抱过于确切的期望，譬如那扇铁门。但转机也是会有的，那堆砖头就是一个例证。你找不到这里面的逻辑。它分岔了。樱洲的岔道就更多。它们纵横交错，和夹拥的冬青配合着，把不计其数的樱花分割成一个个相对独立的区域。冬青很茂盛，有半人高，如果不打算从上面翻过去，你常常就要在樱洲兜圈。樱洲以樱花而得名，但此时看上去满目绿叶，花已经全部凋谢了；只有草皮上的花瓣还在提示人们，它们也曾爆炸般地开过几天。但仲春已不是樱花的季节。

游人们也已经散了。樱洲本就是玄武湖最偏僻的一个洲，除了樱花，还有什么呢？樱花盛开的日子还有些恋人们到这里来，现在花期已过，没有多少人星期天的下午还愿意待在这儿。脚下的这条路伸向樱洲的深处。常来樱洲的那段日子我和女友经常在这里散步。樱花下的草皮其实很好，但女友不愿意坐下来。她是个很懂得爱惜自己的人，如果忘了带一张旧报纸，她就宁愿一直走着。说来可笑，我们从来也没有忘记那一盒权当门票的香烟，却总是忘记带报纸。现在是我一个人。脚下卵石小径的缝里钻出了一簇簇嫩绿的小草，离去的游人给它们留下了生长的缝隙，也给鸟儿们留下了一个自在的天空。几只斑鸠在樱洲的两侧彼此呼应着，悠长而凄凉。

踏着砖头翻墙而过时，我曾经很慌张。但现在我倒不那么急

了。这也许是一个有意义的聚会，应该像我接到的通知那样郑重其事。可是我觉得，我见了他们很可能会无话可说。此前我曾通过那个心脏移植者提议，我们一起去看望一下那个为我们提供器官的年轻人的父母。结果人没有约齐，只有我和“心脏”一起去了。那是个很普通的家庭，家境一般。我们只见到了老太太，还有墙上她儿子的遗照。那是很青春的一张脸啊。我说不清我的感受，喉头有些发紧。“心脏”和我在同一家医院手术，我们应该算是认识的，可我没看出他是个饶舌的家伙。我想心同此心，他的感情应该和我类似，但他话太多。他夸老太太的儿子，还说自己现在非常好，除了要定时吃药，简直达到两匹马力——他的名字就是马力——“您看，我现在上楼一点都不喘！”他那语气有点像是用了人家的什么物品，来告诉人家使用感受。老太太淡淡地听着。她也许原本有很多话，但轮不到她说。马力说得高兴，一会儿称老太太为母亲，突然又一溜嘴喊老太太“祖母”，让人摸不着头。他解释说 :“您儿子是我们的母体，您不就是我们的祖母吗？”老太太苦笑了一下，脸色有些变了。她绝口没提她的儿子，只在分别时要我们不要忘了吃药，“好好过”。出了门我和马力分手，我的泪水突然流了出来。我的泪浸泡着角膜，火辣辣的。不久以后我又单独去过一次，但那片老式的砖楼已经拆了，大片的空地将建成汉中门广场，上面植着一些据说是从樱洲移去的樱花树。

这几天一直在刮风，时断时续。风渐渐大了。从北方刮来的春风挟带着烟尘在天空呼啸而过。天有些发暗，树木轻轻摇晃着。我现在是个耳聪目明的人。我能看见无数的粉尘从天空落下，又被卷起来 ；受惊的鸟儿尖叫着弓箭一般在林间弹射。我脸上被树枝划破的地方有点疼，紧绷绷的。已经两点半了，但我对这次聚会感到了一丝畏缩。从墙上往下跳时，我的脚崴了一下，更糟的是，裤子被墙上的钉子划破了，破洞处露出了口袋。口袋是白色的，很显眼。我没想到一个裤子的口袋竟然有那么大，好像我是露出了里面的大裤衩。也许有人还会因此而联想到一个拖着蛇皮袋的拾荒者。想到这个我宁愿在樱洲再转转。如果不是考虑到现在回去还要再翻墙我真想马上就走。

他们来了吗？在哪里？通知是那个“心脏”马力的手笔，他话多，写了满满一页，却没有说明准确的地点。我知道参加聚会的还有一个外地人，为了方便，他们大概会在樱洲的小石桥那儿等。地上有一张报纸，飘着飘着，被冬青挡住了。我忍着脚疼追过去拣了起来。我打算拿在手上，挡一挡那个破洞。我现在已经走到了樱洲的南边，远处的湖面传来了隐约的水声。风紧一阵慢一阵，随着风声的减弱，灰尘从天空飘落下来，我的嘴里有些发涩。这是来自远方的尘土，不知道从樱洲掠去的灰尘现在又落到了哪里。我一直固执地认为春天的沙尘暴和我的生活有着一种隐秘的联系。这倒不是怨天尤人。每年春天，四处漂浮的花粉都会弄得我两眼发红，咳嗽不止。后来在樱洲，也是这样的天气，我和女友从樱洲回去，我带回了导致我手术的眼病。最后一次的樱洲之游就像是一段模糊不清的影片的开始。银幕上人影憧憧，周围一片黑暗。在影片的结尾，她离开了我，我被推进了手术室。这是一个俗套的故事，但俗套本身也许就是逻辑吧。如果不是那次手术，我现在就不会到这里来；如果没有那最后一次樱洲之游，我即使还是要得眼病，甚至也要动手术，但今天聚会的却未必是他们几个。是的是的，这真的是缘分。除了马力，我和其他人没有联系。据马力说，接受肝移植手术的一个是女教授，有五十多岁了。做肾移植的一个是年轻女人，很漂亮；另一个是年轻小伙子，上海人，写小说，还做收藏生意。马力告诉我，这个人很有办法，在艺术圈子里他是个生意人，买单总是他抢着去，可到了生意场上他又自称自己是个艺术家，很清高。

马上就要见到他们了。我找个地方坐了下来。右脚很疼，好像肿了。我皱着眉用力捏着脚腕，脸上的上伤痕被牵得发疼，我此时的表情一定很狰狞。我得收拾一下。我小心翼翼地走到水边，撩起水擦了一把脸。风不紧不慢地刮着。沙尘暴带来的阴霾已经消散，天空明亮了些。我回到刚才坐过的地方，却发现垫着报纸已不知去向。我四处张望着，像是在找报纸，又像是找聚会的那几个人。已经三点了。我这么晚露面恐怕难以避免地要成为他们的话题，这是迟到者的常规待遇。但我既然来了，总是要见他们一下的。对他们一年来的生活我也有些好奇。老太太让我们“好好过”，我是女友跑了，工作也丢了，不知道他们过得怎么样。我绕过拦路的冬青，慢慢向小石桥方向走去。路边的草丛里突然发出一阵动静，哗啦啦乱成一团。我怔了一下。草丛中探出一个脑袋，上面顶着几根草屑。是一只狗，狐狸犬。它抬起亮亮晶晶的小眼睛看看我，突然又没入草中不见了。

这时候我听到了他们的声音。小石桥的南面有一块草坪，几个人围成一圈，一个男的站着，另有一男两女坐在地上。站着是马力。他正说着什么，我听不清。风中的声音断断续续。鸟儿们先是怯怯地叫，彼此鼓励着，忽然起了劲，一下子聒噪起来。我现在拥有一双明亮的眼睛，视网膜巩膜玻璃体这些都是我自己的，角膜却是别人的馈赠。那个年轻人，他家在本市，想必生前也到樱洲来过的吧。水边的树丛中又传来了斑鸠忧郁的叫声，声声慢，使我感

觉到一丝寒意。他来过的，一定来过的。一年后的今天，有几个人各自带着他的遗赠，又来到了这里，可是他再也不来了。我有些伤感。我的视线透过角膜透过枝丫伸向前方。这时我意外地发现了那只狗。它兴高采烈地在几个人中间绕圈子，仿佛在走着梅花桩。年轻女人伸手按住它，把它搂在怀里。马力说着话，手在用力比画……我现在上楼都不带喘的，他指点着环岛的卵石路，我可以绕着樱洲跑几圈给你们看看！他们都说我现在是两匹马力，二马力！我在家正是老二，你们说巧不巧？

他的话被一阵嘎嘎的笑声打断了。是那个长头发。如果不看仔细点，你可能会把他误认为女人。想必他就是那个艺术家。我也忍不住想笑，马力的话简直就像是我们去老太太家拜访时的翻版，他好像是刚从老太太家出来。我现在清闲了，忙到头了，每天就是下楼上班，上楼回家，上楼下楼还不喘，你说是不是轻松？坐在地上的年轻女人问：你还在上班？做什么？马力道：看大门。其实就是看报纸。那些小青年说我现在是一不做，二不休妻，人生最佳境界。他的话把几个人都逗得笑了起来。马力问：你呢？我？年轻女人道：我肝不好，没你好。我好，我好什么呀！马力却叹口气，现在酒都不能喝了。以前应酬多，现在看大门……什么？你还喝酒？一直没有插话的女教授突然问。我不喝了，马力说，动过手术就喝过一次，结果是一败涂地动山摇，倒到桌子下面去了。

我觉得很有趣。他又说了一个“一”。那只小狗也汪汪叫起来，好像它也识数。我沿着冬青树悄悄往前走了一段，坐了下来。裤兜里的香烟倒是没有丢，我拆开来，却没有火，只好拿一根在鼻子上嗅着。医生叮嘱我抽烟对眼睛不利，我已经戒了。现在我很想抽。再抽上恐怕再戒就难了。一发，一发不可收拾，瞧瞧，我也“一”

了。那边老教授奇怪地问：你怎么会把成语连起来说，一啊一的？马力说：酒席上学的啊。还有呢，——还有什么的？长发艺术家说：一技之长短不拘，一孔之见多识广，一举两得陇望蜀，一石二鸟枪换炮，艺术家讲得忘形，站起身来，双手比画：一箭双雕虫小技，一触即溃不成军，一命呜呼风唤雨，还有一唱雄鸡天下白痴！

众人都有些发懵。马力说：你们那儿也玩这个？艺术家说：哪儿不一样啊。女教授问：你们喝酒就说这个？这说的是什么？马力说：这叫一字令。年轻女人"嘁"一声道：男人！艺术家理理长发，道：也有说女人的呀，你很漂亮，一顾倾城门失守，再顾倾国将不国。男人！年轻女人又哼了一声。女教授道：这是说男女还是说政治？艺术家道：哪里哪里，我说的是自己。他捶着腰自我解嘲道：我现在完了，只剩一个肾了。嗨，真是一触即溃不成军了。没人接他的话。马力大概是看年轻女人不高兴，把话题撇开去。我们现在都算是残疾人了，以后要多多联系，肝胆相照。女教授说：我做的是肝移植，谁做胆移植？胆不需要移植，割掉就是了。她的话有点冷。

我坐在树丛中，腿有些发麻。我已经决定就在这里坐下去，一直坐到他们散时我再露个面就行了。那边的女教授这时提出要走，她站起身，说她的命是拣来的，她手上还有很多事情。谁不是呢，他们几个在挽留她。艺术家说：再坐坐吧，既然来了。我还要坐火车呢。马力说：没关系，让你的腰友送你去车站。我听了一愣。那边艺术家哈哈大笑起来：对对，我们是腰友。我们都换了一个腰子。年轻女人说：我送你？美得你不轻！

几个人重新散坐在草坪上。突然艺术家又站起身，朝这边走过来。他的方向不偏不倚，正冲着我所在的这片树丛。我紧张起来，

不知道他要干什么。小狗也跟过来了，它钻进草丛，理都没理我，直扑水边的一只鸟。艺术家停在树丛边缘，开始掏裤子，原来是要小便。我躲又不是站又不是，只好原地不动。他突然探头朝树丛中看了一眼，想来是看见我了，稍稍避过了身去。立即有一股浓烈的尿臊气夹在凌乱的风中飘过来。这就是听他们的一字令的代价啊，我想，只不过别人是在酒桌上闻酒气，我要闻臊气。如果不是接下来他们提到了我，我已经犹豫着打算离开了。我知道我现在已难以现身了。

那个角膜，他不来啦？你不是通知他了吗？艺术家问。当然通知了，马力说，他没准是有事吧。谁没有事？艺术家不满地说，他还比教授忙啊？女教授道：大家都有事，也许人家正好今天走不开。年轻的女人道：你们都有工作，就我闲着。马力问：怎么，你手术后就不工作啦？女人说：不是的，我以前就不工作。

我在心里揣摩着年轻女人的身份。我有点感谢她。她一句话就把话题转到了自己身上。那边年轻女人大概是想抽支烟，可是烟抽完了。教授劝她不要抽，艺术家和马力在口袋里找烟。我手上的烟已经被捏碎了，烟盒里还有整整十九支。我有烟，他们有火。我注意到他们旁边有一个小小的土堆，上面插着一根香，一点星火在闪烁。看来在我到达以前他们已经祭奠过那个年轻人了。但对更多的人而言，今天只是个很普通的日子，譬如我的女友。不知道她现在在什么地方，在做什么。从早上开始她的影子一直断断续续地在我头脑中掠过，就像这樱洲树林中的风，就像这风中起落盘旋的鸟。这会儿我倒挺想和人谈谈她，既然忘不了，说说也好。但是我总不能从树林里忽然跑出，手里举着一盒烟说，来来来，接着聊，接着抽。我明白了，我身上的角膜其实本身就是一个安排，它把我安排

在远处，距离就是视线那么长。

视线的那一端是草坪。记得那里原来有几株特别茂盛的樱花，和白石桥相映衬，被称为樱洲一景。樱花映红了我女友的脸，那是几张散落在抽屉里的照片。樱花现在长在汉中门广场，它们被移植了。他们围坐在移植后的空地上，谈着他们接受移植后的生活。他们谈起各自吃些什么药，后来说起了克隆，不知怎么又扯起了亲子鉴定。话题好像是年轻女人先提起的。她说现在报纸上亲子鉴定的报道真多，弄得全中国的男人都回家打量自己的小孩子，真烦。艺术家说：谁烦？是科学烦还是报纸烦？马力说：科学怎么烦？科学好啊，科学治好了我们的病，没有科学，我们死定了！年轻女人说：那就是记者烦。女教授说：这不对，这是他们的工作。科学可以弄清亲子关系，那就要弄清，记者只要写的不是假新闻，他也没有错。要说烦，烦的是人自己——你怎么啦，你脸色不好。

我没事。年轻女人拽着地上的青草，一把一把朝风中扔着。我有个朋友，她丈夫突然怀疑她，闹着要去做鉴定。家里全乱了套了……那就去做，教授肯定地说，话挑开了，只有这个办法。年轻女人说：哪有这么简单呢？她丢不起这个人。教授说：不做就不丢人了吗？她丈夫怀疑她，就已经很屈辱了。可是别人不知道，女人说，也许你们几个算是知道了，但你们不认识她。

那个小孩像她丈夫吗？马力突然说，脸不像身上也像，我儿子脸像他妈，屁股像我。艺术家问：几马力？马力没理他。我儿子屁股上有个胎记，和我的一模一样。艺术家大概看出马力有些不快，连忙附和说：是啊，千年的画师顶不上一根……嘿嘿，不讲了，就那个意思。

女人说：问题是那个小孩确实不像我的朋友。

现在不像以后像呢？马力说，小孩子是会变的。再长长说不定就像了。

可是那个男人一天也不愿意再等了。他说，他不能在怀疑中生活。他每天时时刻刻想的就这件事。他对小孩也像是换了一个人。

可以理解，教授说，这就是排异反应。她话音刚落，马力突然叫起来：不好，我药忘了吃了！他忙不迭地掏药，喂！小狗！你过来，帮我把矿泉水拿来！小狗，来！

它叫卡尔——卡尔！卡尔！

一阵细碎的足音从远处响过去，卡尔跑到了他们当中。它蹦跳着直往女人身上扑。你先要给它一点甜头，它才会帮你做事，女人掏出一根大概是火腿肠之类的东西塞给小狗，手朝地上一指，小狗乖乖地把矿泉水叼了过去。女人把水递给马力。随着一阵咕咚咕咚的喝水声，艺术家突然又站起了身。我方便一下。他这次没有冲着我来，他换了个地方。但还没等他解决问题，远处就有人吆喝起来。喂，你在干吗？说你呢！艺术家立即缩了进了树丛。反正从我这个方向是看不见他了，他全缩回去了。他的肾看来是真不好了，出来的时候他肯定脸色也不好，有点挑衅的姿态。喊话的是看门的老头，他酒醒了，出来了。我不是说你，我说它呢，他手上提了个簸箕。看这狗屎拉的，一，二，三，三泡，我跟过来了——你要讲卫生。

汪汪！

请问几点了？老头问。

汪汪汪汪！

哦，四点了，我们五点清园。老头说了几句话，自顾自走了。几个人都有点下不了台，就是想走一时也不提了。太阳浑浑的，几乎看不清边缘。整个樱洲现在太冷清了。这里虽说偏僻，但我还从来没有见过像今天这样游人寥寥，况且我们还不是游客，我还是一个脸上带伤裤子挂破的人。这有点不正常。风已经停了，正是百鸟归林的时间，满耳都是叽叽喳喳的声音，鸟叫声像樱花树那样一团一团，合起来和樱洲一样大。

他们好像还不想走，或者说是那个女人还要接着说下去。你们说，她该怎么办？

谁？

我那个朋友啊。她话已经说死了，要做亲子鉴定可以，先离婚，孩子归她；她丈夫说，要做过了他才能决定。两个人都没有退路了。

艺术家说：为什么要先离婚？

因为连起码的信任都没有了，婚姻还有什么意思？

教授说：我不理解。这个女人应该心中有数。她去做，澄清了一切，信任不又重新回来了吗？她应该相信科学。

女人说：可是她去做，这本身就是侮辱。

艺术家突然说：我有个办法。他们可以先离婚，再去做鉴定。如果没有问题，再重归于好，复婚。

你这不是儿戏吗！女人说，如果没有亲子鉴定就好了。就这么过下去，时间一长也就罢了。科学不是好东西！专给人出难题。

这倒真是个难题。我一贯害怕难题。可是婚姻离我还很远，它很模糊，而科学又太清晰，就像我现在的眼睛。这时我倒想起了那只狗，卡尔，它多简单啊，一根火腿肠换一瓶矿泉水，鼻子嗅嗅就知道谁是一家人——那个卡尔，他能从我们身上嗅出来自同一个母体的器官吗？那个年轻人，一年前车祸死了，要是他看到这些心肝胥聚在一起谈论亲子鉴定，他会怎么想?

我被自己的想法弄得寒毛森森。看看四周，天色渐渐暗淡下来了。我后背发冷。我总觉得有一双眼睛在暗中窥视着我们。那只小狗在樱洲的那一端叫了起来。它飞快地跑过来，在女人身上拱拱，又飞快地跑走；再跑过来，又跑走。它忙得很。我以为它是因为刚才受了看门老头的委屈，还要跑到他那边去拉泡屎，出出气。后来的事实证明它没有那么复杂。但是我们的聚会却从此走向一个混乱的结局，只不过当时没有谁去注意它。年轻女人还没有从她的情绪中走出来，她喃喃地说：谁摊上这样的事都没办法。睡也帮不了她，我那个朋友。哼，全没心肝!

嗨嗨！马力说话了，别骂我们啊，这不是我们惹的事，我换了心，她换了肝。

我没骂你。女人对教授说，男人全没心肝，没心没肺!

狼心狗肺，鼠肚鸡肠，狼子野心，鸡零狗碎，艺术家说，干脆我帮你一起骂了吧。

教授说：可也得将心比心。

有意思。还没等我笑出来，远处树丛中的小狗突然发出了一阵尖锐的叫声，像是有人踩了它的尾巴，或者是谁踢了它一脚。我以为是看门老头出脚了。年轻女人触电般站起了身。卡尔！卡尔！——谁?

我也站起了身。樱洲北边的树丛中，一个男人走了出来。他开始还有点畏缩，但很快又器宇轩昂起来。

是你？——你来干什么?

不干吗，男人冷笑着说，我早来了，卡尔都比你先知道。

这是这个男人最为平静的一句话。接下来事情就不可收拾了。

他们开始对骂，几乎要动手。几个旁观者手足无措，干着急。他们的话越来越不堪入耳，那男人不断地抽空怒视着马力和艺术家。艺术家的长发显然成了某种怀疑的靶子，那男人的目标越来越明确。他的话像暗器一样在空中飞来飞去。但是最后，倒下的却是马力。他突然“嗷”的一声，捂住胸口倒了下去，就像中了一枪。

全乱了套了。人喊狗吠。我再也站不住了。我从树林中跑出来，跑到那片草坪上。快！送医院！我对他们喊，我就是——就是角膜，现在不能从前门走！艺术家在打手机要救护车。我说，快，叫他们在樱洲的后门等！

艺术家背着马力。我在前面跑，卡尔比我们还要快。迷宫似的小路形成了障碍。幸亏我们有卡尔，我们跟着它，完全不再理会曲曲弯弯的拦路的冬青，这样迷宫也就不成其为迷宫了。我在前面开路，冬青被踩得东倒西歪。等我们跑到小铁门那儿，看门老头已经把门打开了。他木然地看着我们，好像他早已料到他的铁门还能发挥急救的作用。我们气喘吁吁地冲出铁门穿越树林爬上陡坡，终于站到了锁金大道边。

车流如潮。救护车还没有出现。

暗红与枯白

土

清明节那天，天阴沉着，但没有下雨。我去镇北的墓地给爷爷上坟。

我已经三十岁，爷爷去世也快三十年了。多年来，我一直在外地上学、工作，每年最多回来一次，一般也都安排在春节。也就是说，我已经很多年没给爷爷上过坟了。在我模糊的记忆里，爷爷的坟位于公墓的最北边，那是整个墓地地势最高的地方。据奶奶和父亲说，爷爷的个子很高，在他们那辈人里是非常少见的。父亲说，他小时候跟爷爷去看草台班子演戏，他总是骑在爷爷的肩上，不管站得多远，都没人能够挡住他们两个。我记得，爷爷的坟不光地势高，坟本身也很高。

我去给爷爷上坟，奶奶在前面给我们带路。父亲和姑妈跟在我身后。姑妈手里的提篮里，有几样素菜和馒头米饭，还有一壶酒，爷爷生前就好这个。他一辈子没过上几天好日子，对他来说，酒是浇愁的水，又是治病的药。父亲说，在他的印象里，爷爷似乎一直就是一个佝偻着腰沉默寡言的老头子。在傍晚昏暗的光线下，爷爷独自一人坐在小桌前，他的面前是一个锡制的小酒壶和一碟花生米。他坐在那儿，不说话，偶尔抿一口酒，有年幼的儿女从他身边跑过去，他就拈一颗花生米送到他们嘴边。桌子摆在风灯下面的阴影里，爷爷的脸上没有笑容。爷爷去世时我刚过周岁，对一切还没有什么印象，但我听说他很喜欢我。我过周那天，他煮了猪肝，切一片塞在我嘴里，说，吃吧，吃吧，吃了我们长大了就会讲官话了。在我们家乡话里，“肝”和“官”是同音的，爷爷肯定希望他的长孙长大后能做官，当了官至少可以不被人欺负。但我已经三十岁了，大概再也不能满足爷爷的希望了。带给爷爷的酒装在他生前常用的锡壶里，锡壶平时不知放在什么地方，每年清明节前几天奶奶就会把它拿出来，擦得锃亮。这锃亮的酒壶现在躺在姑妈的提篮里，随着步伐轻轻摇晃。黑暗的壶中有清澈的酒一路晃动，拖着一道初春嫩绿似的淡淡酒香。

爷爷是个老实厚道的人，他只活了不到五十岁。他一辈子最大的成绩就是靠他做烧饼油条的手艺养活了老老小小近十口，而且还把旧屋拆了，砌了一座一上一下的小砖楼。几十年后这座老屋当然已经相当破旧，而且前不久已经被拆掉了，但它毕竟为我们家的人遮挡了几十年的风雨。房子造好后不久爷爷就开始生病，没几年就病死了。可以说，这座房子耗尽了爷爷的最后一点精力。

我原本以为爷爷是土生土长的本地人，长大以后我才知道，他不是。爷爷的祖籍究竟在哪儿，他自己也未必知道。我想这肯定是爷爷心中的一块隐痛。他虽然心灵手巧，但识字不多。他无法找到自己的根，就迫切地希望能在这块地方扎下根来。我想这是爷爷当年含辛茹苦、忍气吞声地造起这座房子的更为深层的原因。

四十年前的初春，爷爷的房子开工了。宅基地旁边的空地上，搭起了一间小草棚，一家人临时住在里面。前面的几天是顺利的。但第七天一大早，天色变阴了。爷爷担心春天的雨一下起来就没个头，他心急火燎地赶到领班的木匠家，请人家早点开工，他想抢在雨前把梁上好，房子封了顶，就不怕雨淋了。爷爷回到家，没想到工地上已经闹成了一锅粥。爷爷的头“嗡”了一下。他险些晕倒。

爷爷的个子很高，他老远就看见他异父异母的哥哥天忠正和我奶奶指手画脚地吵着，天忠的老婆搬了个马桶坐在人群中间，正在破口大骂。他立即明白了是怎么一回事。围观的人群见爷爷来了，马上闪开一条道，但他几乎没有力气走过去了。

上一辈分家的时候，爷爷的房子里有一条穿堂而过的走道，是留给天忠家去河边用的。爷爷开工前已经找天忠协商过，愿意把新房子造小一点，在房子的西面留一条走道，因为走道摆在新房子里太不像样了，而且实际上根本就没法布局。爷爷和天忠商量的时候显得低三下四，他从小就被他这个异父异母的哥哥欺负怕了。天忠吸着爷爷敬的纸烟摆摆手说，谁叫我们是兄弟呢，你就先开工吧！爷爷万万想不到，到了这个节骨眼上，怎么又泛出这个话来了呢！

这时木匠瓦匠们陆续来了，但他们没法干活。穷人家造房不容易，一天工也窝不起呀！爷爷可怜巴巴地说，大哥，你不是答应过了吗？天忠眼一横，说，我答应什么啦！？天忠的儿子，二十岁的镇工商联主任也跳了过来，他手一挥对着众人大声说，你们大家说说，祖上传下来的地基，我叔叔想一家独吞，你们说有没有这个理？

爷爷还想争辩，那边天忠老婆已经把马桶一脚蹬翻了，她跳脚大骂，叫你们砌！叫你们砌！尿屎流了一地，臭气熏天。这是最为恶毒的诅咒。奶奶急了眼，猛地扑过去和她扭打在一起……

那天雨倒是没有下下来，但工是完全停了。那时我父亲兄弟姊妹几个还小，只会坐在草棚子里面哭。爷爷蹲在地上，嘴里不停地说，他们是算准了的，他们这是拿捏我呀！天全黑下来的时候，爷爷突然不声不响地出了家门。奶奶悄悄跟在他身后，她看见爷爷过了小街，进了天忠家的门。她想喊住他，但她终于没敢出声。

晚上，爷爷东借西凑地搬了五担稻子到天忠家。第二天，房子重又开工了。看上去，天忠还是高抬贵手了。

但事实上，爷爷在完成了他一生中最大的一件事业的同时，也给他的后人遗下了一个沉重的隐患。死者长已矣，但恩怨未断。

纵横的田埂上，行人如织。小镇是沿着东西向的“车路河”一路撒开的，长长的小镇延伸着形成了一道弧形，它的北边三四里远相当于焦点的地方就是墓地。上坟的人从小镇的各个巷口走出来，沿着田间小道向墓地汇集。

初春时节，田埂上的枯草开始泛绿，柳树的枝条也吐出了嫩芽。我们走了约莫一刻钟，前面墓地已经遥遥在望了。那儿是死者的世界，是归宿，而身后是他们曾经生活过的尘世。上坟的人都很少说话，熟人见了也只是点点头。我想着我的爷爷，我相信其他的人也都想着他们死去的亲人。天空是阴沉的，那些死去的灵魂也许早已鸟儿一般从墓地腾空而起，盘旋在田野的上空，在行人中寻找着他们各自的家人。爷爷，你看见我们了吗?

暗 红

春节前，父亲分别写信给在青海的叔叔和在省城的我，让我们回来。小镇搞规划，我们家的老屋要拆了。他让我们回来商量。老屋位于小镇的最中心，屋前是小街，屋后是那条贯穿全镇的小河。小河把小镇一分为二，河上有三座桥，中间的一座很久以前叫“中正桥”，新中国成立后改了名，叫“中大桥”。桥上原来有木制的顶棚，是夏天乘凉的好地方，但在我记事后不久就被拆掉了。我们的老屋就在“中大桥”下。

老屋虽说是一座小砖楼，但很不气派，它显然要比小街对面成如家的轩堂高屋矮很多。老屋临水而建，我小时候经常站在楼上趴在吱吱响的木栏杆上向下面的小河里张望，我对东来西往的船上站着的鱼鹰和船尾拴着的狗特别着迷。我觉得划桨的船像鸟儿，而那些橹船后面吱吱呀呀的橹则非常像大鱼的尾巴。我父母亲住在他们工作的中学里，但我每年回去都要在老屋里住上几天。这次春节一回家我就知道，老屋肯定是要拆了。一家人都很伤心，奶奶一说起这个就要掉眼泪，但这是没办法的事。

按规划，小河北边的这一排房子全要拆掉，小河填平，铺成大街。拆迁是从小镇的两端向中间进行的，我亲眼看见推土机把几家拒绝搬迁的房子轰隆隆地推为平地。

我们一家在抑郁的气氛里度过了老屋里的最后一个春节。拆迁的最后期限越来越近了。奶奶原来一直住在老屋里，她本以为可以

一直住到死，还可以把老屋传给我们。但现在不行了，她最后的栖身之所不久将被夷为平地。老屋拆掉后，镇上将会在镇外的居民区给一块地皮，再补偿一万块钱，可这点钱怎么够造房子呢？但如果不造，地皮就只好荒在那儿，或者把它卖掉，奶奶跟我父母住。奶奶无论如何也不同意这样。她总觉得我们在这个小镇上应该有一座房子，一个根。奶奶一流泪，父亲和叔叔都慌了，他们咬咬牙说，那就造吧！

叔叔很小就到了青海，退休以前是不可能调回老家了，他和父亲谈了两个晚上，最后商定父亲和他各出一半的钱把房子造好，房子的产权归我父亲，奶奶住在里面，日常生活由我父母负责照料；他退休后再回来住，但不传给他的孩子。父亲起草了一个协议，他和叔叔都在上面签了字。

我对这个方案没有提出异议。父母都已经老了，退休后他们未必会愿意随我到省城生活，而且我自己也只是一个平庸无能的人，老了以后没准儿还得回到我出生的家乡。我也得为我自己留一条后路。

父亲和叔叔签好协议的第二天晚上，奶奶亲自下厨为儿孙们做了一桌饭菜。天气很冷，叔叔几天后就要起程回到更为寒冷的青海去，这很可能是老屋里的最后一顿团圆饭了。奶奶显得挺开心，但席间的气氛总是有点黯淡。奶奶说，我们在这个地方扎下个根不容易啊！当年造这座房子，受了多少气，吃了多少苦，你们是不记得了！

奶奶一辈子也忘不了四十多年前造老屋时的惨痛经历。奶奶不识字，牙也掉了不少，她讲不清楚。从我成年以后，她一有机会就讲给我听，慢慢地，我心里也就有了个梗概。造屋时父亲已经十多

岁，很多事他应该记得，但他对这件事绝口不提，即使奶奶讲的时候他在场，他也从不插话。小街对面，成如家的房子已经翻建了好几次，我们家的房子却越来越破败，作为长子，父亲心里肯定不好受。奶奶还在唠叨，叔叔说，妈，你就别讲了。这次拆迁正好是个机会，我们肯定给你砌一座更好的，上下三层，怎么样？奶奶说，再好也没有我们这块地皮好啊！一辈子住在这儿，说走就走了。还有，你说得倒轻巧，你们哪来那么多钱呢？叔叔说，妈，那你就不用操心了，我们有办法。叔叔讲这话时，声音挺大，但明显地底气不足。我们都不是暴发户，几万块钱，谈何容易！但我想人有时候也就是为了一口气，爷爷奶奶省吃俭用、精打细算、含辛茹苦、忍气吞声造成的房子，不能在我们手里被连锅端掉。所有的人都需要一个老家。

我们吃完了饭，商量着尽快把老屋的东西搬到我父母单位的房子去，讲好第二天去镇外的居民区看看，争取能挑一块好一些的地皮。这个时候，小街对面成如家的大儿子大龙来了。他寒暄了几句，很快进入了正题。他说，奶奶在这儿，两个叔叔也在这儿，他看了我一眼，说，我爸爸让我来说一下，你们老屋要拆迁，镇上划的那块地皮，还应该带我们家一份哩！我们都愣住了。奶奶急了，她大声说，大龙啊，可不能这样说！这房子都砌了几十年了，怎么现在又讲出这个话呢！大龙说，我爸说原来祖上分家的时候这块地方就有我们家的一条走道，你们当年造屋时我爷爷就不同意，好说歹说，我爷爷看在弟兄的情分上才答应让你们造的。现在要拆迁了，当然要弄清爽。他的口气硬起来。我奶奶一急，结结巴巴地说不清楚了，我听出大意是说，当年为了那条走道，我家已经给了他们五担稻子了。父亲和叔叔一直没有插话，那时他们还小，好多内情并不知道。听奶奶这么一说，叔叔插嘴道，给了五担稻子，那就是买下来了。我说，五担稻子，当时可是值不少钱的。大龙突然站起身，把手一伸，说，谁说给了稻子？有没有字据？奶奶呆了，她说，天地良心，我们哪儿想到要立个字呢？！不过听老明海说当时是请了马四来圆弯子的，他知道这个事。

我看见父亲和叔叔的眼睛都亮了一下。大龙冷笑着说，马四早死了，随你们怎么说！父亲显然气急了，他说，大龙啊，你怎么能这样讲呢？那我问你，你说这块地基上有你们家的走道，你们又有什么证据呢？大龙说，我们当然有！

几个人的目光一齐射向大龙。有？在哪儿？四十年都过去了，大龙的爷爷天忠和他奶奶十年前就死了，当事人大多已经故去，历史早该被掩埋了。大龙胸有成竹地说，我们有叔爷爷亲手立的字据。我们一时都愣了，说不出话。叔叔掏出他的打火机，给大龙递一支烟，点着，说，那我们倒没有听说过，你能不能给我们看一看？我看出叔叔似乎有些紧张。大龙长长地吹出一口烟，说，字据我没带来，在我爸爸手上。他说，你们真要看，等双方都请了证人，约个时间再看吧。他撂下这句话就走了，临走时还让我有空去坐坐。

奶奶一直呆呆地坐在那儿，大龙一出门我们就问她，字据到底是怎么一回事，她听说过没有。奶奶突然哭起来。人家八成不是瞎说啊！奶奶流着泪说，怪不得老头子那天晚上躲躲闪闪地到他家去，这个死鬼呀，一回来就喝闷酒，问他什么也不肯说。他肯定是被逼了没办法啦！人家儿子是工商联主任啊……奶奶哭哭啼啼说个没完，把大家都弄得心烦意乱。我这时已经完全相信，字据的事不是子虚乌有的。虽然我还没有看到那个字据，但我可以想象出识字

不多的爷爷在立那个字据时的那种无奈和绝望。爷爷也是没办法。

叔叔说，刚才我把打火机拿在手上，我就想着只要大龙把字据拿出来，我就一把抢过来烧掉！我们一家人都继承了爷爷的身高，叔叔长得尤其魁梧，真要抢，大龙当然不是对手。但父亲说，你想得太简单了，他们能把字据不声不响地在手上捏了四十年，会这么轻易地就拿出来？奶奶还在淌眼泪，她开始咒骂成如一家：你个咬人的狗不叫啊！平时见了面还婶婶、婶婶地喊得挺亲，怎么一下子就翻了脸呢？！老明海被你们欺负了一辈子，死了还捏着他的把柄啊！你们家高堂大屋，一块地皮你们还要劈一刀啊……

这时屋里的电灯灭了，小镇停电了。奶奶摸摸索索找出蜡烛点上。老屋里的气氛非常黯淡。我们商量好，尽快找好证人，先看一看究竟是一张什么样的字据。但不管怎么说，第二天挑地皮的事只好先搁一搁了，因为无论挑中哪一块，成如家那蓄谋已久的大手都会拦腰劈过来。我走出家门，看见小街对面的成如家正灯火通明，洗麻将的声音一阵阵传过来。我有些奇怪，但随即明白有门路的人家都在制药厂挂了电线，停电是停不到他们的。成如一家人胜券在握，所以他们还在过年，但我们的春节已经被提前结束了。这次小镇拆迁，成如家是大大获益的。我们家的这一排房子拆掉后和小河一起被铺成大街，成如家就成了临街的门面，每月的房租就是一笔可观的收入。可是他还不放过我们。

夜已经很深。我和父亲回中学的家。路上，父亲对我说，成如家可能就是想再敲一笔钱，到时候，我们再想想办法，跟他们砍砍价。父亲说，他要在他手上把这件事清清爽爽地了结掉，不能再留个尾巴拖到我身上了。

第三天，我们终于看到了爷爷留下的字据。父亲请了镇文化站的史站长做证人，成如家说他们就不再找证人了，成如自己甚至都没有出面，他直接让大龙把字据带到了我奶奶家，这显得他们既大度又自信。大龙从一个本子里拿出了字据，看我们几个一眼，递给了史站长。史站长把字据放在我父亲和叔叔面前的桌子上。

这是一张巴掌大的小纸条，纸质粗劣，上面用非常拙劣的毛笔字写着：

兹有朱明海家因造房来与朱天忠家商量。朱明海家堂屋中间有朱天忠家永远走道一条，不得抵赖。立此为据，永无反悔。

朱明海是爷爷的大名。字据后面有两个指印，一个是证人马四的，另一个就是我爷爷的。指印当初也许像血一样的鲜红，但四十年过去了，当它第一次呈现在我们的面前时，它已经变成了暗红色。马四的指印很小，怯怯地靠在我爷爷粗大的指印旁边，我想马四一定是个瘦小的老头，但他是证人，而我爷爷只是一个被人家胁迫和敲诈的可怜人。我早就听说，天忠的儿子成如当了几十年的工商联主任，他有一个绝招，就是让人家站在大凳上，不承认错误就不给下来。爷爷肯定是实在没有办法了。

我注意到字据上“朱明海家堂屋中间有朱天忠家永远走道一条”中的“永远”两个字是字据写好后再加上去的，这两个字的意思是成如家的人永远可以出来找麻烦，只要他们觉得时机成熟。我父亲和叔叔呆呆地看着字据一句话也说不出。我想打人，想破口大骂，我的心里充满了仇恨和辛酸。大龙把字据拿回去，宝贝一样小心翼翼地夹在本子里。他面有得色地走了，那张字据却一直印在我脑子里，爷爷那暗红色的指印在我脑海里鲜血一样不断地洇散开来。

这算什么字据啊！是地契？合同？招供状？还是保证书？我遥想爷爷在那个黑沉沉的夜里咬咬牙摁下指印的佝偻身躯，心里一阵刺痛。这是我爷爷四十年前的疼痛穿越了漫长的时空后在我身上激起的回应。

芦苇飘絮

墓地北面临水，其他三面都与田野相接，除了北面的大河，墓地边缘的所有地方都是入口，所有的地方也都能够走出去。奶奶迈着她的“解放脚”走在最前面，我们在墓地里穿行。我们路过了一个个土坟砖坟水泥坟，许多坟墓已经被早来的人整理一新了。不少坟前都有人在忙碌。一堆堆纸钱明亮地燃烧着，青烟挟着纸灰升上去，又被铅灰色的天空压下来，在墓地的上空经久不散。墓地里的路也许是世界上最凌乱的路了，每个坟的周围都有一圈灰白的小路，所有的路都能走通，但没有一条路是直的。我们跟着奶奶向北走了约莫十几分钟，远远地，已经听到了河水拍岸的声音，奶奶停下脚，说，到了。

姑妈把篮子放下来，我帮着她整理碗碟。父亲从篮子里拿出打好的纸钱，找了个土块压在上面，以防被风吹乱。奶奶围着爷爷的坟四下打量着，她的嘴里轻声唠叨着什么，我依稀听见她说的是：老明海呀，你大孙子看你来了。我心里一酸，但我没有表露出来。爷爷的坟地是最高的，但很多的坟顶都超过了他的坟。我站在他的坟前四下张望，我看见了各式各样的坟，有的用青砖或水泥砌成，气度不凡；还有很多则十分寒酸，因为多年没人照料，已经快被枯萎的荒草湮没了。这儿是小镇唯一的墓地，虽说这些年实行了火葬，但很多人的骨灰还是偷偷地埋在这里。这块死寂的墓地掩埋着无数的恩恩怨怨和悲欢离合。我指着不远处一座高大气派的坟问奶奶，那是谁家的？奶奶说，那就是成如他老子老天忠的坟啊。奶奶叹口气不再说话。我仇恨地看着那座坟，那座钢筋水泥造的坟，它前面的墓碑都比我爷爷的坟顶要高出好多。

奶奶几天前已经请人给坟培了一次土，但爷爷的坟相比之下还是显得那么破败。坟墓是死者的房子，是飘荡的灵魂的栖息地。我仿佛看见爷爷的目光正酸楚和无奈地看着我。我感到了一股无地自容的羞愧。

姑妈已经在坟前的平地上摆好了酒杯。我蹲下身，端起爷爷的锡酒壶在杯子里斟满了酒。姑妈轻声说，爹，你喝吧。爷爷的坟上那些刚培上去的新土很像是一件旧衣上的补丁，灰色的旧土上已经钻出了嫩黄的草芽。土里的草根每年都会活过来，爷爷在这儿已经躺了快三十年了。

墓地北面的大河哗哗地拍打着河岸，河边刚刚开始发芽的芦苇在混浊的河水里摇动。这些年，老家的芦苇已经日渐稀少，也许过不了多少年，芦苇也就会像原先这儿随处可见的银杏和苦楝树那样销声匿迹了。家乡的镇名叫“芦舟”，很久以前，小镇的周围到处都是浩浩荡荡的芦苇，小镇仿佛是停泊在芦苇荡里的一条小船。

爷爷降生在镇外的一个破庙里。那是1911年的秋天，辛亥革命就发生在这一年。奶奶没有文化，有很多事她讲不清楚，她的讲述从来都是断断续续甚至前言不搭后语的，但我还是从她那儿了解了这件事的基本脉络。作为一个家族的根，爷爷是离我最为亲近的一个人。1911年的秋天，芦苇成熟和枯黄的季节，小镇的天空纷纷

扬扬地飘满了白色的芦苇絮，人们忙碌地收割着芦苇，镇里镇外的几乎所有空地上都堆满了小山一样的芦苇堆。有一天的黄昏时分，静悄悄的芦荡深处传来了一阵嘈杂的马蹄声，一支兵马沿着芦苇夹拥的小路迤逦而来。这支队伍衣冠不整，人疲马乏。那时候，芦苇荡里兵匪出没，小镇的人见惯了拿刀拿枪的人，但这支队伍却显然与众不同。百十人的队伍中有大约一半是骑兵，而且讲北方话，这说明他们来自遥远而又干旱的北方。他们没有进入小镇，当天晚上，他们就驻扎在镇外的土地庙附近。见过这支兵马的人大多早已过世，十年前我和父亲曾经一一拜访过他们，岁月把他们原本就不甚清楚的记忆冲刷得几乎荡然无存了。但我们拜访的三个人都肯定地说，带领这支队伍的是一个身高个大、满脸络腮胡子的汉子，他骑着一匹高头大马。这个人就是我爷爷的父亲，我的曾祖父。多少次，我仿佛看见我的曾祖父带着那支队伍从芦苇荡深处的小路走来，细碎杂乱的马蹄声在广阔无垠的芦苇的上空拂动。队伍来到小镇的南面，曾祖父勒住了马僵，骏马昂起头一声长嘶，在夕阳的逆光映照下，我似乎可以清晰地看见曾祖父的面庞。我相信他的脸和爷爷的照片一定有几分相似。

曾祖父的队伍只在镇外的土地庙住了一天，第二天中午时分他们又开拔了。曾祖父的队伍里有一个唯一的女人，那就是我的曾祖母，那时候她怀着我爷爷。

曾祖父为了某种我们无法知晓的原因不得不继续前进，他只好把他快临盆的妻子暂时安顿在土地庙里。曾祖父留了一个兵服侍妻子，然后他跨上他的战马带着队伍向芦苇荡的深处走去。曾祖父这一去如泥牛入海，杳无音讯，再也没有回来。

不久，曾祖母生下了我爷爷。因为生在庙里，爷爷的名字就叫明海。可以想见，那段日子肯定极为艰难。爷爷满月后不久，那个留下来的兵就借去镇上买东西的机会悄悄跑掉了。曾祖母先是变卖随身的东西，后来只好靠给人家缝缝补补糊口。异乡异客，以泪洗面；孤儿寡母，度日如年。

曾祖母带着未满周岁的爷爷在土地庙里住了将近一年，芦苇枯了，芦苇又青了，无边的芦苇淹没了来路，也挡住了去路，天天倚门望归的曾祖母绝望了。破庙断墙，难避风雨。经人撮合，曾祖母当了米铺老板的"补房"，这人就是老天忠的父亲。

曾祖母总算又有了一个家。但我相信她的内心是愁苦的，事实上，我爷爷四岁多她就撒手西去了，她死时绝对不会超过三十岁。我爷爷终于成了一个没爹没娘的"拖油瓶"的孩子。据说天忠的父亲还是厚道的，虽说是粗茶淡饭，但他把我爷爷养大了，并给他成了家。爷爷和天忠分门立户的时候，他为分家动了心思，他在我爷爷的堂屋里给天忠留了一条走道，他大概是希望以此把两个异父异母的兄弟串在一起。天忠的父亲是个不坏的人。

爷爷继承了曾祖父高大的身材，但他没有见过自己的父亲，他甚至没能继承他父亲的姓氏；后来，他又失去了母亲，长大后，他可能连母亲的面容也逐渐淡忘了。"拖油瓶"的孩子是可怜的，他被大他几岁的天忠欺负了一辈子。爷爷刚开口讲话说的就是苏北话，但骨子里他是一个异乡人。也许他曾经以为他在小镇造了一座房子就算是落地生根了，但事实证明这只是一个天真的愿望。很多年过去了，天忠和成如一家从来也没遗忘过爷爷的那个字据；春节过后也已经好些日子，我虽然回到了我客居的省城，但字据上爷爷那个暗红色的指印一直刻在我的脑海里，仿佛一枚冰冷粗糙的印章。

我曾经问过那几个还活着的老人，那支队伍当时穿的什么样的衣服，打的什么旗号，有没有留辫子，几个老人说法不一，我相信他们事实上已经完全没有印象了。芦舟是一个政治气氛非常淡的地方，也许他们当时就没有留心。我也查找过十卷本的《昭阳县志》，试图从中找到一些线索，哪怕只是只言片语也好，最终我还是一无所获。我不知道我的曾祖父从哪里来，又是到哪里去；不知道他经过这个小镇是执行任务长途奔袭，还是突围之后的亡命天涯；我也不知道他和他的队伍是属于“革命党”，还是属于满清的军队。我甚至不知道自己到底是汉族人，还是满族人。这一切，我无从查询。

说到底，芦舟是我的出生地，但不是我的祖籍。从我爷爷开始，我们谁都不知道我们的根究竟在哪里。

爷爷死在了异乡，葬在了芦舟的这片墓地。他一世凄苦。临死前爷爷的神志非常清楚。他抬起他无力的手，拍打着床边说，我就这样死了，我就这样死了吗？！他的内心一定非常不甘愿。命运对他实在是太苛刻了。

多年的风雨已经把爷爷的坟冲刷剥蚀得很厉害，我随着父亲在爷爷的坟前深深地磕下头去，我心里计划着要把爷爷的坟好好地修一修了。

枯　白

这些年，芦舟祭奠死者的仪式有了很大的改进，最明显的变化莫过于在死者坟前焚化的纸钱了。街上不少小店里现在都卖一种印着“冥府银行发行”的纸钱，面值大到几百兆，买回去就可以烧。

即使是自己动手做，也省却了不少工序，黄毛纸买回来都不用錾子打后再用手折了，直接把一百圆的钞票在纸上一比画，就算完了。

我们给爷爷烧的纸钱还是采用最原始和传统的方法。我并不相信烧了后爷爷真的就会收到，但我已经多年不做这件事，心里很愿意认认真真地完成一种仪式。这件事女人不能动手，据说女人的手摸过的纸钱烧了后死者也收不到。十刀纸钱我和父亲整整做了一上午，父亲用锤錾在纸上凿出花纹，我一张张把它们折好。在叮叮当当的铁器打击声中，我感到了心灵的平静。

清明节这天，天空是阴郁的，墓地的空气阴冷而潮湿。很多人影在远近晃动，但墓地静悄悄的。磕完头，父亲点着了纸钱，我也蹲在旁边用一根小木棍拨弄着火堆。火光熊熊，我脸和手上的皮肤有一种强烈的灼痛感。今年的清明节，叔叔没有回来，青海离这儿实在是太远了。他来信问房子的事现在怎么样了。父亲回信把情况大概讲了一下。

春节过后，叔叔要回青海，他走以前，我们曾经商量了一个方案，我们打算请人出来说合，和成如家好好谈一下。一块地皮，时价大概一万，按面积算，一条走道至多占十分之一，我们愿意补偿他们一千圆。再不行，多一些也可以。我们以为，局部总不会大于整体，一条走道总不至于要我们一万圆吧？商量好方案后，叔叔就走了。我则暂时不回省城，利用寒假的最后一段时间和父亲一起把事情落实下来。这一次请的中人还是文化站的史站长。我们等着史站长的回话，心里还挺有把握，我想他们大不了狮子大开口吧，顶多把我计划中明年的婚期再推迟一点。地皮拿到后，房子是一定要造的，而且要造得好一点。奶奶已是风烛残年，她需要一个养老送终的地方。这次回家，我明显地感到，父母的身体也大不如前了，

小时候，父亲是我的保护神，我没有哥哥，我在外面被别人家的孩子欺负了，如果我确实有理，又被欺得比较惨，都是父亲去和人家讲理。上大学时我假期在家，有一次在街上被一辆自行车撞了，父亲非常激烈地和那个人争吵，虽然我撞得还不算重。可是终于有一天，我发现父亲老了，他显得更豁达，但我经常会察觉到里面的一丝无奈。我知道父亲已经到了需要我分担担子，甚至需要我保护的年龄。作为儿子，我应该帮助父母把房子造起来。他们很快就要退休，不能永远住在条件很差的公房里。那座计划中就要建造的房子，对我们整个一个大家来说，都显得很重要。即使我和叔叔客居外地，我们回来探亲也需要一个落脚点吧？不管怎么说爷爷在这儿造起了一座房子，总不能在我们手上被连根拔掉。

但史站长的回话让我们大吃一惊。成如说，他们家不是为了钱，只是祖上分下来的家产要有个说法。他们不要钱，只要自己家的地。我们家的新地皮分在哪儿，他们的走道也跟到哪儿。听听，多么的有理啊！这条莫须有的走道，就像跗骨之蛆，你根本没有办法把它剔除。史站长传过话以后长叹一口气，我相信内心里他也同情我们，但他表示他不愿再给这件事当中人了。

但事情总归要解决。父亲又去找了他的几个比较有交情的朋友，但没有人愿意出面调停，为我们说句公道话。别人也知道，成如一家的头不是那么好剃的。芦舟不大，镇上大多数人家拐弯抹角都沾亲带故，只有我们是外乡人。况且人家可能还会想，我和叔叔都在外地工作，我父母亲以后可以跟我过，奶奶日后一去世，我们家在芦舟就再也没有顶门立户的男人了。人家这样想，不能说没有道理，因为这样的结局，几乎已是举目可见了。

爷爷坟前的纸钱烧完了，烟雾悄悄地熏出了我的眼泪。一股轻微的风吹过来，在坟前打起了旋儿，仿佛有一只无形的手把纸灰抓起来，扬向天空。我抬起热辣辣的双眼茫然四顾，突然我看见远处天忠的墓那儿，成如和大龙一家也在上坟。他们显然早已发现了我们。那边虽然也是静悄悄的，但我还是能从他们稍带夸张的动作中看出一股大大咧咧的洋洋自得。我恨他们，但我拿他们一点办法也没有。父亲和叔叔在信中商定，尽快向法庭起诉。我知道，这场官司并无胜算。我扭过头，不愿意再看那边。父亲和姑妈已经开始收拾碗碟，准备回家。这时候我听见了一阵奇怪的声音，我下意识地回过头去。我看见大龙从屁股后面抽出了一个大哥大，大龙讲了一阵，又把大哥大递给他老子讲。因为距离的关系，他们讲话的声音我听不清楚。我恨恨地想，你们总不至于是在向坟墓里的老天忠汇报吧！我难以想象，这一家三代为什么要把事情做得这么绝！我长叹一口气。

我最后绕着爷爷的坟走了一圈。这儿是墓地的尽头，爷爷的坟的首当其冲地被北来的野风和河水冲击掏蚀得十分单薄。我的目光到处，突然火烫了似的哆嗦了一下：我看见爷爷的坟上，一块被剥蚀的地方，有一根小小的枯骨正闪着惨白的荧光。我的头脑里闷雷似的轰响了一下。我呆呆地站在那儿，我什么也说不出，我也不敢对我奶奶他们说什么。我的腿发软，口发干，我五内俱痛，热血奔涌。我悄悄地蹲下身，默默地打量着这根白骨。这是一根指骨，纤细、修长，多年的风霜侵蚀使得龟裂的指骨业已断离脱落，成为依次排列的三节白色小管。指骨无力地躺在灰褐色的坟土上，我忍不住用手轻轻地触摸了一下，我的手近乎麻木，一股难以言说的感觉直逼心头。我抓起一把土，轻轻地撒在了白骨上。白骨被覆盖了，

惨白的荧光透过坟土，依然没有消失。我站起身，扭过头去。

这根指骨属于一只长满老茧的操劳终身的手；这只手属于一个被飘忽无定的命运

之风吹落到此的可怜人，他就是我的爷爷。

曾经摩挲过我的头发的一双手！

这里是坟的西侧，按照方位判断，这一定是我爷爷右手的指骨。它是什么时候破土而出的呢？

四十年前，这根手指还有血有肉。在昏黄的油灯下，它哆嗦着在一张“字据”上摁下了一个鲜红的指印。爷爷的心颤着、痛着，现在这种疼痛再一次穿越时空，在我的心里激起了回应。我的眼泪流了下来。

爷爷手上造起的房子已经被拆掉，新大街也快铺好了。我的父辈和我大概是很难在芦舟再建起一个家了。我发誓要重修爷爷的坟，它至少要比老天忠的坟高大气派得多。虽然客居他乡的我已经失去了故乡，但爷爷漂泊的灵魂需要一个安息地。奶奶他们站在坟的另一侧，他们刚才没有注意到我。看见我站起了身，父亲说：

我们走吧？

我说，走吧。

看蛇展去

金良和刘健商量好，他们打算看蛇展去。

金良和刘健玩得最好。刘健家有兄弟三个，但他只和刘健玩。刘健是老二，他下面还有一个双胞胎的弟弟。生下这对双胞胎时，他爹一高兴，把老大原来的名字也改了，三兄弟分别叫：刘红、刘太、刘阳。后来就这名字就惹出了祸，人家讲他爹狗胆包天，竟自吹生出“红太阳”，反动透顶！他爹被捉到台上批斗了好一阵，还把扫地的簸箕顶在他爹的头上。他爹下了台子回到家，一咬牙，又给儿子重取了名字，老大刘洪，老二刘健，老三还叫刘阳。这是去年他们上二年级时的事，一开始金良还叫不惯，常常喊错，——刘太！后来也就慢慢逼过来了。刘健的弟弟和他长得几乎一模一样，连他们的父母有时都会认错，但金良却能够分出来。他发现刘健的弟弟一年到头总是拖着两道黄龙鼻涕，是个“鼻涕虎”，而刘健的脸上很干净。金良当然不愿意跟一个拖鼻涕的小孩玩，而刘健的哥

哥刘洪比他们大了好几岁，已经上初中，嘴唇上也已生出毛茸茸的小胡子，你就是凑上去要人家带你玩，人家也不愿搭理你。所以金良只跟刘健玩。他们是好朋友，而且，他们同班，家也离得很近。

刘健家有不少小人书，大多是一些发霉的货色。书都被刘健的哥哥霸占着，说是小孩子不能看，看了要中毒。他自己倒常常躲在小屋子里看得津津有味。金良问那是些什么书，刘健告诉，有一本《西厢记》，还有一本《追鱼》。金良问什么是“追鱼”，刘健说，好像是什么《红楼梦》里的故事。金良还是不懂，他想不管是“西厢记”还是“红楼梦”，都是房子里的什么故事，而“红楼梦”肯定是红楼上做的一个梦。不用看他就知道，一定有一个人在上面睡觉，脑袋里有一个圈圈绕出来，里面就是他做的梦。其实金良还是很想看看那个人做的究竟是个什么梦的，但他们没法搞出那些书。后来他们想了个办法，让刘健去跟他哥哥说，要是不给他们看，就报告老师去，说他看“封资修”。他哥果然怕了，赶忙塞了本书给他们。这是一本《薛仁贵征东》，是古人打仗的故事，他们很感兴趣。书已经霉得不成样子，触鼻就是一股霉气，纸也已经发黄。他们坐在一个草堆边，头挨头一人扯着一边看，不想看得兴起，两人为了你看得慢他翻得快抢了起来，一把就把书扯破了。纸本已发脆，经不起这一扯，被风一吹，碎片像灰色的蝴蝶那样飘了一地。刘健当时就吓哭了，他怕他哥打他。金良也呆了，他不知道怎么办才好。等刘健哭够了，两人把地上的碎片一片片找来，到锅里抠了点粥，小心翼翼地把书糊好。其实哪能糊得好呢？手一捏就知道厚了不少。两人商量了一下，趁家里还有外人在时当着人的面把书还给了他哥哥。他哥果然慌张，看也没看就塞到床底下去了。两人都松了一口气。

金良觉得很内疚。刘健脾气好，他头发黄黄软软的，说起话来细声细气，像个丫头，他虽然没有责怪金良，但金良总觉得欠了他的情，而且他们再也不敢去刘健的哥哥那儿要书了。刘健倒是不计较，他们还是在一起玩。金良有一次从同学那儿借到一本《谈蛇》，上面有很多插图，有不少字他还不认识。他自己花三天就看完了，主动提出来借给刘健看。刘健很高兴，他整天埋头看那本书，连上课也把书藏在抽屉里看。他看得有滋有味，还经常指出一个字，问金良识不识。金良心里很着急，他跟同学借了五天，同学已经催了他一次，但他不好意思去催刘健。他想刘健怎么看得这么慢啊，刘健再问他字时，他就说：你快点好不好？字不认识你不会读半边嘛！我明天就要还人家了。刘健一听，连忙又趴到书上去了。第二天，同学来要书，金良只好去找刘健。去的时候刘健还捧着书在看，那同学不容商量，一把就把书拽过去了。刘健的样子有点可怜巴巴的。

但他们终于知道了世界上还有那么多种蛇，蝮蛇、蝰蛇、竹叶青、金环蛇、银环蛇、眼镜蛇，最毒的是眼镜王蛇，它能把毒汁射出几米远！他们知道世界上有一个蛇岛，差不多世界上各种各样的蛇都集中在那个地方。它们会吊在树上，伪装成树枝的样子，等着海鸟落下来。那是个什么样的岛啊！——可是他们这里只有水蛇，细细的，在水田的田埂上蹿来蹿去，它们只会捉青蛙。海在遥远的东边、一个不可知的地方。蛇岛离他们是多么的远啊！

他们那一阵经常会向其他同学提出一些关于蛇的稀奇古怪的问题，同学当然答不出。就连那个借书给他们的同学也经常会被他们问得一愣一愣的。金良问：响尾蛇为什么要把尾巴擦得嘎嘎响？同学们瞎猜，谁也说不对，刘健答：是为了警告敌人！刘健又问：你

们知道蛇为什么要脱壳？他们还是答不出来，金良答：这是为了长身体，要不然蛇壳就把它勒住了，它怎么长得大？那一阵，他们十分迷恋这样的问答。有一天，那个借书给他们的同学突然不服气地说：神气个屁！我看过蛇展，各种各样的蛇，书上的蛇我全见过，你们看过没有？就会纸上谈兵！金良和刘健都愣了。他们当然没看过。而且他们连听都没听说过。听口气，借书的同学也才看过不久，因为上个星期六还没听他说过这件事。他肯定就是这个星期天去看的。这时候上课了。整个一节课，金良都神不守舍。他坐立不安，不时看一眼刘健，刘健也在看他。好不容易熬到下课，金良立即就去找那个同学，求他告诉哪儿现在有蛇展。那家伙神气活现，就是不肯说，直到金良答应把那本他一直舍不得借人的《滚雷英雄杨根思》借给他看，他才说出来。原来蛇展就在稻乡镇，现在也许还没有走！这对他们的诱惑实在是太大了。

他们决定看蛇展去。逃学是免不了的，反正上课也不学什么东西，大家也就是玩，下课出去玩，上课在教室玩。况且他们知道，学了也没什么用，人家早就说过了，不学“ABC”，照样干革命。而蛇展他们以前连听都没听说过。他们想象着那些五花八门的蛇，想着它们绞在一起时是个什么样子，金良猜测，那些蛇很可能就是从蛇岛上捉来的，要不然，哪儿去捉那么多的蛇呢？看蛇展去，看蛇展去！去看看那些从未见过的家伙！这是一种非常强烈的愿望。想到这里，他们几乎一分钟也不愿再等。他们讲好，吃了中饭，他们不去学校，直接就上路。金良的奶奶就住在稻乡镇，还有几个姑姑也在那儿，他正好也可以去看看奶奶。他想奶奶。金良想，奶奶她们肯定已经看过了，也许还不止看了一次。金良的奶奶家和镇上的文化站只隔了一条街，金良料定，蛇展肯定就办在文化站里。奶

奶和文化站的人非常熟，他们去看，很可能人家连票都不会跟他们要，看多长时间都行。

他们上路了。为了防止家里人起疑，他们约好，把书包带上，做出去上学的样子。他们走得很早，以免遇上同学。这一去至少要两天，当天是回不来的。金良怕家里担心，走前趁爸妈捧着饭碗到别人家串门，撕下一页作业纸，在上面写道：我去看蛇展了。想一想，又写：我和刘健一起去。他把纸条放在饭桌上，用一个碗压好。然后他悄悄溜出门，喊上刘健上路了。

他们的村子叫徐扬庄。庄上的人都知道一句话，叫：徐扬出脚苦，出门三十五。就是说这个庄子很偏僻，庄上人赶集，不管是到北边的安丰镇还是到南面的稻乡镇，都要走三十五里路。这么长的路金良和刘健还从来没有单独走过。他们走得很快，如果顺利的话，他们还可能在晚上文化站关门以前赶到。出了庄子，他们走上了大堤，田野静悄悄的，大人们还没有上工。张着满帆的风车正呼呼地转，车轴吱呀呀响着，水上得很急，塘里的水都被激浑了。他们看到一条巴掌大的鲫鱼，不知怎么被水斗带了上来，被浑水呛得发懵，在水塘里乱窜。他们没有心思去理它，只回头看了几眼就往前走了。经过学校时，他们看到了河堤下的校园。学校的小操场上空荡荡的，不见一个人影。大风在上面卷起一团团烟尘，有几张纸被风刮了起来，仿佛断了线的风筝，在天上飞舞。操场东角的篮球架上拉了一根绳子，绳子上挂满了衣服，在风里乱晃，他们看见教体育的黄老师穿着一身蓝色的运动服，不知从什么地方冒了出来，手忙脚乱地收他的衣服；一件衣服被风刮了出去，在地上乱跑，黄老师弯着腰在后面追。金良和刘健猫着眼，加快步子跑远了。

他们走在高高的大堤上。大堤的左边是长长的蚌涎河，右边是宽阔的麦田，麦子在风的推动下波浪般起伏着。只有在堤上，你才能真正感受到风的力量。他们的双耳灌满了风，人也有些打飘，他们此刻真切地感觉到了自己的瘦弱。风是那么的硬，穿过单薄的衣服，直透到他们身上，他们觉得浑身发紧。到现在为止，路他们还是熟的。每年清明节，学校都要带他们到大营去祭扫烈士墓，但那时有老师带着，而且所有的同学一起去。他们排着长队，打着红旗，唱着革命歌曲，十几里路走上一上午也就到了。可今天他们只有两个人，路也要远上一倍多。这是他们第一次自己出门走这么远的路。快到大营的时候，金良觉得走不动了，脚上的布鞋已经很旧，脚掌处薄得没几层布，每一次踩在地上，他都能真切地感觉到地面的形状。一个土坷垃把他的脚掌硌了一下，脚狠狠一疼。他苦着脸说：我们歇歇吧。他一屁股坐在路边。刘健看来也已走不动，腿一弯，在他对面坐下了。

人一坐下，风似乎就小多了。只有头发还在风中乱动。一时间，他们暂时忘记了他们此行的目的；刘健茫然地看着伸向远方的大堤，金良呆呆地看着他。没有一个人注意到这两个孩子。金良把鞋子脱下来，倒倒里面的沙子，看看脚，脚倒是没有起泡，但是脏得厉害，像是猪脚爪。刘健说：我有点饿，你呢？金良说：我也饿。他的肚子咕咕响。他们上午约好了，中饭都多吃了一碗饭，不想还是不顶事。刘健站起身，往大堤下走，他说：我要去喝口水，喝了水肚子就实在了。金良跟在他后面，他的嘴里进了不少沙子，很不舒服，正好用水漱一漱。堤岸非常陡，刘健让金良先喝，自己拉着他的手。突然，他大声叫了起来：蛇！蛇！只见一条水蛇出现在河中间，正向岸边游来。河里浪很大，所以蛇快到岸边时他们才

发现。蛇头微微地昂着，蛇身在后面扭着拨水。浪头打来时，它一下子不见了，马上又露了出来，还保持着刚才同样的姿势。金良“噗”一声，把嘴里的水朝它射过去，然后转身往岸上爬。他似乎这时才想起，他们是去看蛇展的。时间已经不早了，他们应该快一点。

他们已经沿着大堤走了十几里，再往前走就是大营，现在他们应该下大堤，向右拐。后面的路他们没走过，刘健跟他爸赶过几次集，但他们都是撑船去的。下了大堤，两人心中都有些迟疑，不知道他们走得对不对。看看天上，太阳昏昏地挂着，已经偏西了。堤下的风明显小了很多，一个老头正在路边放牛。刘健上去问：大爷，往稻乡怎么走？老头说：沿着这条路一直往前走，过一个桥就到陆荡了，到了陆荡你们再问吧。两人道了谢。经过牛身边时，金良还在它屁股上拍了一下，牛颠颠地跑开了。走出不远，老头在身后大声说：你们是去看蛇展的吧？快去快去！我们这儿的人都去看过了。刘健停住脚问：蛇展还在那儿吗？老头说：在呀，怎么会不在，他嘿嘿笑着说，你们是逃学的吧？我一看就晓得了。金良和刘健看看身上背的书包，不再搭话，飞快地跑远了。

风小了，不知什么时候就完全停了。太阳昏昏的没有一丝力量，他们身上开始收汗，黏糊糊像和鳗鱼一起洗过澡。现在书包完全成了累赘，怎么背都嫌多。金良想，要是路过学校时把它藏在一个什么地方，比如一个树洞里，那就好了，怎么那时就没想到呢？可是现在不行了，这个地方他们一点也不熟悉，弄不好明天自己找不到，倒被别的小孩拿走。看天色，学校差不多该放学了，然后大人们也就该收工了，他想起了自己写的那个条子，心中略略有一丝不安。爸妈也许会急得上火，说不定回来后还要挨一顿打，但一想

到很快就将看到那个奇妙的蛇展，还可以见到已经有半年多没见的奶奶，他的心中又高兴起来。

太阳已经开始西沉，路程也快过去了一半。他们过了一个小木桥，进了陆荡村。

陆荡真干净！一条小街铺着红砖，街上清清爽爽，不见一处垃圾。街两边的墙上用石灰刷着不少标语，有一条是：移风易俗，讲究卫生！一只红毛大公鸡雄赳赳地领着一群母鸡在标语下觅食，但街上看不见鸡屎；这儿的猪圈栏很高，一头“约克夏”两爪搭在猪栏上嗷嗷叫，大概是饿了，但它爬不出来。他们徐扬庄的猪满地跑，跟狗差不多，所以庄上到处都是猪尿猪粪。陆荡的人可真是讲卫生啊。他原先就听说过这个讲卫生的陆荡，今天终于亲眼看见了。金良很喜欢这个地方。

出了陆荡是一座水泥桥。过了桥就是一大片芦苇荡，芦苇长得比人高。太阳温温地照在芦苇上，看上去顶端有些发红。金良想：原来这就是“陆荡”啊。芦苇在夕阳下轻轻地晃着，阳光被揉碎了，撒在他们身上，他们仿佛走在一条小巷里。突然，他们身前的芦苇丛里哗啦啦一阵响，一只野鸡腾空而起，飞上了天。野鸡的尾雉射出艳丽而夺目的光芒。两人都吓了一跳，刘健“啊”的一声叫了出来。野鸡盘旋在半空，流连不去。刘健举起手，虚起眼睛，瞄着它，嘴里“叭”的打了一枪。野鸡一惊，倏然远去了。老远了，他们还能看到野鸡那彩虹似的尾迹。

两人都有点惋惜，如果有枪，他们肯定能把它打下来，这一点毫无疑问。两人兴致勃勃地谈论着，不知不觉出了芦苇荡。走出几里，远处隐约可见一个村庄，他们不知道下面应该往哪里走。但除了这条路，两旁都是田埂，不往前走，又能往哪里去呢？他们的速度慢了下来，四下打量着。太阳已经比远处的房屋高不了多少了，他们心里有点发急。

这时候他们看见了一个小孩子，正在不远的田埂上慢腾腾地走着。他穿着一件草绿色的旧军装，衣服嫌大，空荡荡得不合身。他看上去一副无所事事的模样，正挥着一根柳条抽打着两边的麦子，看见有人来了，他抬起眼，漫不经心地打量着他们。这个小孩看上去和他们差不多大。

刘健走上前去，小心翼翼地问：我们要到稻乡去，请问是不是还要往前走？

小孩狠狠抽一下手里的柳条，几根麦子倒了下去，他反问道：你们到稻乡去干什么？

我们去看蛇展。

啊！看蛇展？小孩立即来了劲，他一蹦就蹦到了小路上。我前天已经看过了，那么多的蛇！他凑上来道，我带你们去怎么样？

金良和刘健对视一下，一时不知说什么。

小孩急切地说：我姨妈就在稻乡，我认得路。怎么样？

刘健说：你告诉我们，还有多远？

小孩说：不远了，还有十几里路吧。

金良接过去问：蛇展好不好玩？

小孩说：当然好玩了，各种各样的蛇，喝！你一辈子都见不了那么多！我们一起去吧？说着就要领路。

这个小孩脸上脏兮兮的，脸颊处有一道伤疤，还没长好，看上去有点野气。他脑袋很大，和他的细脖子不成比例。大头大头，下雨不愁，人家有伞，我有大头。金良想起了他们庄上的孩子常唱的这首儿歌，咧嘴笑了一下。人家都说，大头的孩子会出鬼主意，金

良可不想跟他同行，就说：我们还是自己去吧。你不是已经看过了吗？说着拉一拉刘健。小孩在他们身后大声说：不要我带路，有你们瞧的！元友那边有个乱坟岗，里面有鬼火，还有丈人鬼、吊死鬼、僵尸鬼！你们等着吧！

刘健回头说：还有你个大头鬼！两人嬉笑着跑开了。那小孩气急了，捡了个土坷垃摔了过来，但他们已经去得远了。

前面的村子果然就是元友。元友很小，还没有他们的徐扬庄大。田里的人已经收工了，扛着农具的人诧异地看着他们。有一只灰毛大母狗拖着奶子跟在他们后面，斜眼盯着他们，一声不吭。两人大气不敢出，悄悄地加快了脚步，又不敢快跑，怕狗追上来。好不容易那狗在地上找到了个什么东西啃起来，两人才松了一口气。

出了村，是一个渡口。野渡无人。一条小船系在跨河的缆绳上。他们自己拽着绳子过了河，爬上高高的河岸。又走了一段，眼前出现了一段高大的土堤。土堤突兀地立在那儿，仿佛一座被截断的小山。迎面的这一面被铲平了，上面用石灰写着：农业学大寨！还有一条是：备战备荒为人民！每个字都有人那么大，真不知道他们是怎么写的。刘健问：你知道这是干什么的吗？金良说：我怎么不知道，是民兵打靶的，对不对？他们绕过了土堤，金良问：你知道他们的枪从哪边打？——告诉你，肯定是从这一边。他的手指着没标语的这面。刘健说：你怎么知道？我看哪边都一样。金良得意地说：我不会错的！那边有毛主席语录，谁敢打？那是现行反革命！刘健不吱声了，他知道金良肯定是对的。

这个地方地势较高，他们看到西边的田野尽头有一排高高的榆树，树梢上好像有几个喜鹊窝，一群喜鹊在树梢间盘旋，太阳被雀窝的阴影挡了一下，又继续下滑了。更远的地方有个不知名的村子，有炊烟淡淡地升起来。天渐渐黑了下来。金良想，今天肯定是看不到蛇展了，只好明天起早看了。他心里略略有些沮丧，而且他的肚子现在真是饿极了。刘健大概也差不多，他说：我们走快点吧。

他们这时觉得今天可是有点吃苦了，也许他们真是不该自己出来的。可是如果他们不出来，又怎么能够看到蛇展呢？错过了这一次，他们以后还能再看到那些奇妙的蛇吗？——听说还有种蛇竟然是长了脚的！……想起这些，吃点苦又算得了什么呢？苦不苦，想想红军二万五；累不累，想想万恶的旧社会！写作文时，他们经常写到这样的句子，现在油然涌上了心头。一时间，他们浑身都有了力量。

但这样的力量终究是虚弱的，根本没有长性。就像泡炒米，看上去满满一大碗，吃下去屁事不顶。他们的身体很单薄，晚风一吹，寒意对穿般地透了过去。他们紧着皮肤深一脚浅一脚地往前走。前面是一条河，他们上了一座木桥，木桥在他们的脚下吱吱呀呀地呻吟着，好像随时都会倒掉。走到桥中间，他们看见一条带篷的水泥挂桨船"突突突"地开了过来。刘健喊：是电影船！

真的是电影船！而且就是他们公社的那一条。他们实在是太熟悉这条船了。船的两边绑着三根篙子，两长一短，那是竖银幕用的。这是电影船的标记。虽然看不太清，但他们知道，还有一台汽油机和发电机。电影船停到哪里，哪个村子的打谷场上就会亮起一片灯光。电影船这是到哪里去呢？

船轰隆隆从桥下开过去了。声音被压在桥下，显得特别响。金良和刘健停在桥中央，呆呆看着电影船远去的影子。船开得很快，

窄窄的河面被激出了哗哗的水声。金良想：这么晚了他们怎么还在路上？是船坏了吗？这时刘健突然大声喊：喂！你们到哪个庄子啊？船尾掌舵的人似乎听见了，他回头答了句什么，可机器声太响，他们什么也没听清。

船开过去了，河水还在轻轻地晃。金良和刘健都有些怅然若失。看方向，电影船说不定现在正是往他们的徐扬庄去，也许他们今天把一场电影给错过了。他们并不在乎看什么片子，电影船放的所有电影他们都已经看过，《地道战》《地雷战》《列宁在 1918》，样板戏，新闻简报，等等。看什么不重要，他们只是喜欢看。大人小孩全都喜欢看，那简直就是一种节日。看朝鲜电影《卖花姑娘》的那一阵，大家都看疯了。很多女人访着电影船，一连看了好几遍，她们看了就哭，可还是要看。他们把电影都看熟了，看烂了，小孩子们几乎记得电影里所有的台词，银幕上讲上句，下面接下句；银幕上起个头，下面跟着唱。散电影时，大家扛着自家的凳子拼命地挤，好多人喊：不要挤，不要挤！让列宁同志先走！……今天不知船上带的是什么电影，但无论如何，他们是看不到了。

金良和刘健心里都有些丧气。他们慢腾腾地离开了木桥，继续往前走。陆荡和元友已经过去，稻乡就在他们脚下这条路的尽头，但他们暂时还看不见，而他们的徐扬已经是非常遥远了。他们是在路上，在一条通往他们向往着的稻乡的路上。此刻，只有那个蛇展还使他们的内心保持着一种温温的兴奋。金良在心里安慰着自己，电影船也许是到元友去，或者是陆荡。天已经这么晚了，他们开到徐扬已经几点了？况且，他们出来时也根本就没听说电影船要来呀。还是快点走路吧。

太阳早已沉下了地平线，只有西边的天光尚未完全消失，有黑黢黢的树影和村庄剪纸似的映在上面。金良和刘健鼓着劲头埋头赶路。他们很想停下来，坐在地上歇一歇，可现在夜幕业已合拢，他们实在是不敢坐下来。黑沉沉的夜色中，他们显得多么的小。肚子更饿了，仿佛有只小手在里面使劲地抓；脚也疼得厉害起来。金良深一脚浅一脚地走着，他的脑子里空空的，浑身上下似乎只剩下一个空空的肚子和一双疼痛的脚。天已黑得看不清人的面容，身后的刘健粗粗地喘着气，呼吸声仿佛就在耳边。

远处传来了吱吱呀呀的声音，循声看去，他们看见了一个巨大的影子，那是一架风车。风车慢慢地转动着，给黑暗中的庄稼灌着水。和徐扬的风车一样，这儿的风车也有六个蓬，在暗夜里，那些篷仿佛是灰色的，而且显得特别大。风车的转动有一种坚定的无法遏止的力量。经过风车附近时，他们的头皮有些发紧，似乎它会冷不丁把他们钩上去。这是他们第一次经过黑夜中的风车，那巨大的影子长时间地滞留在他们的脑海里。

这是一个没有月亮也没有星光的黑夜。走着走着，他们慢了下来。金良想起了在陆荡附近那个小孩子的话。元友已经过了，他说的那个坟地在哪儿？看他那个样子，倒不像纯粹是吓唬人的。事实上金良的心里一直都想着这个事儿，只是不敢说出口。经过一个小树林，他们快步穿了过去，生怕有什么怪物钻出来。刘健突然吞吞吐吐地问：你怕鬼吗？金良心里一激凛，说：我不怕！他弯下腰，在地上找什么东西。刘健问：你找什么？金良不答话，找到块砖头抓在手上。他说：怕什么，有鬼我就砸他一家伙！刘健也找根树枝抓在手上。两人都觉得胆气壮了些。野地里很静，他们的脚步声传得很远，走在后面的金良总觉得有人跟在他的后面。他其实怕极了，但他不好意思抢到刘健的前面。田埂太窄，他们只能一前一后地走。也不知是谁起的头，他们开始唱歌，直着嗓子唱。他们唱“我是一个兵”，唱“我们工人有力量”。歌声很大，他们的身体也似乎放大了不少。他们边唱边走，嗓子比腿还要用力。

路的南面出现了一片树林。树林后面有一片房子，他们看见了几点灯光！这是个村子！

还有狗的叫声！越叫越凶，好像已经离他们不远。他们止住了脚。这时听到有人喝狗：花喜！别咬！那狗继续冲过来，突然在他们面前停住了。狗嘴里呼哧呼哧喷着气。他们一动也不敢动。

有人问：你们是哪儿的？怎么这么晚还在走夜路？

两人齐声答：我们是徐扬的。可他们看不见问话的人在哪儿。

一个黑影慢慢爬了上来。原来那儿有条小河，那人是从河里的小船上爬上岸的。小河像条白带子，蜿蜒着伸向远方。那人可能是在河里放鱼钩。

金良问：这是什么地方？

那人答：这是大顾啊！你们要到哪儿去？

金良答：我们要到稻乡去。我们去看蛇展。请问还有多远啊？

哦，看蛇展，那人理解地点点头，说：还有五里路。你们胆子可真大呀！

一句话说得金良差点哭出来。但他忍住了。刘健问：就是沿着这条路往前走吗？

对。再走一刻你们就能看见电灯光了。

那狗又“呜呜”地吼了几下。主人狠狠踢了它一脚，说道：去，别吓着人家小孩子！

金良的眼泪已经流出来了。但他没有出声。走了几步，他回头问：前面有乱坟岗吗？

那人说：那边不是——，他指着路的北边。远处果然有一片黑沉沉的影子，仿佛也是一个村落。有几团蓝荧荧的火光在那儿隐约飘忽。那人说：那是鬼火。你们别怕，其实火下面什么都没有。你们从这儿往南拐吧，这样就可以绕过坟地了。他冲那条狗喝道：花喜，你送送他们！

这是一条通人性的狗。它呼一下就蹿到他们前面去了。金良和刘健三步并两步地跟在它后面，眼睛再也不敢朝身后的乱坟岗看。走了约莫里把路，那狗汪汪叫两声，往路边的田里一蹿，很快就不见了。

金良记住了那条狗的名字叫花喜。叫花喜的狗实在太多了，而且金良根本就没有看清它的颜色，但他以后总也忘不了那条花喜。

黑色的天幕上终于出现了一角灯光。那是稻乡的光，是电灯的光芒！

这是怎样一派灿烂的灯光啊！他们欢呼一声，不约而同地跑了起来。

路已经变宽，可以容他们并排地跑。路两边的树刷刷地往身后退去，他们的心咚咚地跳。他们都拿出了他们最快的速度，往那片灯光跑去。三十五里路，十多岁的少年，他们终于走到了！

到了！到了！看见了镇西的水塔，看见了轧花厂那高大的烟囱，还有从镇外一直延伸进去的那一排路灯！再近一点，连水塔下围墙上的白色标语都能看清了，标语写的是：工业学大庆！五个字间隔很大。标语的头尾上方各有一盏带罩的路灯，圆圆的光晕正好打在“工”字和“庆”字上，好像有谁画了圈，说这两个字写得特别好。

过了一座石拱桥，下了桥就是医院。石拱桥真拱，爬起来有点吃力。医院前面一个卖萝卜的小摊子正在收摊，摊主诧异地看了他们一眼。他们上了小街。

小街上铺着青砖，路灯照在上面亮油油的。两边的人家都关着门，光线从门缝里一家家地射出来，把他们身上照得忽明忽暗。店铺早已打了烊，百货公司黑沉沉的，看上去只是一排黑房子。他们的脚步声急切而沉重，拢在小街中传出很远。前面谁家的门“吱呀”一声开了，有人出来倒水，看见两个孩子，拐了一下，等他们过去，“哗”一声，在他们身后的地上泼出一片亮光。

金良在前面领路，刘健在后面问：还有多远？金良说：就到了，第七个路灯下就是。拐进小巷时，金良扭头朝小街北面看了一眼，那儿就是文化站，现在它的门关着，里面好像有人在打康乐棋。但这时他的心反而平静了。他只是觉得饿，还有点犯困。他这会儿最担心的是万一奶奶不在家，到谁家串门怎么办。

奶奶家黑乎乎的，没有一点声音。金良用力拍着门板，大声喊：奶奶！奶奶！

门里的灯“啪”一声亮了，奶奶在里面问：是谁呀？

是我，奶奶，我是金良呀！

奶奶听见了，好像一时不相信，说：是我的金良乖乖吗？

金良说：是我！

来了，来了。奶奶立即下了床。屋里传来一阵在床踏板上找鞋的声音。然后堂屋的灯亮了，门“吱呀”一声开了。

两个孩子拎着书包站在门口，昏黄的灯光下，他们蓬乱着头发，小脸上红扑扑的。金良喊：奶奶！

奶奶掩上怀，把他们的书包接下来，放在桌上，一把揽过金良

道：我的乖乖！金良指指刘健说：这是我的同学。奶奶伸手摸着刘健的头发，问金良道：你爸爸呢？他怎么让你们自己来？

金良说：我们是来看蛇展的。他不知道。

奶奶愣了一下，她似乎想说什么，但是没有说。她看看桌上的书包，生气地说：你们逃学了，是不是？

金良老实地说：是的。

奶奶鼻子里哼了一声，没有骂他。金良知道她就不会骂。她是奶奶啊！奶奶打来一盆水，让他们洗脸。等他们洗好了，去把那盆发黑的水泼掉。奶奶说：你们肯定饿坏了吧，我去给你们下馄饨。

奶奶拿着两个大号的搪瓷缸出了门。刘健迟疑地问：现在还有馄饨吗？金良说：你放心，我奶奶就在饮食店上班！说话间，隔壁的饮食店传来了敲门的声音，奶奶好像在跟谁说话。不一会儿，奶奶端着两个热气腾腾的搪瓷缸回来了。奶奶拿来两个大碗，倒上满满的馄饨，说：吃吧，吃吧。

他们真的是饿坏了，两人趴在桌上吃得“呼噜噜”响。他们根本吃不出任何滋味，只是在狠狠地杀饿。奶奶爱怜地看着他们，再把他们碗里加满。金良抬起头，透过热气，他看到奶奶的头发比去年过年时又花白了不少，心里酸酸的。

两大缸子馄饨很快就见了底，还有几个谁也吃不下了。金良主人似的问：刘健，你饱了吗？刘健说：饱了，说时还打了个饱嗝，他不好意思地红了脸。金良说：奶奶，我们明天要去看蛇展。

奶奶叹了口气道：乖乖，蛇展已经走了啊！

两个孩子都呆住了。他们对视一眼，直愣愣地看着奶奶。这是真的吗？他们真的就走了吗？！

奶奶说：乖乖，他们今天下午刚走的呀。你们怎么不早点来呢？

金良发急道：我们一听说就来了！我们怎么知道他们今天就走？他的眼睛里含了珠，眼看就要掉下来了。

刘健问：奶奶，你知道他们到哪儿去了吗？

奶奶说：听说是要到东台去。她咬咬牙道，明天你们要是还有劲，我带你们去，坐轮船去！

看来也只能这样了。

金良和刘健觉得浑身没力气，话都不愿说了。奶奶打水给他们洗脚。突然奶奶惊呼一声：你穿的这是什么鞋！她把鞋拿起来，看一看，往墙角一扔说：你妈就给你穿这样的鞋呀！她拎起金良湿淋淋的脚，看一看，在脚掌上拍了一下说：臭小子茧子还满厚！然后开始唠叨着数落金良的妈，说她不会做事。金良脖子一梗说：你别说我妈！奶奶叹口气，到柜里找了双百叶底的鞋出来，说是金良爸爸穿过的。他们打着哈欠在奶奶的安顿下躺下了。

奶奶的床真大，四面有很多木格子，就像一座小房子。奶奶搂着金良，刘健睡在另一头。奶奶身上有一股气味，很像爸爸身上的味道，但金良已经很久不跟爸爸睡一起了。他喜欢这种味道。灯一关，他很快就睡着了。

第二天一早奶奶就出去打听，蛇展的人到底到哪儿去了。人家告诉她，那些人可能不是去东台，而是到草堰去了；还有人说，那些人临走时说过的，他们要到更远的大丰去。究竟怎么办，奶奶自己也拿不准。她问金良，金良和刘健商量了一下，说他们不想去看了。他们实在累得不行，而且刘健已经很想回家了。

吃了早饭他们就要走，奶奶留也留不住。临走以前，他们自己到文化站看了一下。

什么都没有了。文化站里冷冷清清，只有几个老头在打扑克，脸上贴了不少纸条。乍一看，你根本想不到，这里昨天还有过一个蛇展，有那么多的蛇曾经被人从很远的地方带到这里来给人看。谁能知道，它们现在到底到哪儿去了？

两个孩子默默地站在文化站的展览室里，几个老头奇怪地看着他们。他们假装是在看墙上的大批判专栏，生怕别人笑话他们是专程来看蛇展的。他们四下打量着，看上去像是两个在别人办喜事后才赶到的捡炮仗的小皮孩。突然，刘健叫了起来：你看！顺着他的手指看去，地上是一条蛇蜕！

金良抢上去，捡起来。

蛇蜕很短，很轻，只有尺把长。但它肯定不属于本地的蛇。它嘴巴张着，看上去很狰狞；背上有一道细细的黑线，尾巴扁扁的，呈一种非常艳丽的红色。

这么漂亮的蛇蜕，那肯定是一条毒蛇。金良想起了一个梦，他看见一条蛇正在蜕壳，他飞快地挠着自己的头发，生怕被蛇数清楚。都说是蛇在脱壳时如果数清了人的头发，这人就要死了。这个梦就是昨天夜里做的，可他看见蛇蜕时才想起来。

两人拉着蛇蜕研究着，引得打扑克的老头直朝这边看。刘健把蛇蜕塞进了书包，说：我们走吧。

奶奶已经在饮食店上班了，金良过去跟她道别。奶奶在他们手上塞了几根油条，再三叮嘱他们在路上不要贪玩。两人挥挥手走了。回头望去，奶奶的白发在晨光中闪烁。

他们上了路。蛇蜕装在刘健的书包里，简直没有分量。他们在路上商量好，回去后不讲没有看到蛇展，就讲看到了，非常好玩。别人如果不信，就把蛇蜕拿出来给他们看。

驴皮记

天是从东到西慢慢黑下来的，路灯一下子就亮成了几道线。从傍晚开始，翔子就在大街上闲逛。他已经在这个城市生活了一年，可对这个城市，他依然只有一个懵懂的印象。区别是明显的，城里人多，道路宽，房子高，可这些与他都没什么关系：人多他不认识，路宽他也只踩两个脚印，房子高呢，就更与他无关了，他在建筑工地上干活，房子造好了，门也就被锁起来了。天将黑的时候，翔子眼看着路灯刷地全亮了，他顿时有了一条城市印象，可以回去讲给乡亲们听。他要告诉他们，乡下的天黑了就不再亮了，可城里的天黑着黑着会突然全亮起来，一直亮到早晨太阳出来接班。城里是没有黑夜的。城市的天空阴天也会黑，但是夜不黑。

翔子的脸庞是黑的，头发蓬乱，走在街上，一看就是一个乡下人。他穿着一件皮夹克，算是比较值钱的衣服，可你还是能看出他是一个乡下人，城里人把他们一概都叫作农民工。他逛的这条街叫湖南路，是这个城市著名的商业一条街，两边摆满了各式各样的小摊子，一眼看不到头。湖南路的东面是玄武湖。你看不见湖面，可你能真切地感觉到从那里吹过来的寒风。一件皮夹克，如果里面没有羊毛衫之类的东西，实在也管不了什么大用。街上人很挤，穿皮衣的人也很多，他们都穿得很派头。翔子把领子立起来，这样他就不至于要缩着脖子。他知道，那个样子实在是太难看了。

街两边的树上挂了很多灯泡，灯光下摆着无数的小玩意，书，激光唱片，鞋子，手套，胸罩，一家连着一家，乱七八糟，眉毛胡子一把抓。翔子很佩服那些卖东西的，他们嘴里吆喝着，互相开着粗俗的玩笑，但就是不会把各自的东西弄混，这也是一桩本事。翔子这边挤挤，那边看看，仿佛水流里的一条黑鱼。身上的皮夹克到底是皮的，很光滑，在人缝里挤起来很省力。有个女人撞了他一下，翔子吓了一跳，连声道歉。女人不屑地骂了一句什么，朝地上吐了一口唾沫。翔子看到那口唾沫弯弯地飞翔着落到了一个迈着方步的胖男人的脚上，他吓得张大了嘴，以为事情要闹大了，自己也脱不了干系。不想那个男人并没有发现，鞋子上托着唾沫继续四平八稳地走路。女人倒不慌，冲翔子伸了伸妖里妖气的舌头，不慌不忙地走了。翔子这时看出那个女人其实年纪很小，别看她脸上狠狠地画着，顶多还不过二十岁。十几岁的女人就画脸，整天像是在唱戏，这就是城里的女人。她撞在自己身上的那一下，香香的，软软的，总之没有她的目光那么硬。翔子的身上有了点感觉，这种感觉把他的心搞得有点乱了。

翔子的皮夹克花了他两百块钱。开价五百，他只花了两百。他们三个月开一回工资，他差不多全寄回家去了。现在他的全部家当几乎全在身上，就是这件皮夹克。买了皮夹克他很新鲜，每天收了

工他都把皮夹克穿起来，站在马路边的工棚前看西洋景。他不是不爱惜衣服，他是觉得在城里应该穿得好一些，即使皮衣穿得旧一点了，回家过年仍然还是很风光的。在那个小村，除了牛马猪羊，还有狗，没有谁能穿皮衣服。可是没想到，这件皮夹克没让他在工友中神气多久，大概穿过十几天吧，皮夹克就出了问题了。工友们开始笑话他。有人编出了一段顺口溜：

翔子，翔子，

是个驴子，

穿一身阿胶，

满街跑！

他们都嘲笑他上当了。可是，翔子想，它总是皮做的呀，一件普通的衣服还要几十块呢！它至少比布的耐穿吧。

湖南路离翔子干活的地方不算远，但他以前从来没有好好逛过。那天工地上的料接不上，老板急得跳脚，只好把大家给放了。平时大家总是嚷嚷着要放假，真的放了却也玩不出什么新花样。他们在工棚里扎堆儿打扑克赌钱，翔子玩了一会儿就被小音喊了出去。小音在工地上煮饭，同时还照看着老板五岁的女儿。她问翔子，想不想上街逛逛。翔子红着脸，看得小音脸也红了。太阳很好，小音的手上牵着五岁的小凤。小凤急着想上街，直把小音往路上拽。翔子说，好吧，去就去。他口袋里现在有点钱，赌钱却总是输，还不如到街上花上几块。他们三个是走路去的。小凤一会儿就不肯走了，翔子只好把她背在后面。小凤在他背上很舒服，乐得直唱歌。翔子得意地说，他这是背水泥背出来的功夫，小凤比水泥袋轻多了。这话被一个老头听见了，呵呵直朝他们笑。翔子和小音都

脸红。翔子想，他们这样太像是一家人了。可是他们不是。工地上早有传言，说小音偷偷做着老板的“小”，翔子半信半疑。他很想问问小音，老板有没有跟她一起逛过街，但话到了嘴边还是忍了下去。不管怎么说小音对自己很好，每次给他打饭都装得多多的。还有看他时的那种眼神，连工友们都看出来了。他们老是要拿他开玩笑，但翔子不敢往深处想。他不敢喜欢小音，只敢在心里偷偷地讨厌老板。

他们在湖南路的西头买了两串糖葫芦，——对，就是前面那个地方。小音和小凤津津有味地吃着。翔子尝了一个，酸得他牙疼。现在那个卖糖葫芦的老头还在，可他显然认不出翔子了。老头的身后就是那家卖皮夹克的小店铺，现在有两个大喇叭摆在门口轰隆隆地吵着，里面卖的是音像制品。那天是小音要进去的。她身上穿着一件棕色的皮夹克。翔子本不想进去，小音说想她看看自己身上的这件皮衣到底值多少钱。翔子心里一咯噔：皮夹克真不是她自己买的吗？脱口问道：你怎么会不知道多少钱？小音连忙说，不是，不是，她是想看看它现在还值多少，是不是降价了。

翔子从此尽量不再提她那件衣服。小音自己在那儿看女式皮衣，后来看上了一件男式的黑夹克，让翔子试试。皮夹克标价五百块。翔子穿上，在镜子前照照，觉得很神气。卖衣服的女老板冷漠地看着他们，并不热情。不知怎么的，翔子突然就决定把它买下来。他想了想，一口就还了个价，“两百块！”女老板愣了愣，马上就答应了。也许她压根就不相信翔子会真买。小音也不相信，直到翔子掏出钱来她还张大着嘴。

翔子索性穿着皮夹克上了街。他跟女老板要了个袋子，把旧衣服装在里面提在手上。翔子和小音都穿着皮衣服，小凤怪怪地看着

他们说：你们真好看。翔子问：有你爸爸好看吗？小凤歪头想了想说：我爸爸的衣服有毛领子。

翔子今天没有到那家店里去。去了也白去。前不久他就来找过，那个女老板早就走人了。皮夹克他穿了十几天就开始掉色。晚上脱下来，衬衣领子的外面比里面还要黑。有一天淋了一点小雨，雨水流到裤子上，把裤子都染黑了，像是小时候上学不小心撒上了墨水。翔子慌了。工友们也围过来，有人把鼻子凑上去一闻说，一股死人臭！他们嚷起来：这哪儿是羊皮夹克啊？这是马皮！又有人说：什么马皮呀，八成是驴皮！驴子的皮！你上当了！翔子被他们嚷得头发晕，他恶狠狠地骂道：这关你什么事？他一把把皮夹克夺过来说：我上什么当？我说过它是羊皮夹克吗？我说过吗？你管它什么皮，反正它是皮夹克！不是你妈的皮！他凶巴巴的像要吃人，没有人敢来惹他了。

翔子装出满不在乎的样子，其实他心疼得一夜没睡好。两百块钱，差不多是他半个月的工钱。他要扛多少水泥包，要抬多少砖头呢，这其实是算不清的。反正他每天都耗完了力气才挨到收工，这件皮夹克实际上就是他十几天的力气。他想那个女老板也许专等着他这类人上钩，他一走女老板的嘴巴都笑歪了。他决定第二天就去找她算账，而且瞒着小音去。他准备先求女老板把钱退给他，扣点折旧费也行，如果说不通，那就打上一架；好男不跟女斗，他当然不能跟女人动手，最好女老板的丈夫正好也在那儿，可以挨揍。可是，他没想到，他到了那家商店，女老板已经不在了，店里卖的也不再是皮衣。他耐着性子跟卖音像制品的小老板套了好一阵子话，想证明这个小老板就是那个女老板的丈夫，然后好揪着他不放。他绕了半天，最后只好明讲，他是买了假货，上当了。小老板一听，

忍不住哈哈大笑道：嘿，你怎么不早几天来？她早退租走了。实话告诉你，你这是第五个了！

这会儿翔子在音像店门口迟疑了一下，没有进去。只有得手的骗子才有资格向人吹嘘他的手段，上了当的人倒常常像做了亏心事。翔子不想被那个小老板认出来。他继续沿着湖南路往前走。离玄武湖越近，寒风越猛。翔子倒走得有点发热。身上的衣服毕竟是皮的。羊呀马呀驴子呀冬天不就仗着一层皮吗？羊身上还要长上长长的毛，驴子身上却是光秃秃的，这说明驴皮的保暖性能比羊皮还要强。再说，驴皮能滋阴补血，是 味名贵中药，穿在身上说不定还能长精神哩。这样讲起来驴皮夹克没准还比羊皮的还要好。话虽这么说，花两百块钱买了身驴皮穿在身上，翔子还是觉得女老板可恨。他突然想起那段嬉皮笑脸的顺口溜，走着走着，自己在嘴里念叨起来。

左右看看，没有人注意到他。他又轻声念了一遍：翔子，翔子，是个驴子，穿一身阿胶，满街跑！满街跑！他拖腔拖调，长长短短。自己品品，觉得还是没人家说得有味。这些狗日的，不用再打工，可以去唱戏了！

你这是第五个了。翔子想起了那个小老板的话。他不知道那四个上了当的人现在在哪儿，是不是也在这条街上。翔子好像看见了一小队人穿着整齐的驴皮夹克，迈着正步走了过来。好多人站在两边看。翔子也挤在围观的人群里。有人拍着手念起了顺口溜……

翔子扑哧笑了出来。

笑着笑着翔子的脸凝固了。因为他在那一小队人中看见了他自己。

街上的人是真多，把老家村子里所有的人全都喊来，怕是也站不满这条路上的一家商场。满街的人，穿着各式各样的衣服，只有翔子在注意别人，没有人朝穿着驴皮夹克的翔子多看一眼。城里的人都忙着呢，没有谁会留意某个人穿的究竟是羊皮还是驴皮，大冷天的，只要你不光着身子露出一身人皮，就没有谁会去注意你。这很好，至少在现在，翔子不希望别人来关心他的衣服。

湖南路约莫有三里路长。翔子走到图书发行大厦那儿，拐上了肚带营。这是一条小街，翔子一直弄不懂它为什么要叫这个怪名字。这儿以前是做肚带的吗？可肚带又是什么东西？看上去大概是女人用的什么玩意儿，可是翔子只知道有胸罩，不知道有肚带。城里的地名就是这么怪。就像图书发行大厦对面的一家商店，叫什么“古今胸罩公司”，翔子也不知道这是什么含义——哦，你戴了一个胸罩，一个奶子是古代的，另一个奶子是现代的？——这不成了妖怪了吗？翔子想着，吃吃笑了起来。他的身上有点发热。胸罩公司门前站着很多裸体模特儿，是木头的。（翔子认识这个“裸”字，他上过初中，会查字典；他还学过“黔之驴”，“黔”字不要查字典。也许就是因为这篇文章，翔子承认自己的皮夹克是驴皮的。）那些模特儿穿着古今胸罩，还有一条几平方寸的三角裤。翔子看了几眼，发现别人都不看，自己也不敢再看，装着若无其事地走了过去。

小街两旁有不少洗头房。每家门口那种一圈圈转着的东西弄得人眼发花。翔子听工友们鬼祟祟地说过，那里面有名堂。他知道什么是名堂。工棚里有两个家伙去洗过几次头，回来后满面放光，引得别人直向他们打听。他们什么也不肯讲，只说自己光洗大头不洗小头，听得翔子满脸通红。现在他的脸又红了。走过一家洗头房，他朝里面望了一眼，他看见两个小姐正躺在沙发上打盹，大腿白生生的。其中一个看见有人，马上站起来，拉开了门。

“洗头还是敲背？”她满脸是笑。

“我不洗头。”翔子心里发慌，就像是做了贼。

“那你敲背？”

“我也不敲背。”

“那你进来嘛，进来再说，你想干什么。”小姐伸手把翔子往里面拉。

翔子的工友曾理直气壮地在工棚里嚷：你们笑什么？洗头又不犯法！翔子当然知道洗头不犯法，他本来还真打算进去的。马上就要回家过年了，让小姐洗个头也不枉来城里一趟。可是，他怔怔地看了看拉他的小姐，甩开膀子坚决地走开了，急匆匆的样子像是在逃跑。他知道自己头上不干净，满是水泥灰。他的工友去洗头以前都要在工棚前打上几盆清水把头先洗上一洗，再到洗头房去。翔子今天没有先洗头。他不想被人取笑。而且，——翔子呆呆地站在路边——他觉得那个拉他的小姐和小音长得很像。如果不是知道小音没有姊妹，他真要以为那是她的妹妹了。

翔子知道小音不会在这种地方。她就要到更南的南方去了。老板说他在那边又接到了一个工程，他要到那边去过年。小音也要跟着去。

小音后来还是知道了翔子买的是一件假羊皮夹克。她找到翔子，要和他一起去退货。翔子告诉她，自己已经去过，那个店已经不在了。小音过意不去，不知道说什么才好。翔子故作轻松地说，他回忆了一下，衣服的标签上写的就是“皮夹克”，人家并没有说一定是羊皮的。突然，他想起了工地上的那些传闻，心中一痛，他

盯着小音问："你身上的皮夹克多少钱？你说说，两百块钱能买到羊皮夹克吗？"

小音的脸红得像要渗血。翔子也觉得自己有些过分。自己是小音的什么人，又怎么能管到小音是老板的什么人？这不是管到外国去了吗？一时间两人都不再说话。半晌，小音从皮衣服的口袋里摸出两百块钱，递给翔子，说："是我让你买这件衣服的，钱应该我出。"

翔子两手插在口袋里，不去接钱："衣服穿在我身上，怎么能要你付钱？"

"就算我送你的，不行吗？"

翔子说："不行。你又不是老板，怎么能送衣服给别人？"说到这里，他的脸先红了，"我嘴笨，小音，你别生气。"

小音突然哭起来，狠狠地扯着身上的皮衣说："你损吧！你骂吧！我马上就要走了，今天就让你骂个够！"她一下子扑到翔子怀里。

翔子也想哭，但是他忍住了。这是在食堂后面，天很黑，翔子担心被别人听见。他当然不能要小音的钱，小音把钱递给他时他就想好了，如果拿了小音的钱，上当的就成了小音，自己就成了骗子的中介。他不能那么做。心里是这么想的，可是话一出嘴却长了刺，把小音惹哭了。翔子拍着小音的背说："我嘴笨，不会说话，你别怪我。我是翔子，不是骗子。你还是让我做我的翔子吧。"

小音哭得更厉害了。

不知不觉翔子就走到了玄武湖。高大巍峨的玄武门伫立在湖南路的尽头，红红绿绿的电灯把它巨大的轮廓勾勒在天幕上。翔子在路边找张长椅，坐了下来。那天晚上，翔子和小音走到这儿。他们没有进公园，在长椅上坐了很久。

小音已经不哭了。泪水被寒风吹干了，绷在脸上有点发紧。翔子的心能触摸到这种感觉，但是他没有再碰小音一下。他们就一直这么坐着。

小音就要到南边去了。那个地方很远，很暖和。也许她今后的某一天还会再来到玄武门前面，还会坐到这张长椅上，但是翔子一定不会再同时坐在她身边了。翔子心里很痛。小音坐得很近，而且越靠越近，灯光下远远看过去，他们是一对穿着皮衣的情人，但其实不是这么回事。一件是羊皮夹克，另一件却是驴皮的。如同有一层坚固的牛皮隔在他们中间，翔子戳不破。

小音后来告诉翔子，老板这么急匆匆地要走，不光是因为那边的工程。工程没有这么急。他是因为他女儿。他不喜欢这个地方。小凤出的事对他打击太大了。说到这里，小音又轻声哭了起来。

翔子知道那件事。有一天小音做好工地上的晚饭，发现小凤不见了。工地上找了个遍也没有看见孩子。老板急了，抓着大哥大四处打电话托人出去找。他直着嗓子对工友们喊：你们都帮我出去找，找到了有奖！我奖两千块！工友们三五成群地上了街。小音披散着头发吓得蹲在地上直哭。翔子想去安慰她，看到老板气急败坏的样子又没有敢，也到街上去了。

七八天以后小凤找到了。派出所打电话让老板去领人。小凤呆呆地躺在派出所的长椅上，身上盖了一件军大衣。看到小音和爸爸她不说话，像是个傻子。小音哭着把小凤抱回了工地。孩子身上臭烘烘的，脏得吓人。问她这几天去哪儿了，她什么也说不清。小音给她洗澡的时候才发现，孩子的腰上有一道伤口，红红的缝着，很

吓人。小音急忙问小凤，这是怎么了。小凤只知道哭。小音把老板找来，老板一看也慌了，急忙把孩子送到医院。一检查才发现，小凤的一个肾没有了。

提到这件事小音就要哭。她抽泣着对翔子说："我对不起老板。孩子是我看的。我真愿意从我身上割一个肾下来还给小凤，可是她爹不让。"小音说，"我没办法，他要我跟他走，我只好去。走到哪里我都跟着他。"

翔子有点想哭。寒冷的夜风钻进他的空壳皮衣里，他觉得很冷。前天傍晚，老板喝醉了酒在工地上红着眼睛跳脚大骂。翔子正蹲在地上吃晚饭，看到老板过来了他连忙站起身来。老板一把揪住他的衣领，发疯似的喊道："他们把我女儿的肾偷走了，这些王八蛋，你说他们坏不坏？"

翔子说："坏。他们不是人。"

老板说："城里人偷了我女儿的肾，你说他们该不该杀？"

翔子说："该杀！"他的驴皮夹克领子被老板揪着，有点透不过气，"可是他们不是偷，是骗。"翔子的语调很平静。

"放屁！"老板瞪着牛眼骂道，"怎么是骗？只有我骗他们，他们能骗得了我？笑话！"

"他们不是骗你，"翔子说，"他们是骗了小凤。"

老板像被打了一棍。他看着周围吓得不敢吱声的工友，松开了翔子的衣领，"报应啊！"他蹲在地上号啕大哭。翔子整整自己的领子，端起地上的碗，钻进了工棚。他立即把衣服脱下来检查，还好，衣服没有被扯坏。

翔子现在独自坐在冰冷的长椅上。身边没有小音，周围也没有别人。远处的湖南路已是灯火阑珊，小贩们已经收拾摊子准备回家。这些人吆喝忙碌了一晚上，他们有没有赚到钱，翔子并不去关心；他们是城里人，总归比他有钱些。翔子明天就要回家过年了，他本来是打算买点东西回家的，现在他什么也没有买；城里人会用驴皮骗人，也会用其他小玩意儿骗人的。洗头房他也没有进去，他把钱省下了。他相信他的爹娘更愿意儿子把钱省下来带回去。他们是老实巴交的乡下人，那些花花绿绿的东西，他的从土里刨食的爹娘用不上，也舍不得用。

翔子从长椅上站起来。他摸了摸他屁股坐过的地方，温温的，那是一个看不见的温暖痕迹，很快就会冷。他想他以后再也不会到这个地方来了。他跺了剁发麻的双脚，沿着原路走了。

在这个城市的最后一夜，翔子半夜醒来突然想起了小音。他忘了给她买一件礼物。他不知道第二天再见到她时说什么才好。翔子打定主意，天不亮就走。草场门车站有民工专车，随时可以上车。

天刚蒙蒙亮，翔子就挤上了车。车上人很多，翔子一个也不认识，但是他觉得他们很熟悉。满车都是黑红的脸，乱蓬蓬的头发。令翔子暗自得意的是，他只看到了一个穿皮夹克的人，而且翔子一眼就看出，那人穿的只不过是一件仿皮的货色。

路是越开越窄，越来越颠。天擦黑的时候，汽车到了县城。翔子背着行李又走了二十里路，到家时已是伸手不见五指。翔子以为家里人肯定已经睡了。

院子里挂着一盏电灯，明晃晃的。翔子感到有点奇怪。电灯照耀下的家跟以前似乎不一样了。他刚一喊门爹就来开了门。爹把他身上的行李接下来，亮着嗓子把翔子的娘喊了出来。

娘刚才显然正在屋里忙着什么，她在围裙上擦擦手，拉着翔子

的手打量着儿子。儿子似乎壮实了一些，身上还穿着皮衣服。翔子看见，爹老了，娘也老了。

院子里有一种臭烘烘的味道。翔子奇怪地吸着鼻子。他看见院子靠墙的地方支着一口大锅，火苗明晃晃地舔着锅底。

“那是干什么？”

“那里面是猪皮。”娘看到火要熄了，忙不迭跑过去添柴火。有一根树枝太长，娘拗不断，翔子跑过去帮忙。爹一把拉开他说：“你不要弄，别把衣服戳坏了。我来吧。”

爹还有把子力气，树枝一下就折断了。炉膛里的火照得他的脸红堂堂的。翔子凑上去看了看锅里，嘟噜噜冒着臭气。爹神秘地说：“这是猪皮，我们煮煮当阿胶卖，卖给城里人。现在我们村里人全在干这个。”

翔子奇怪地看着爹娘。火光把他们的影子映在房子上，晃来晃去。翔子看着墙，好像看着电影银幕。

“城里要是钱不好挣明年就不要去了，”娘说，“我去给你做吃的。今天你早点睡觉，养养精神，明天帮你爹去收猪皮。这几天杀猪的人家多。”

红花地

这一夜李钦睡得很香甜。他已经久违了这样的睡眠。清晨，远远近近的公鸡报晓声轻轻啄破了他的梦。他睁开眼睛，首先看到的是南面窗户上淡淡的晨光。

身边的被窝空着，尚有余温。妻子已经起床了。李钦听到了小院里母亲和妻子轻轻的说话声。他在床上躺了一会儿，打量着这个他既熟悉而又有些陌生的家。房间里陈设很简单，南窗下摆着书桌，上面放着他和妻子的结婚照；宁波床紧靠北墙，床上挂着雪白的帐子，仿佛是一间小屋。他躺在床上，躺在他和妻子几年以前的婚床上。透过帐子看出去，墙壁已经开始剥落，宛若一些莫名的国家和漂泊的岛屿，陈旧、暗淡，却又令他感到安心。李钦穿好衣服，穿过堂屋，走进了小院。

这里是红花地，他的老家。他生在这里，长在这里。他从这里考上大学去了省城，几年之后，又从省城带回了他的一个大学女

同学，父母都非常喜欢，后来，他们就结婚了……迄今为止，他人生的几乎每个重要环节都和老家有关，这里也是他的梦时常落脚的地方，可他一直都没弄懂，这个地方为什么叫红花地，直到两年以前。那是父亲去世，他乘着机帆船去给父亲送行，他透过泪眼看到了两岸的田野里无边无际的红花草，突然就明白了故乡名字的由来。有些事情少年时你一直熟视无睹，也不会去想它，只有等长大了你才会明白。

院子里很安静。清晨的太阳悄悄地驱散着晨雾。妻子正在院子里刷牙。洁白的泡沫落在地上，很像是春天的花朵。她身后的厨房里传出“咕嘟嘟”的声音，想来是在炖着什么东西。李钦问：“妈妈呢？”妻子含混地告诉他，妈妈上街买菜去了。

李钦蹲在院墙下的水沟边刷牙，妻子在厨房里忙碌着。她挺着肚子，身子很笨重。妻子怀孕以后，他们商量过很多次，最终决定还是到老家来生孩子。李钦的身体很不好，他总是感到很疲乏。妻子怀孕后期，经常要到医院去做一些例行检查，可李钦去医院的次数比妻子还要多。查来查去，没查出什么大病，可他就是觉得累。他没有办法独自照顾妻子，离预产期还有半个月，他们回到了老家。

院门一响，母亲回来了。她提着沉甸甸的篮子，李钦连忙迎上去接过来。篮子里突然伸出一个鸡头，“嘎”地大叫一声，像喊一声“报到”，吓了他一跳。母亲把买来的蔬菜拿到地上，那只大公鸡拴着两只脚，在篮子里乱蹬。篮子被蹬翻了，正好罩在它身上，它倒反而老实了。“你们两个都得好好补补，”吃早饭的时候母亲说，“你不是说腿脚发软吗？以后你每天早上都要喝一碗猪脚汤。能喝两碗更好。”

李钦皱着眉头。他实在是没有什么胃口。

母亲说："吃吧，当药也要吃。中医上说吃什么补什么。你快趁热喝。"

妻子也说："妈说得对。中医讲究这个。我听说肺虚的人可以吃猪肺汤，心慌的吃几个猪心可能就好了。"她怀孕后食欲一直很好，好得出奇。在省城的时候他们的饮食简直成了大问题。李钦看着她油亮亮的嘴，突然觉得一阵心烦。他把碗一推道："我吃不下，我只想喝点稀饭！"他离开饭桌，躺到靠墙的躺椅上说，"妈，你不用管我，我就是有点累，说不定过段时间就好了。"

母亲和妻子都愣在那儿。母亲叹了口气。李钦觉得自己的情绪实在很不好，把家里人的情绪弄坏更不好。他和缓了口气说："要说吃什么补什么，我到处都要补，除了这儿，"他揉揉自己的头发说，"妈，你总不能弄个整人来给我吃吧？"

母亲尴尬地笑了一下，说："那我去给你盛粥吧。"

家乡的空气清冽而微带香甜，非常清新。院子的西头有一畦油菜，星星点点地开着黄花。中饭过后，李钦在院子里站了一会儿。他看见墙角有一排菊花，隔年的老枝上又抽出了新叶。那是父亲留下的。父亲在世时每年秋天都能收获很多菊花，晒干以后泡茶喝。父亲去世后再没有人侍弄它们。没有及时换盆的菊花想来秋天是不会再开花了。李钦结婚后母亲常常委婉和他们谈起，谁家的媳妇前不久生了，做婆婆的高兴得摔了一跤；谁家的老二比李钦还要小一岁，小孩都会打酱油了。父亲虽然在旁边做着自己的事情，并不插话，但李钦明白父母亲都很希望他们早点生个孩子，最好还是一个男孩。他很难忘记父亲和别人家的小毛孩打钱堆、斗玻璃球，

玩得兴致勃勃的样子。可是他们当时还不能要孩子。不是不想，而是没有条件。结婚后的这几年，他们过得并不顺利。省城拥挤的生存空间，复杂的人际关系，委实令他们无暇他顾。几年来的竞争和杀伐，弄得他心力交瘁。几乎是在心灰意冷中，他们怀上了这个孩子。在父母亲的力劝下，他们同意留下这个不速之客。六个月的时候，妻子悄悄找人去做了个“B 超”，她垂头丧气地告诉李钦，是个女孩。李钦铁青着脸责怪她不应该去做这个检查。这几年的不顺遂已经太多，又何必提前知道这样的结果呢？

母亲坐在太阳底下给未出世的孩子做着小衣服。妻子要帮忙，动不了几针就把手扎出了血。母亲手忙脚乱地去给她找创可贴。李钦插不上手，他从菜地里挖了一堆土，蹲在院子里给那些菊花换盆。那些旧土是父亲留下的，被太阳晒热了，仿佛是人的体温。他轻轻地把它们撒在菜地里。他想起了父亲，想起了那个未来的孩子，他想不出她是什么样子。她是双眼皮吗？会不会有六个指头？他忍不住把自己的担心说了出来。母亲笑话他乱想，还说他这些年身体不好肯定就是脑筋动多了。他们谈起生孩子的具体细节。妻子突然问：“妈，我们那儿生孩子的胞衣都是要埋掉的，李钦的胞衣在哪儿？”母亲停下手里活计说：“是埋掉了。他爸爸把它装在一个罐子里埋的，就埋在老屋的床底下。”李钦说：“可是老屋已经拆掉了。”母亲说：“房子拆了，但地方是不会错的。”

傍晚时李钦和妻子散步时经过了老屋。它早已被夷为平地，现在矗立在那儿的是四层楼的保险公司。那时太阳已经偏西，保险公司的人正在关门，巨大的卷帘门发出哗啦啦的巨响被拉了下来，隔断了李钦的视线。在李钦的想象里，他的胞衣是一件由血肉织成的小衣，那里面曾经流淌着他的血。它被叠成一团，静静地躺在地下的罐子里。虽然他现在已经不知道它具体的方位，但他知道它埋在这块地方，这块地方叫红花地。妻子询问地看着他说："他们关门了。"李钦说："天都黑了，妈妈要等我们的，我们回去吧。"

故乡从来不关门，游子随时可以回家。自从到了省城以后，李钦每年至少要回来一趟，开始是独自一人，后来带着妻子。红花地给他以安宁。父亲去世以后，他们也曾把母亲接到省城住过一段时间，但母亲住不惯，她说还是等我老得不能动了再和你们一起住吧。她说她住在楼房里觉得接不到地气。李钦和母亲一直用家乡的方言说话，连妻子后来也能够参加交谈了。在家乡话里没有奖金职称职位之类的词汇，即使说出这些词，味道也是不一样的。在家乡话里李钦觉得城市的杀伐离他非常遥远，仿佛是一团隔岸的火。红花地是他偷得浮生半日闲的地方。在妻子等待生产的那十几天里，母亲最操心的就是李钦的身体。她变着法子给儿子做饭，眼巴巴地看着他吃下去。李钦虽然还是觉得累，但心情平和了一些，那种没有来由的无名火少了。母亲悄悄地去请教过镇上的老中医，让李钦去搭搭脉，他不肯去。孩子尚未出世，家里已经够忙的了，况且，他不相信，有谁能治好一个落魄者的心病。

母亲做好了孩子所有的衣服。春夏秋冬，应有尽有。那小得可笑的小红褂子，几寸长的软底鞋，那些尺寸渐大的各式衣服，让年轻的小夫妻看到了孩子从一个小小的肉团到蹒跚学步的全过程。母亲和医院很熟，她经常腾出时间到医院去，和产房的那些医生聊天。她不断带来医院的消息，今天又生了几个，几男几女，还有一个小个子女人生了个儿子，有九斤重。好像她的媳妇已经在产房门口排着队，等待分娩。

妻子的身子越来越不方便，她的肚子常常会隆起高高的一团。李钦的手抚在上面，他不知道那是孩子的手还是脚在动。这轻轻蠕动的小家伙终有一天会叫他爸爸，李钦觉得一丝惶恐。他模模糊糊地记得自己小时候像个小尾巴跟在父亲后面的情景。他走路的姿势酷似父亲，父子俩走在街上，常常会有一个拿他们开心的熟人跟在他们后面，学着他们走路的样子，引来众人的笑声。李钦的家族数代单传，可他将要生一个女儿。随着妻子预产期的临近，李钦心里已经接受了孩子的性别。也许还是生个女儿的好啊，做个男人实在是太累了。在分娩以前的那段日子，他们谁都没有提起过父亲。父亲留在母亲卧室的镜框里。有一天李钦夜里做了一个梦，他梦见墙角的那排菊花盛开了，一只黑色的蝴蝶在花间翩跹穿行，缥缈无息。

仲春季节，家乡的田野上唯一绚烂的是油菜花，它们是大地此时的主角，红花草还在悄悄地积蓄着力量。李钦每天陪妻子散步，有一天他们走出了小镇。他看到在镇西头大堤的下面，有一排白色的房子，上面写着两个黑色的大字：炕坊。妻子不知道那是什么意思。李钦告诉她，炕坊就是鸡和鸭的产房，是孵小鸡小鸭的地方。妻子顿时来了兴趣，催着李钦过去看看。他们走下大堤，沿着田埂，走到了白房子的前面。那两个字很大，每一个字都有半人高。字是描过的，层层叠叠，黑色的笔画里隐约可见去年，也许是前年的笔迹。李钦在门口喊了一声："有人吗？"没有人答他的话，他掀开了厚厚的门帘。

他们好像是一头撞进了盛夏。炕坊里很热，但是看不见火。他们不知道如此雄浑的热力从何而来。炕坊显得很高，似乎比他们在门外时要高得多。一层层砖砌的格子一直垒到屋顶。李钦知道，那

里面一定是等待出壳的蛋，不知道什么时候小鸡就会啄破蛋壳钻出来。他们屏住呼吸，侧耳细听，突然妻子高兴得叫了起来："出壳了！有小鸡出壳了！我听到了小鸡在叫！"他们身后有个声音突然说："不是。那是外面的麻雀。"这时他们才看到了炕坊的工人。这是个二十出头的小伙子，墙角处的地上有一床被子，显然他刚才一直在睡觉。妻子显得很不好意思。她问："我们今天能看到小鸡出壳吗？"

"早呢，"小伙子说："现在才是'头照蛋'，还要等十五天，小鸡才会啄壳。"

"还要等那么多天啊。"妻子显得有些失望。

小伙子显然注意到她笨重的身子，他开玩笑地说："十几天还长啊？人不是要十个月吗？"

妻子的脸腾地红了，她转过身去，面向窗外。窗户清澈明亮，两只喜鹊在河岸边的槐树上翻飞嬉闹。李钦很喜欢这个小伙子。他想起外面的墙上那笔画重叠的大字，无端地觉得那是小伙子的手笔，而且他相信小伙子已经在这儿干了许多年了。对面的墙上有两行毛笔写的字：有烟者先发，无烟者请等。字写得很好，间架匀称。李钦问："这是什么意思？"

小伙子理直气壮地说："我跟他们要烟啊。谁给我敬烟，我就先给谁发货。"说到这里他的脸红了，"我是跟他们闹着玩的。我不会抽烟。"

妻子吃吃地笑起来。她指着一层层的格子说："这就是'灶'吗？'头灶'是什么意思？"

小伙子愣了一下，突然他哈哈大笑起来："什么呀，不是那个灶，是这样——照，"他伸手到格子里拿出一个蛋，对着窗户眯上

了眼睛，“五天的时候我们照一下，那是头照，过八天我们再照一下，那是二照，我们要看里面的小鸡长得怎么样了。”

李钦和妻子凑过去，他们果然看到了鸡蛋里有一个朦胧的黑影。那是小鸡，它现在还没有动静。这一层层的格子仿佛是床，上面躺了多少鸡蛋，谁能数得清呢？有一天早上（李钦相信那必定是在早上），白房子中会有谁无声地发一声喊，伴随着无数的破碎声，小鸡们就会一齐抖擞着钻出蛋壳——它们会寻找各自的母亲吗？还有，那些母鸡们会牵挂着她们的小鸡是什么性别吗……

天渐渐黑了，南面所有的窗户上都镀上了夕阳。李钦和妻子要走，小伙子说：“你们穿得太多了，你们看我，只穿一件衬衫。进了我们炕坊，先要脱点衣服。”他看看李钦的妻子，“要不她出去会受凉的。”

“下次我们就知道了，”李钦说，“等十五天我们再来看你的小鸡吧。”

他们沿着原路回家。太阳软软地落向地平线，黄昏开始往地面上沉积。走上高高的大堤，李钦回头望去，白房、田野、纵横的河流上隐约的船帆，一切都沐在春风里，仿佛是绿野仙踪。眼见着，天就黑了。那天以后，他再没有见过炕坊里的这个小伙子，但他有时还会想起他。他的达观，他顽皮的笑容，以及那炕坊里萌动生命的夏日般的温度，一直留在他的记忆里。李钦牵着妻子的手，不时看看她隆起的肚子，提醒她注意路上的坑洼。刚才在炕坊的经历，可以算是哺乳动物对卵生动物的一次拜访。想到这里，他的脸上浮出了笑容。

妻子是第三天凌晨“觉”了的。这几乎超出了预产期一周。夜里，妻子突然把李钦推醒，说："快，我见红了！"李钦手足无措，他冲东房喊："妈妈！妈妈！"

几乎是同时，母亲就敲响了他们的房门。已经有好多天，她都没有解衣服睡觉。她时刻都在准备着。医院离他们家不远，十几分钟后，李钦就用自行车把妻子推到了医院。她真沉啊！瘦弱的李钦简直扶不住车子。

产房里很安静，也很温暖。走廊里生着炉子。李钦坐在走廊里的长椅上，身边摆着母亲随身带来的一个大包，里面是孩子的小衣服和尿布，还有一些巧克力，那是给产妇长力气用的；另外有些圆的，把包撑得鼓鼓的，不知是什么东西。李钦把包打开，几个苹果滚了出来。它们蹦跳着滚出老远，散落在灯光的阴影里。李钦手里抓着苹果，心里觉得了一丝安定。走廊里没有其他人，很安静。很多窗户反射着电灯光，像是关切的眼睛。

母亲前前后后地忙碌着。走过李钦的身边，她摸摸儿子的头发，让他不要慌，女人都有这一关。李钦应着，仍然紧张得不行。母亲看上去很沉着，她不时走到产房门口，侧耳细听里面的动静。那是一个凝固的背影，李钦看到了母亲慌乱的头发。头发是灰色的，那是黑色掺杂了白色的灰色。这是李钦第一次觉得，母亲已经老了。

妻子的羊水破了，母亲从门缝里接过了濡湿的毛线裤。李钦的心脏开始狂跳，他让母亲坐下来，但母亲坐不了一会儿就要再去看看。过了一小时，也许是更长的时间，期待已久的啼哭声"哇"地传了出来。李钦和母亲一起拥到了门口。

门开了。医生走了出来。李钦看到她身后，妻子躺在手术台上。他看到了妻子疲倦的眼睛。

医生说："生了。大人小孩都好。"

母亲张着嘴说不出话。医生笑眯眯地看着她。她是母亲的老朋友。李钦知道，她故意卖着关子。

"小孩很胖，现在还没称，肯定不止八斤。"

母亲说："好，好，平安就好。"

医生"扑哧"笑了出来："告诉你们吧，是个男孩！快回去染红蛋吧！"

母亲震了一下，看了看李钦。她回过神来大声说："现成的！现成的！"

李钦不敢相信医生的话。他探头朝里面张望。医生说："你等着，我抱出来给你看看。"

孩子抱出来了。他软软的，像个小肉团。李钦接过来，不知道怎么抱才好。孩子包在白布里，李钦看到了那个红红的"小茨菇"。他突然想起了家里墙角的那一排菊花，他轻轻地喊了一声：

"爸爸！"

他的眼泪流下来。他下意识地瞥瞥窗户，那边，天已经亮了。

好多年之后，妻子对李钦说：我一辈子都会感谢你妈妈的。她第一句没有问生男生女，她说平安就好。这句话我永远忘不掉。

接下来的两天家里很乱。如果没有母亲，他们简直不知道该怎样喂养孩子。儿子第一次叼住妻子的乳头，她吓得直哭。外人只听到这一家增加了小孩子的哭声，可是如果没有养育经验，你怎么也想象不出这哭声增添了多少的忙乱。哭声是孩子表达感觉和需要的唯一方式，小两口暂时还听不懂这种语言，只有母亲明白。小孩子刚开始还不怎么会喝奶，他吮不住他妈妈的乳头。母亲蹲在旁边，她的嘴张得大大的，翕动着，替孙子使劲。她先是担心孙子不会吃，后来又担心儿媳的奶不够。妻子很能吃，食量大得怕人，家里的厨房里几乎总是温着蹄膀汤、鲫鱼汤之类的东西。

李钦累极了。母亲安排他染红蛋。出于某种直觉或者是希望，母亲早已把鸡蛋准备好，连染料都是现成的。有十几个鸡蛋一煮就破了，里面露出了黄色的绒毛。李钦吃了一惊，大呼小叫。母亲连忙跑出来，她拍着自己的脑袋说，这是“旺鸡蛋”，是她听说李钦两口子去过炕坊后才想起来去买的，想给李钦补补，一忙就忘掉了，混在了一起。李钦把它们拣到一旁，终于他还是没敢吃，都被妻子吃掉了。他挨家挨户把红蛋给亲友们送去，那几天，他的脸上和手上都挂着生儿子的标记。

孩子夜里闹得厉害，往往是刚换过尿布，不一会儿又要吃奶。李钦只陪妻子和儿子睡了一夜，早上起来就有些站不稳，这是城市生活的碾压留下的印记。母亲和妻子担忧地看着他，他自己觉得非常的内疚。这不是一个丈夫和父亲应该的架势。母亲不由分说，把李钦赶到自己睡的东房，让他先去睡一觉。从那以后，李钦整个月子里就一直单独睡在母亲的床上。

李钦睡了一觉，觉得好了一些。他起来的时候天已经快黑了，他隔着玻璃，看见了母亲在厨房里晃动的影子。厨房里有一股尿骚味，那是煤炉上烘着的尿布发出的味道。母亲正蹲着，在一个盆子里收拾着什么。李钦正要过去帮忙，母亲回脸看见他，急忙说：“我这儿不用你弄，你去做你的事。”她把李钦往外推，看上去有一丝慌乱，好像是做着什么秘密的事情。这时候儿子哭起来，母亲说：“他尿了！”

果然是尿了。妻子正在手脚忙乱地给儿子换尿布。儿子的屁股

红红的，像只小瓜，上面长着一个小小的“茨菇”。李钦把湿尿布放在盆里，先用清水搓一遍。泼水的时候他迟疑了一下，把水轻轻地浇到那一排菊花上了。他想起了遥远的省城，想起了做过“B 超”后妻子告诉他结果的情景。现在回想起来，那像是一个梦。

第二天，母亲早早地就起来了。李钦起床的时候，母亲已经把早饭准备好。她从厨房里端出一碗汤，催着李钦趁热吃。李钦吃了一口，觉得很香，却又有点特别。“这是什么？”母亲微笑着说：“是我做的。你要补一补。我不能跟着你们一辈子，你要把身子补好。”李钦心里有点难受。他一声不吭，把一碗汤全喝完了。

在红花地的那段日子，妻子坐月子，李钦也像是在坐月子。母亲总能从厨房里端出好吃的浓汤来。妻子的汤催奶，李钦的汤是补身子的，母亲从来不弄错。几年之后的某一天，李钦一家正在看电视，看到一个胎盘素广告，那时候妻子才告诉他，母亲那年给他做的就是胎盘汤。怕李钦不肯吃，所以没有告诉他。事实上，李钦如今的身体确实是好多了。

母亲的汤很管用，妻子奶水丰沛。儿子每天都在长，脸渐渐大了，眼睛里也出现了最初的眼神。每一次给他洗澡，都能发现他又长大了不少。天气很好的中午，李钦就把他抱到外面去晒太阳。屋后是一条小河，李钦抱着儿子站在河边，看船来船往，看绿色的河水。一条木船吱呀呀吱呀呀摇过来了，摇橹的汉子光着头，摇橹的姿势像在跳舞。船上摆着很多竹匾，里面挤满了密密麻麻的小鸡。那汉子叼着根香烟，李钦想，他给炕坊的小伙子敬烟了吗?

是的，是的，这一定是从那个白房子炕坊摇过来的船。满船的小鸡稚嫩地叫着，你啄我一下，我推你一把，仿佛是载着一船吵闹的油菜花。

河对岸的红花草开花了。油菜花已经开始零落，现在已是红花草的季节。不久，它们就要被雪亮的铧犁翻到土下，作为肥料。可是现在，它们灿烂地开放着，故乡成了真正的红花地。红花草开在大地上，开在李钦的瞳仁里。到了省城的李钦闭上眼睛，满眼还是无边的红花草。还有母亲。

变　脸

我们的身边究竟是何时出现了这个会变脸的人，现在去考证已经没什么意义了。他姓何，叫何雨，是前年从外地的一所大学分来的。刚来的时候他很正常，只是长得不好看，有点苦相。说起来他的五官一无特点，既非獐头鼠目，又不是浓眉大眼，总之，十分平常，不幸的是这些部件一齐搭配在他的脸上，就显得颇为愁苦；而且他不太会来事儿，成天灰着一张脸，不讨喜——我们见过不少这样的人，不是么？他是庸常人群中的一个，只不过看上去很阴郁，一副心思重重的模样。作为一个很平常的人，何雨分到我们单位后做的是最平常的工作，没有谁需要去巴结他，当然也就没有多少人会去注意他。我们相信，他的变脸技艺是在到我们单位后的某一天才突然掌握的（也许是长期练习，突然领悟？），因为你很难设想，一个早就具备了某种绝技的人能够一直不露声色。总之有一天我们突然发现，我们身边出现了一个会变脸的人，这着实令我们感到无

比兴奋。

在这个人材辈出、群星荟萃的时代，所有人都感到眼花缭乱，目迷五色，我们的视听器官都差不多麻木了。但这种麻木是相对的，一旦一个异常人物真正出现在我们的身边，我们还是抑制不住内心的激动。何雨的本领是异乎寻常的，他的变脸绝对不是我们通常所见的化妆或是整容，那种玩意儿不值一提，和何雨的变脸无法类比。何雨变脸既不需外人帮助，也不要借助任何工具，你看他，凝神屏息，正襟危坐，待四座安静，众目注视后，他沉稳地伸出双手（抖一抖袖子），开始飞快地调理他脸上的五官和肌肉。他的手摸到哪里，他的脸就改到哪里，一时间，你只能听到一连串轻微的手指和肌肉接触的声音。在一系列令人眼花缭乱的动作后，何雨长长地叹出一口气，双手垂下，一张迥异与他本相的脸展现在众人面前。观者目瞪口呆，突然间掌声雷动！

这是何雨第一次向大家展示他的变脸技艺。他是如何掌握这项技术的呢？这很费思量。是天生禀赋而后自我修炼，还是机缘垂青得异人传授？抑或是某一日突然间福至心灵？我们问他，他不肯说，总是顾左右而言他，我们也猜不出个所以然。我说不上是他的朋友（他本来就没朋友），但我和他同在一个办公室，平时接触稍多，据我观察，何雨一直比较喜欢看漫画，对用简单的线条勾勒出人的喜怒哀乐肯定颇有心得，这很可能就是他变脸技艺的基础之一。当然，他脸上的肌肉肯定也与众不同，要不然，拥有这项技艺的人肯定不是何雨，而首先应该是那些画家、雕塑家，或者是什么“泥人张”的传人了。要知道，即使是川剧里的变脸艺术，跟何雨的变脸也是不可同日而语的。

细想起来也有迹可循。就是说，何雨变脸技艺的形成大概也

是个渐进的过程。先是，他阴郁的脸变得活络了些，在别人不注意时，眉毛、眼睛、鼻子、嘴巴常常上下左右地调动；后来，偶尔冲大家做做怪脸。终于有一天，他一时兴起，给我们表演了他的全套活计。这我在上文已经描述过，在后面你还将有所领略。

还要声明一点，我并不想在这篇小说里奚落或是嘲弄何雨。在这个八仙过海的年代里，猪往前拱，鸡向后刨，一个人拥有了某项人所不及的本事，应该不是一件坏事。都说，人一阔，脸就变，何雨是人还没阔，先有了变脸的技艺。祸耶？福耶？

单位里着实热闹了好些天，从上到下，从单位的头儿，到我们这些普通同事，人人都对何雨的绝技产生了浓厚的兴趣。工间操被自动取消了，成了何雨表演变脸的专用时间。何雨端坐当中，众人围成一团，点菜一般地观赏表演。——来个哭相！这当然是小菜一碟，话音刚落，我们的面前出现了一张泪眼欲滴的苦脸，于是掌声一片。——来个得意洋洋！这也不难，几秒钟的功夫，何雨就变了一张脸，好一副春风得意的模样。气氛被渲染起来了，难度也逐渐加大，——变个道貌岸然！何雨略愣一下，抬起双手，在脸上搓了两下，他的脸又换了。谁没有见过道貌岸然呢？他学得确实很像。看来这难不住他，有人又说：学个 ××× 吧。何雨怔住了，看上去有点为难。××× 是我们这个城市的最高领导，几乎每天我们都能在电视上见到他。我们都看着何雨，看他能不能弄出来。那个提议的家伙说：看来你还是不行，只能弄点小儿科，他嘿嘿笑着说，黔驴技穷！这话把何雨激起来了，他梗着脖子说：我不行？你等着！更不打话，抬起双手在脸上做开了。这一次难度不小，他的手仿佛捏面人似的在脸上拽、点、拉、捏，间或默想片刻，挤挤眉，弄弄

眼，两手接着又忙活开了。大概忙了十来分钟，他的双手张开，捂在脸上，然后，两手缓缓移动，宛如舞台上的帷幕那样分开……我们都呆住了，所有的目光都集中在他的脸上。何雨说：拿面镜子过来！他连语气都学得惟妙惟肖。我们都说：像！像！不要拿镜子了！大家齐声叫好，掌声再次响了起来。

类似的情形持续了好多天，直到我们渐渐弄清了何雨技能的限制，大家的兴奋点才逐渐分散。说起来，何雨的脸也并非万能，就表情而言他几乎是说来就来，但要说学人，也就是说，要他具体模仿某一个人，他有时就不能随心所欲了。想一想，道理也很简单：何雨的脸毕竟不是一团橡皮泥，里面是有骨头的。说到底，他只能模仿和他骨相类似的那一类人。但即使这样，何雨的变脸也算得上是一项绝技了，不是么？

何雨并不是那种得志猖狂的小人，况且他也还没有得志，但他上班时已不像以前那样唯唯诺诺，诚惶诚恐了。他的脸色比以前开朗了许多，至少原先的晦气已一扫而光。现在何雨脸上五官的位置有了些调整，而且是良性调整，也就是说，他把每天来上班时的脸改良了，这当然是得益于他的变脸技艺。我觉得这样看上去顺眼多了。但有些人不这么看，他们觉得看不习惯。其实这些人自己才令人费解，难道他们愿意整天跟一张愁苦的脸打交道吗？我对何雨的变化表示理解，——一个人又添了一套好衣服，你要求人家还继续穿着以前的那套破衣服不换，这不是太也不通情理了吗？何况何雨也还是何雨，他并没有翘尾巴，他自己的工作只比以前做得更好，还常常帮帮别人的忙（这在以前是不可想象的）。以前单位的电话响了半天大家也懒得去接，现在何雨接得很及时；单位的报纸大家看得不亦乐乎，就是没人愿意往架上夹，现在好了，何雨把它们分门别类夹得好好的。何雨现在变成了一个上进而朝气蓬勃的年轻人了，他改掉了爱睡懒觉的习惯（我们都知道这有多么难！），天天提前十分钟上班，我们上班时，他连开水都打好了。我们头儿的水平毕竟比那些普通群众要高一点，他在一次例会上表扬何雨说：大家都注意到，何雨同志现在的精神面貌比以前是大不一样了，——底下有人吃吃窃笑，头儿咳嗽一声说，我说的不是脸！底下全放肆地笑了出来。头儿在轰笑声中继续说——我们希望他继续保持，发扬光大！有人在我身后接了一句：洗心革面！底下笑得更厉害了。我不满地朝身后瞪了一眼。我真诚地希望何雨能以此为契机，改变自己的形象，但愿好运气也能接踵而来。

经过最初的适应过程之后，大家对何雨的改变已经习以为常了。何雨也不是每天都变一张脸，就是说，他并不是每天都换一套行头。他每天来上班的模样都是固定的，看上去也很正常，和我们大家差不多。如果你是个不了解原委的人，决不会朝他多看一眼。作为一个身怀变脸绝技的人，我相信他难免会时常技痒，但他考虑再三后，终于优选出这样一套模样来面对我们这些同事。开始，大家还有兴趣对他的这套行头评头论脸，后来也就习惯了。好的效果也确实开始产生，至少，大家不再随意支使他了，而且，头儿不是也表扬他了吗？

何雨的变脸技艺如果只运用在改变他的寻常形象上，那确实是屈才了。别忘了，他只要简单地运用他的变脸本领就可以随时随地地变换表情：喜怒哀乐，威严或是卑微，他说来就来，随心所欲。何雨很恰当地运用着他的技艺。在不同的场合和不同的对象面前，他会准确地把握自己所应处的位置，恰如其分地做出相应的表情。如果说何雨正常的表情是一条水平线，那他在聆听头儿的指示

时姿态就往下低一低，而当外面来了客人，而且这个客人是有求于我们单位的，他的姿态又会适当地抬一抬，处于水平线以上。一段时期以来，何雨把他的技艺运用得恰到好处。如果我们把他的这种变化像剪胶片似的各自剪开来看，就会发现，每一段胶片都恰如其分，何雨既不僭越倨傲，又不低三下四。这种变化对何雨说来游刃有余，但要是把各段胶片接好，连起来放，别人就有点眼花缭乱了。有人对此颇有微词，说何雨的脸像夏天的天气，说变就变，是一张鬼脸，但我注意到何雨实际上很有分寸，他表现得相当得体。他对同事们很有礼貌，说到底，他得罪过你我吗？我看没有；他模仿谁的面容勾引过谁的老婆吗？那更是没有！谁要是把何雨说成个反复无常品行卑鄙的小人，我首先要站出来反对。一个人生活在这个世界上，要生存要发展，不容易！而且，你能理直气壮地说，你在领导和群众面前心理就完全一样吗？我不敢这么说。就我而言，我也想变化，有时也变上一变，只不过我做得没那么顺溜，没那么得心应手罢了。总而言之，我认为对何雨的非议从根子上说都是缘于一种“酸葡萄”心理。设想一下：如果你运气好，也掌握了这项技艺，我不敢说你会模仿他人的面孔去勾引他老婆（我怕你打我耳光），但你就没想过可以模仿某个工资高的去冒领他一回工资吗？不管怎么说，反正我理解何雨。

再往深处说，何雨在某一个时刻所呈现的脸谱，和他当时的心情是不是就完全一致呢？我看不见得——不，不是不见得，简直就是不可能！——心里不服气，脸上却要彻底服气，没有架子，却要端上临时准备的架子，这有时也是一种折磨。事实上，何雨也还没有修炼到家，他的真情实感有时还是会从他的面具里透露出来，不过现在我没有说到这个，这是后话。

要说何雨在单位的地位，看上去并没有多大的变化。譬如单位分东西，他拿的还是最差的那一份。就说分水果吧，烂得最多的那一筐也还是归他。这倒不是因为他傻，看不出来——筐底都淌水了，他能看不出吗？他现在是心甘情愿去拿烂水果，这跟以前的情况不太一样。以前大家是把最差的东西剩给他，他拿了嘴里也会嘀咕，现在呢，他即使是第一个拿，也会主动去拿最坏的。这一来，那些贪小便宜的人很是满意。要说变化，何雨的人缘是比从前好多了。他不再计较这些小事，但我相信，他内心的想法绝不比以前少，也许还更多了。

有一天，何雨上班时一直喜滋滋的。我们陆续到单位时，他不光把开水烧好了，连地也拖得干干净净。开始大家还没太在意，因为这早已成了他的日常工作。但慢慢大家就觉得，今天有些反常，那种发自内心的喜悦是装不出来的。虽然他平时上班也是带的这张脸，但这张脸今天仿佛着了色，特别是眉毛那儿，可以说是喜上眉梢。他那天工作格外卖力，嘴里还断断续续地哼着歌。他这是怎么了？我们都在猜度，互相交换眼色，但都没有出言询问。快下班时，何雨一直在看表，后来他终于忍不住了，说要先走一步。但他并不马上就走，总在那儿理桌子。我问他，究竟有什么好事，是不是交女朋友了？何雨嘴里说：哪儿啊！哪儿啊！脸上却是承认了。大家都来了劲，一起围上来关心他。何雨的脸涨得通红，只说，才认识，八字还没一撇哩。我们问：漂亮吗？何雨说，还可以吧，就不肯再说了。大家都嚷着要吃糖，何雨不肯，说等成了请大家喝喜酒，最后头儿拍了板，让何雨掏出二十块钱来，才让他走了。

我们都知道何雨谈恋爱了。看得出他心情很好。每天上班我们都要“拷问”他一番，让他谈谈最新情况。前一段时间进展是顺利的，我虽然没有亲见他和那个女孩会面的场面，但我可以想得出，他去见那个女孩时的面容肯定是他最体面的一张脸。这是何雨的专长。这一点其实大家都想到了，私下里也在议论。那天上班何雨破天荒地迟到了，想来是昨晚谈得太迟。大家兴致都很高，好奇心陡涨，直截了当地要求何雨给我们做一做他谈恋爱时的那张脸。何雨不肯，说：还不就是现在这个样子吗？话音刚落，有人就戳破：不可能！你行头多，怎么可能穿工作服去谈恋爱！大家轰地笑了。何雨推辞不过，只好给我们做了一下。他只用手在脸上稍一整理，脸挤了几下就做好了，想来是天天运用，已经熟极而流。这张脸只是在上班的脸上做了一点调整，但这种调整极具成效。在这张脸面前，你一下子很难找出他以前那张苦脸的痕迹。何雨还是何雨，但他现在的脸面看上去不光体面、优雅，还略带幽默，简直人见人爱！何雨微笑着，他的脸上甚至还带有一丝含情脉脉的表情。我们这些观众都齐声叫起好来。

转眼间何雨的脸色沉了下来。他担心地说：她是个演员，这种人经历丰富，我怕她没有真心。

她再丰富还能丰富过你呀！马上有人说，演员才好，跟你天生一对！

大家全笑了起来。

万万没想到，何雨的恋爱很快就结束了。具体情况我们不知道，事后的传闻是这样的：

那个演员确实已动了真心，据说已经开始跟何雨商量结婚的事儿了。不想何雨一高兴却出了事。那天晚上他们在五星城啤酒屋见面，开头一切正常，两人喝着茶聊着天，笑语晏晏。后来一高兴，那女孩提出要些酒来喝。何雨开始不肯，说自己不会喝。那女孩

说：不会喝酒的男人还像个男人吗？要不练练，结婚那天怎么办？何雨经不起这一激，说：喝就喝！几杯酒下肚，何雨脸也红了，舌头也短了。他原本不善喝酒（这我们都知道），单位聚会时他几乎滴酒不沾，但情绪一上来，又面对女朋友那张含情带嗔的俏脸，不知不觉就过了量，最后连脑袋都耷拉下来了。那女孩并没有在意，她去了趟洗手间，回来一看，何雨已经趴在桌子上了。她推推何雨，喊：喂！喂！何雨迷迷糊糊抬起头，把她吓了一跳——这人穿着何雨的衣服，但他不是何雨。女孩问：你是谁？你坐错了地方吧？何雨还没有醒过来，他舌头打卷说：我就是何雨，你来啦？女孩上上下下地打量着他，疑惑地说：你是何雨？你的脸——，何雨一激凛，酒顿时醒了。他猛地捂住自己的脸，嘴里说：没什么，没什么，手忙脚乱。再抬起头来时，他的脸又恢复了。女孩怔怔地盯着他，突然大叫道：鬼！鬼！拎起自己的包就跑了。

那天何雨弄得很窝囊。几个保安围住他，反复地盘问，最后还差一点被弄到派出所去。听说何雨第二天又去找了那个女孩，坦诚地向她解释了自己的情况。女孩对他表示理解和同情，但决不愿意恢复旧好。事已至此，何雨也只好拉倒了。几个月后，那女孩和别人结了婚，何雨还去出席了婚礼。他那天憋了一股劲，不光打扮得衣冠楚楚，还做出了他有史以来最为派头的一张脸。宾客们都以为来了个显贵，请他坐了某一席的上座。

恋爱失败的何雨那一阵的情绪相当低落。他神情忧郁，不大搭理人。接近年底，单位里的气氛更加活跃了。一个周末，我们单位到郊外活动，全体人员乘一辆大客车到栖霞山游山。正是深秋时分，天高气爽，阳光灿烂，大家兴致勃勃，满车都是欢声笑语。上了山，大家爬山、采叶、登塔，玩得十分尽兴，只有何雨一个人沉着一张脸，看上去满腹心事。那天的一项主要安排是游览栖霞寺，我们一行沿着迤逦的山道往寺庙走去。

寺前高高的台阶两边，坐了不少看相算命的相士，面前都摆了一块招牌，上面写着“周公神课，逢凶化吉”或是“诸葛神卦，消灾禳祸”之类的话，和电视里某些“神药”的广告词颇为类似。相士们乍一见来了一彪游客，精神都为之一振，纷纷围上来招徕生意。我们都没有理会。佛门净地，拜菩萨毕竟要紧。进了寺庙，大家依次聚神敛意，焚香跪拜，望佛默祷，如此这般，人人都很认真。何雨排在最后一个，他拜得格外虔诚，嘴里还喃喃念叨着什么。出得山门，那些相士们又围了上来，比我们进寺时更加起劲。这些人拦在前面，嘴里念念有词，说的都是土话，听不太懂，大意是说你不久就有大的变故，言下之意是如果不算上一卦，说不定下山时就会不幸摔死。大部分人不信这些鬼话，绕开他们，加快步子跑远了。何雨是最后一个出来的，他一出寺门，离寺门最近的一个老者站了起来。他鹤发童颜，长须垂胸，颇具道骨仙风。他对何雨说：这位先生，我给你算一卦，要是我说错了，你一个子儿都别给！何雨站住了，迟疑着。

已经走远的同事们又围了过来。我突然想起了什么，也来了兴致，怂恿何雨给他来一卦，看他说些什么。何雨同意了。

我问老相士：你是算命还是看相？

老相士答道：算命看相，本为一体！说时对我深看一眼，我吓得不再开口。

何雨面对老相士站好，我们众星拱月似的围在他身后。看得出，他有点紧张。

相士坐在他的小马扎上，闭上眼睛，端坐片刻，突然双目一睁，目光如电：先生，轻言漫语，冒渎莫怪，先生，恕我直言了！

何雨惶恐地说：你说。

老相士敛容正色道：先生，观你之相，天庭饱满，气像尚新，所不足者唯地阁微削。先生祖泽绵延，积德甚厚，故虽印堂发暗，有不测之气，尚不至成灾，只需谨言慎行，决不至罹祸！

何雨表情严肃，等着他说下去。老相士说：不过你的运道似乎一直不好，要切记谨言慎行！

老相士口齿清楚，听得我们一愣一愣的。这老相士头看来不可小觑。何雨掏出十块钱，递给老相士。老相士坦然收下。何雨问：我该怎么办呢？

老相士道：我说过了，谨言慎行！老头说完更不打话，闭上了眼睛。

这一弄谁也不再敢给他算命了。大家议论纷纷地下了台阶。何雨皱着眉头想着什么，突然他说：我东西忘了寺里了！返身上了台阶，我们目送他进了寺门。

下山是熟路，何雨自己会跟上来。我们下了山，在停车场上等了不少时间，眼见着一个人垂头丧气地走了过来。仔细一看，才看出是何雨。他的面貌跟刚才大不一样，所以我一下子没认出来。我心头一闪，突然想起了何雨人所不及的变脸本领，我猜测，他刚才并不是真的忘了什么东西，他很可能是变了脸，又去算了一卦，而且我推测，他找的一定还是那个老相士。回去的路上，何雨阴沉着脸，闷闷不乐。我几次想出言询问，都没有开口。后来我才知道，情况果然是这样。何雨回到寺里又转了一会儿，再出来时，他不光面貌迥异，甚至还把他身上的衣服反过来穿了。他走到老相士面

前，往那儿一站，但还没等他讲出他已经默练数遍的土话，老相士一眼就把他给认出来了。老相士含笑说：你不用再算了，你的同事们还等着你呢。

此后的何雨神色萎靡，精神不振。我注意到，他又开始大大咧咧，不修边幅了。他上班前肯定还要把脸整一整，但已不像以前那么用功。转眼到了年终，单位的事多了起来。总结，评优，发年货，何雨也跟着忙了好一阵。年终小结的那天，何雨的劲头又高涨了些——谁不想拿一等奖呢？他的个人总结做得格外认真，光从字数看就比别人多了一倍；读得也认真，还不时抬头看大家一眼。我心中很有些恻然。

个人小结过后是无记名投票。唱票的结果是：何雨只有两票。我投了他一票，大概还有他自己一票。何雨还是三等奖。领奖金的时候，我看到何雨嘻嘻哈哈，脸上显得满不在乎，但透过脸看进去，他心中凄然。以后的一段时间，何雨的情绪达到了最低点。他很少搭理人，总坐在桌子前发呆。他似乎已懒得再花精力去修饰他的脸了，大概和我们上班前草草地抹一把脸就来上班差不多，他稍稍做一下脸就出门了。这一来，他的脸就漫不经心地多了些变化，就是说，不像以前那样固定，有点乱了。

有一天下午，天气很好，冬日的阳光明晃晃地照进窗户，办公室里正好就我和他两个人。我在看报，何雨突然对我说：我知道，就你投了我一票，谢谢你。

我一时不知说什么好。

何雨说：真的，谢谢你。

我说：其实你还是注意一下仪表比较好……，话一出口，我又

觉得不妥。

何雨长叹一口气说：我管不了那么多了。说真的，我真不知道究竟该怎样面对这个世界了。

我没说话。沿着阳光看过去，何雨只呈现一个逆光的背影。

几天后，单位联欢。头儿想出了个新花样：搞个假面舞会，面具自备。有人跟何雨开玩笑，说他最方便，不必花钱了。何雨狠狠地瞪了他一眼。晚上的舞会开得很热闹，孙悟空猪八戒，牛头马面全都登了场。我有事去迟了一点，舞会已经开始了。进了门，乍一看，好像走进了一个幻境，一时间不见一个熟人，五花八门的面具把他们全隐蔽起来了。灯光又暗，即使仔细辨认我也看不出究竟谁是谁。突然间我想看看何雨，看看他今天到底是个什么样子。奇怪的是，我只在场上稍稍一扫就发现了他。他戴着一个猪八戒面具，正在那儿跳舞。他跳得不熟练，颇有些僵硬，影影绰绰的灯光下，我只能看见一个晃动的影子，但我坚信，我没有弄错。一曲终了，顶灯亮了，所有的人都摘下了面具，我终于看清，那确实就是他，是何雨。我有点迷惑，还有些恍惚，我自己也弄不清我是从哪儿把他认出来的，究竟是什么提醒了我。你说说，这到底是怎么回事儿？难道说，我比栖霞山上的那个老相士还要厉害吗？——这么说，连我自己都不相信。

第二天单位聚餐。菜肴很丰盛，酒也足，酒过数巡，大家都有些酒意。何雨酒量最小，当然第一个醉。喝到后来，何雨的脸撑不住，松了下来，还是原先的苦相。有人提议，让何雨变个脸，给大家助兴。何雨这次倒没有推辞，他打了个饱嗝，醉意朦胧地说：变个脸？——你说变什么？头儿也醉了，他站起来，手往自己脸上一戳，说：就变我！

好！大家全都赞成。

好，你们等着。说时何雨站起了身。

确实喝多了，何雨的手显得迟缓，还有点颤抖。但片刻工夫也就变成了——实在是像！大概他们原本就骨相类似，只是何雨的脸看上去要稍瘦了一点，但乍一看去，神形兼备，几可乱真。

何雨看看大家，又直直地盯着头儿，斜着眼说：怎么样？

大家热烈鼓掌。何雨端起一杯酒，学着头儿的腔调说：同志们辛苦了一年，现在我敬大家一杯！他扬起脖子正要喝，突然愣住了。我们发现，头儿的脸色正急剧阴沉，仿佛山雨欲来。我们还没明白怎么回事，啪！一个耳光已经结结实实打在何雨的脸上！何雨手里的杯子掉在地上，摔得粉碎。我们都呆了。

何雨呆立在那儿，捂着自己的脸。他双手使劲揉搓着，像是想把那张脸揉碎。突然他拍着自己的脸喊道：天啦！我的脸死了！它变不回去了！

他的泪水流了下来，但那张脸，是真的变不回去了。

聚餐当然是不欢而散。后来头儿当着大家的面向何雨做了自我批评，说自己酒后失态，实在不应该。还让他到医院去看看。何雨去了，但医生也束手无策，何雨的脸只能就此固定了。你可以想象，我们单位从此有多么滑稽！——一个头儿，两张脸！虽说我们不会经常弄错，但这是多么的尴尬！这样的情形持续了个把月，终于有一天，何雨给头儿留了张条子，悄悄离开了我们单位。他辞职了。

我们至今没有得到何雨的确切消息。听说他的脸后来治好了，又恢复了他的变脸功能，现在正在南方一家杂技团里当演员，专门

表演他的变脸技艺，收入颇丰；还有人说，他其实是去了北方，在一家电影厂担任了特型演员。可我虽然一直注意，至今也还没有看到他出演的影片。

苏辰梦见了什么

苏辰是一个四岁的小男孩。他们家住在一楼；一套两居室，再加一个小院子。苏辰的爸爸妈妈带着苏辰，苏辰养了一只小兔子。

苏辰的兔子是只小白兔，红红的眼睛，雪白的身子，就像一个小雪球。兔子刚买回家时，苏辰问他妈妈，小兔子的毛为什么是白色的。妈妈告诉他，这是一只小白兔，它天生就是白色的。妈妈说，还有种兔子叫小灰兔，它天生就是灰色的，长到多大也不会变白。苏辰点点头，他懂了。他明白了“天生”是什么意思。而且他猜想，小白兔的爸爸妈妈肯定是大白兔，小灰兔的爸爸妈妈肯定也是灰兔，这就像他的爸爸妈妈天生就是爸爸妈妈一样。“天生”就是一生下来就是那样的。

苏辰很喜欢他的小白兔，他喜欢逗它玩。苏辰从幼儿园回来，妈妈的第一件事情就是给他洗手；洗完手，他一转身就跑到院子里，立即就把手搞脏了。他和兔子玩。他把兔子笼打开，说：小白，小白，你出来！兔子有时愿意出来，有时待在笼子角，不肯动窝。苏辰说：我放学了，你现在开始上学，上游戏课，你出来吧。兔子待在那儿还是不肯动，苏辰就把手伸到笼子里去赶。他的手一伸进去，小白兔就跑出来了。它耳朵支棱着，一蹦一跳的，看上去就是一只兔子。这是苏辰最开心的时候。兔子围着苏辰转，苏辰围着兔子转。往这边转一下，再往那边转一下，天就这样慢慢地黑了。这时候兔子就会像人那样站起来，追着苏辰直蹦。苏辰知道，它是要吃菜了。苏辰隔着门朝正在厨房里忙着的妈妈喊一声：妈妈！妈妈就会端着一簸箕菜皮送过来。

苏辰喂着小白兔，对妈妈说：妈妈，明年我们家院子里的草不要拔，好不好？

妈妈说：为什么？

苏辰说：留给兔子吃啊。兔子有草吃，我就可以帮你择菜了。

妈妈说：怎么，帮妈妈做事还要讲条件啊？这不好。

苏辰说：妈妈，我不是讲条件。要是兔子有草吃了，我择菜就不会把绿叶也摘掉了。你不是老是批评我，不让我摘菜吗？

妈妈说：好，好。那到了明年我们不拔吧。

他们说话的时候兔子“哗吱哗吱”吃着菜叶。它既挑食又偏食，专挑绿叶子吃，把菜叶拨了一地。妈妈拿来扫帚把地上的菜叶扫进簸箕，倒到兔子笼里。小兔子用前爪擦了擦嘴，三蹦两蹦进了窝。

爸爸在屋里把饭菜端上了桌。他不满地把桌椅推得咣咣响。你们还有完没完？他朝院子里喊了一声，自己先坐到桌前吃了起来。爸爸最近脾气不大好，不光苏辰怕他，好像连妈妈也让着他。常常是爸爸眼睛一瞪，妈妈就不说话了。苏辰和妈妈进了屋，苏辰自己乖乖地去厨房洗手。他觉得爸爸的那张脸就像是一块铁，眼光撞上去就要疼。

爸爸以前不是这样。苏辰记得他那时候说话慢悠悠的，很少发脾气，就连苏辰把碗打破了他也不发火。爸爸的脾气为什么会变成现在这样呢？苏辰不明白。他悄悄地吃着饭，偷眼看着爸爸妈妈。妈妈一会儿就往爸爸碗里夹一块菜，可爸爸连理也不理。他把妈妈夹的菜剩在碗里，碗一推自己看电视去了。苏辰想：大人的脾气天生是会变的吗？爸爸的脾气变了，妈妈的脾气也变了。一个变坏，一个却变好了。他真不明白这是为什么。

吃完饭，妈妈去收碗。苏辰悄悄地跑到院子里再去看看他的兔子，再等一会儿妈妈就会叫他上床睡觉了。小兔子蹲在笼子里，笼子放在月光里，院子里亮晃晃的。苏辰觉得月光下的兔子似乎变大了许多。它还在吃，真是个贪吃的家伙。苏辰想把手伸进去摸一摸它，一回头，却看见爸爸正站在卧室里透过窗户看着他。玻璃窗闪着冷光，好像爸爸戴着一副巨大的眼镜。苏辰一吓，手立即就缩回去了。

苏辰很喜欢他们家的小院子。房子是人住的，院子是小白兔住的。没有小院子，爸爸妈妈就不会让苏辰养兔子。小白兔是在菜场买的。以前苏辰他们家还住三楼的时候，苏辰每次看到小白兔都不愿意挪脚。他实在是太喜欢那几只小白兔了。妈妈拽着他说：走吧，我们去买螃蟹。

苏辰说：不要。

妈妈说：买牛肉。

苏辰摇头：也不要。

妈妈说：那好，我给你去买个会变形的“奥特曼”。

那好吧，苏臣迟疑了一下说，可我还是要买小白兔。

妈妈生气了。她不理苏辰，自己往前走。苏辰只得跟在后面。妈妈，我们商量商量不行吗？他的话把路两边卖菜的人全逗笑了。妈妈回头说：不行。

妈妈不让养兔子是嫌它脏。妈妈说过，只有有院子的人家才能养兔子。去年苏辰家有机会换房子，爸爸妈妈去新房看了几次都定不下来搬还是不搬。爸爸说，新房子号码不好，搬了会不吉利。那天苏辰幼儿园放学后爸爸妈妈又去看房子，苏辰也跟在后面。苏辰问：什么叫不吉利？妈妈指着门上的门牌号说：你看，114。你爸爸就是说这个。爸爸说：要是114倒好了，是“要要死”——呸！妈妈说：你怎么这么迷信。这房子比以前大了多少啊，还有个小院子。爸爸说：什么迷信不迷信，反正我就是不想搬。这时候苏辰指着门上的号码说：多——多——发！爸爸，妈妈，这是多——多——发！苏辰的爸爸妈妈都瞪大了眼睛，奇怪地看着苏辰。然后他们都笑起来。后来，他们就搬到了现在的家。

苏辰那时并没有想到养兔子的事，也许他只是不愿意爸爸妈妈争吵，而且那天下午在幼儿园他确实上了一节唱歌课，刚学了多来咪发。不管怎么说，新家确实是好。房子大，漂亮，而且有个小院子。搬到新家后不久，妈妈就花五块钱买回了一只小白兔。那时候爸爸脾气还很好。他不光用装修新房剩的废木料给小白兔做了个笼子，就连小白兔的名字“小白”也是他取的。他常常和苏辰一起逗兔子，高兴起来还把兔子放出院子让它到外面吃草。爸爸不在身边苏辰可不敢这样，他怕小白钻到树丛里他一个人找不到。现在爸爸连院子里也很少去了。他常常一个人躺在床上抽烟，还经常关着门和妈妈吵架。他们吵些什么，苏辰听不清。就是听清了他也听不懂。

那时候不是这样的。那时候爸爸妈妈不吵架。爸爸和妈妈都不太愿意送苏辰上幼儿园，因为他有时会赖学，说再见的时候还会哭，他们都舍不得；但爸爸和妈妈都抢着去幼儿园接苏辰，因为他一见到爸爸妈妈就会扑上来，搂住他们的脖子。后来爸爸妈妈讲好了，接送都由爸爸负责。爸爸那时候多疼苏辰啊。有一次苏辰在幼儿园把棉裤尿湿了，苏辰自己不敢说，快睡觉的时候爸爸才发现。爸爸一面责怪着幼儿园的老师不负责任，一面和妈妈手忙脚乱地一起给他洗屁股、烫棉裤。棉裤上尿骚味儿很重，苏辰自己都觉得冲鼻子，可爸一点儿也不嫌。妈妈说：你爸爸就喜欢闻你的尿骚味儿，你过周岁的时候还在他脖子上撒过尿呢。爸爸说：小孩的尿不脏，他拍拍苏辰的光屁股说，就像是啤酒味儿。爸爸那时候不喝酒，喝一点啤酒脸就会通红，手背上还会起疙瘩。现在他常常一个人在家里喝酒，眼睛喝得像个兔子。看苏辰的目光也跟以前不一样了。

小白长得很快，才几个月小白兔就成了大白兔，可苏辰还是个小孩子。

小白吃得越来越多，菜皮已经不够它吃，妈妈有时会多卖些菜回来，留着给苏辰喂兔子。可是妈妈心情不好，常常会忘了这件事，苏辰只好自己到院子外面的树底下拔草。有一天，苏辰发现小白很奇怪。它不吃草，也不吃菜，给它水也不喝。它发了疯似的在笼子里乱转，还发出“吱吱”的叫声。苏辰还从来没听它叫过呢。他有点害怕，想问妈妈，可妈妈买菜去了。他看见爸爸正站在门口抽烟，就问他兔子怎么了。爸爸厌恶地皱着眉头，没头没脑地说：它讨厌！这是只雌兔子。苏辰不敢再问，但他不明白为什么雌兔子就讨厌。等妈妈回来了他悄悄地跟到厨房去问妈妈，还问妈妈，为什么爸爸说雌兔子就讨厌。妈妈的脸顿时变得铁青。她恨恨地盯着爸爸的方向，想说什么却又忍住了。她告诉苏辰，小白兔这是寂寞了，它肯定是想出去做客了。

苏辰理解地点点头。他问：那我们把小白带到谁家去做客呢？

妈妈说：我还没想好。到时候再说吧。妈妈显然心不在焉。

苏辰说：我们到那个阿姨家行不行，就是那个我们上次去过的那个阿姨家？

妈妈问：哪个阿姨？

苏辰一时想不起那个阿姨的名字，他抓着头说，就是那个她家门上的狮子会说话的阿姨家。

妈妈愣住了。她一点也听不懂儿子的话。

苏辰比画着说：她家楼梯口有个大铁门，铁门上有个狮子，你一按，那个狮子就说"哪一个"，你说是我。然后门就开了。

哦——，妈妈恍然大悟，她"扑哧"笑起来：傻儿子，什么狮子会说话！那叫电子防盗门，我以为你说的动物园呢！她觉得儿子实在是好玩，忍不住抱住他亲了一口。但是她说：不行。我们不去她家。

苏辰问：为什么？

妈妈说：她家又没有兔子。

苏辰说：可她家有好多其他小动物呀，一个小狗，两个荷兰鼠，还有几只小鸟呢。小白兔不是可以跟它们玩吗？

不，小白兔只愿意跟小白兔玩。妈妈的脸色有些阴沉。她说，我们不到那个阿姨家。

妈妈的态度很坚决，她的话听起来也很有道理。她转身去了厨房。苏辰呆呆地看着妈妈的背影，他看出来了，不是小白兔不愿意去跟别的小动物玩，而是妈妈自己不愿意去。而且，苏辰自己也不喜欢那个阿姨。他隐约知道妈妈为什么不愿意到那个阿姨家去。

苏辰总共就到那个阿姨家去过一次，是和爸爸妈妈一起去的。那个阿姨和妈妈差不多大，她家没有叔叔。妈妈后来告诉苏辰，阿姨是离婚了。离婚了就是叔叔和阿姨不在一起过了。那一次在阿姨家，开始时玩得挺好。阿姨给他糖吃，还跟他一起去逗她家的那些小动物。荷兰鼠胖胖的，像个小猪，很臭。它一直在吃，吃个不停，好像它从生下来就一直在吃东西，真不知道它除了会吃还会干什么。苏辰不喜欢它。他和阿姨到阳台上去逗小鸟。阿姨告诉他，它们叫虎皮鹦鹉，但是它们不会学说话。苏辰逗它们，他说：你们好！小鸟叫：瞿瞿！他又说：再见！小鸟还是说：瞿瞿！它们真的不会说话，可是叫得很好听，比树上的麻雀叫得好听多了。那只小狗也很可爱。它一直围着苏辰直往他身上扑。苏辰知道它不是想咬人，它是高兴。那时候天还有点冷，苏辰把手伸到小狗的毛里。小狗身上很暖和，比小白兔身上还暖和。

阿姨搂着苏辰，她的身上有一种味道，好像是箱子底下的衣服的味道，和妈妈身上的味道不一样，苏辰很不习惯。阿姨和爸爸妈妈的话很少，她几乎只和苏辰讲话。后来她开始夸苏辰长得漂亮。这儿子给你生着了，她对妈妈说，大眼睛，高鼻梁，白皮肤，你真是好运气。爸爸妈妈听了都很开心。阿姨问苏辰：你说你长得像谁？苏辰说：我又像爸爸又像妈妈。

不管谁问他，苏辰都是这么回答。可是阿姨说：不，你像你妈妈。她说：你说你哪里像爸爸？

苏辰说：我的眼睛像爸爸。

阿姨说：不像。你爸爸是单眼皮，你是双眼皮。

苏辰说：可我妈妈说我生下来的时候也是单眼皮，像爸爸，以后才变双的。

妈妈插话说：这孩子眼神特别像他爸爸。

苏辰不太懂眼神是什么意思，他说：我的牙也像我爸爸。他龇着牙说，你看，我的牙多齐。他跑到爸爸身边说：爸爸，你把嘴张开。爸爸没理他。

阿姨说：现在还不算，你的牙还没有换呢。

噢，你知道我们苏辰的牙以后就一定不齐呀？妈妈搂着苏辰说，你又不是巫婆。

阿姨听了这话好像不太高兴。这时候那只小狗又不知道从哪儿钻了出来。它不缠别人，就缠着苏辰。苏辰蹲下身子，摸着它的脑袋。他奇怪地发现小狗竟然也是双眼皮。他问：阿姨，小狗像他的爸爸妈妈吗？

阿姨说：应该像。可是——她哈哈笑起来说，我是从夫子庙买的，我也不知道它爸爸妈妈长什么样。

苏辰说：我知道了，他不是纯种狗对不对？

苏辰的爸爸突然骂苏辰：小孩子话怎么这么多！天不早了，明天还要上幼儿园，我们走吧。

妈妈也站起了身。苏辰有点舍不得小狗。爸爸一把把他拖起来，说：走吧。阿姨把他们送出门，让苏辰以后再来玩。爸爸在下楼梯时狠狠地说：她变态！妈妈说：我看她有点疯疯癫癫的。苏辰问：什么叫变态？妈妈说：变态就是发疯。苏辰问：她是疯子吗？

爸爸说：差不多。

苏辰也不喜欢那个阿姨了。他嘴里还含着她给的一块糖，他悄悄地把它吐掉了。他提出要到那个阿姨家，只不过是因为她家里有许多小动物。现在他想，这有什么稀奇，动物园里动物还要多呢。星期天我们可以把小白带到动物园去，只要不放到狮子老虎和狼的笼子里就没事。

爸爸看苏辰的眼光确实是变了。他常常仔细地端详苏辰，眼神怪怪的。看着看着他的脸就会突然阴沉下来，板着脸钻到书房里去抽烟。妈妈有事去找他，一推门，房间里总是先是冒出一股青烟。苏辰有事一般不不敢去找爸爸。他怕挨骂。那天从幼儿园回来，他发现院子里的兔子笼里空着。苏辰着急地问妈妈，小兔子哪去了。妈妈告诉他，小白被她送到一个朋友家了，让它去做做客。妈妈保证，等两天就把它抱回来。苏辰这才放了心。小兔子不在家，苏辰不知道玩什么。他找来一张纸，用铅笔在上面乱写。21 + 11 = 33，12 + 5 = 17，……苏辰已经可以算 40 以内的加法了，可他字写得还不熟。“1”是好写的，“2”字也不难，“3”就要复杂一点了。老师说，“1”字是一竖，“2”字像鸭子，“3”是一个小耳朵。苏辰写好了几个题目，想给妈妈看，可妈妈正在厕所里。这时爸爸正好叼了根烟从房间里出来。他皱着眉头在找东西，好像看不见苏辰这个人。苏辰想爸爸看到自己在写字肯定会高兴的。爸爸，你看我算得对吗？他把手里的纸递给爸爸。爸爸接过去扫了一眼，突然就吼起来：你看你写的这是什么？！

苏辰吓了一跳，眼睛立即就含了珠。他不知道爸爸究竟怎么了。

爸爸指着纸说：你看你写的这是什么？！“3”字是这样写的吗？

他很凶，就像要吃人。苏辰哇地哭起来。妈妈从厕所里冲了出来：怎么啦？怎么啦？刚才不还好好的吗？

怎么啦？你看看你儿子写的字。

妈妈一看，乐了：儿子，“3”字怎么这么写呢？爸爸说得对，你是写错了。

苏辰把“3”写成了“Ɛ”。妈妈说：“3”字应该是右边的耳朵，你写成左边的了。以后写“3”字的时候你先摸一摸自己的耳朵，这样就不会写错了。

苏辰含着眼泪点点头。可是爸爸对妈妈说：我真是想不通，你说，这小孩怎么这么笨？

妈妈说：你不要当着孩子的面说这样的话。他才学，在他看来，这样写也不是不可以。他才写了几次啊？

哦，我明白了，你儿子比阿拉伯人还聪明。爸爸讥讽地说，我今天算是明白了。

妈妈涨红了脸，想说什么又忍住了。她把苏辰领到小房间里，打开电视，让他看“大风车”，自己又走了出去。苏辰忍住哭，把电视的声音开得小小的，竖着耳朵听他们讲话。

妈妈说：你不要怪他。你不是说你小时候阿拉伯数字也写不好吗？这孩子这一点就像你。

爸爸说：你可别这么说。我不敢当。

妈妈说：你不是说你刚学写字的时候也把“7”字反过来写吗？

爸爸气冲冲地说：“7”是“7”，“3”是“3”。我看你是连数都不识了。

他们把声音压得很低，肯定是怕别人听见。小房间的门开了一道缝，苏辰还是能听见他们的争吵。

妈妈突然喊起来：这日子我过够了！你到底想的什么，希望你说说清楚。你把你的想法说出来。

我不用说，你明白。

妈妈说：可是我要你说出来。

爸爸说：我会说的。可现在还不到时候。

那好，我等着你。妈妈说，我提醒你一句：你想好了再做，不要弄得满城风雨。我只有这个要求。

爸爸没有再说话。苏辰吓得在房间里直发抖。他听不懂爸爸妈妈讲的是什么。他只知道今天的事全由自己引起。他想出去跟爸爸说，爸爸，爸爸，你别生气，以后我一定注意，写“3”字的时候一定先摸摸右耳朵，我不会再写错了。可他怕爸爸还是不肯原谅他。直到妈妈走进房间，他也没敢自己开门出去。

爸爸妈妈这次吵架以后话更少了。苏辰也很少说话。他不知道别人家里爸爸妈妈和儿子待在一起是什么样，但是他知道他自己家跟以前是不一样了。幸亏小白兔真的两天后就回家了。它安静多了，整天蹲在笼子里吃。它吃菜叶，吃青草，吃树叶，只要是青的它就吃。吃着吃着，它就长快了，长大了，肚子长得鼓鼓的。妈妈告诉苏辰，小白它这是怀小兔子了。

大了肚子的小白不好看，就像怀了宝宝的阿姨一样。可是苏辰更喜欢它，因为他就要多几只小白兔了。有一天他从幼儿园回来，发现小白正在笼子里啃木头，一根木栏杆就要被它啃断了。苏辰担心它趁自己不在时跑出来，把手伸进去吓唬它。小白身子往后缩了

一下，扑上来就要咬他。苏辰吓哭了。他找到妈妈问：你不是说吃素的动物不咬人吗，兔子吃素，为什么想咬我？妈妈说：它这几天就要生了，脾气不好。你不要惹它。苏辰突然说：那爸爸是男人，又不会生小孩，他为什么也脾气不好？妈妈愣住了。她把话题岔开去说：你不能盯着小白兔看，你看得它不好意思，它肚子里的小兔就要被憋死了。

苏辰实在是想看看小白是怎么生小兔的。他躲在院子里的一个纸箱后面，张大眼睛注视着小白。小白已经不咬木头了。它用两只前爪拼命把身上的毛往下拔。不一会儿就拔了一堆。它这是嫌热吗？可是苏辰并不感到热啊。不过苏辰这一次没有去问妈妈。他已经习惯了发脾气的小白。事实上不久苏辰就知道了小白为什么要拔自己的毛。小白并不是乱拔毛，它拔了一会儿就不拔了。它跳到面前的那一堆毛上，在上面拱来拱去，不一会儿就做成了一个鸟窝的样子。苏辰知道，小兔子一定就要生在那里面。

这天下午三点多钟，还没有到幼儿园放学时间，苏辰正在自己班上和小朋友们玩一种叫“鼻子眼睛嘴”的游戏，老师突然喊：苏辰，你爸爸接你来了！苏辰往外一看，果然是爸爸，他正站在窗户那儿朝自己招手。苏辰从小朋友中间走出来，慢腾腾地朝门口走。他有点奇怪，因为爸爸已经很长时间不来幼儿园接他了。爸爸拉上苏辰的手，说：跟老师说再见。苏辰说：老师再见。老师说：苏辰爸爸，苏辰最近午睡时常常哭，他在家里是不是也这样？爸爸说：没有啊。他挺正常的。老师说：你们家长注意一下，看看是什么原因，老是这样对孩子不好。好，好。爸爸连声答应着，带苏辰走出了幼儿园。

幼儿园外面的马路上没有树，太阳还很晃眼睛。苏辰一眼就看见了爸爸的自行车。他跑到车子旁边自己往上爬。自行车晃了一下，苏辰差点跌倒。爸爸走过来把他抱了上去。苏辰喜欢坐爸爸的车，他坐在前面的小椅子里，可以倚在爸爸的膀子上。妈妈就不行了，她一见人多就要下车，一小段路要骑上很长时间。爸爸来接他，他真是很高兴。前面到了岔路口，那里有一家小超市。苏辰对爸爸说：爸爸，我要吃东西。

爸爸把车子慢下来，问：你要吃什么？

苏辰说：我要吃狗屁。

爸爸笑笑，让苏辰下来等着，自己跑过去，给苏辰买了一个冷狗。苏辰一直把冷狗叫作狗屁。他吃着冷狗，爸爸继续骑车。骑着骑着，苏辰突然说：爸爸，你走错啦！

爸爸说：不错。我们先上医院。

不，我不去。我不要打针！

爸爸边骑边说道：不打针。老师不是说你做梦会哭吗，我带你去看看。

苏辰说：我没有哭。我不去医院。他的身体在车上扭起来。车子猛地晃了一下。

爸爸按稳龙头，并没有减慢速度。我告诉你一件事，你一听就知道要上医院了，爸爸说。

那我也不去！你坏，我不要你接我！

爸爸继续说：我告诉你，小白兔今天生了。生了四只小兔子。

苏辰说：你骗我。

爸爸说：爸爸没骗你。你回家就能看到了。

真的？那我们现在就回去。

爸爸说：不行。才生下来的小兔子最怕家里人把细菌带回去。所以我要把你带到医院去消消毒。

苏辰问：那妈妈消过毒吗?

爸爸说：妈妈当然是消过毒才回家的。

苏辰不吱声，点点头。他恨不得变成小鸟飞回去，看看小兔子长得什么样。他飞回家，落在兔笼子上，对一群小兔子说：哈，我是谁？我是苏辰啊！摇头一变，变成了苏辰。

医院不一会儿就到了。走进医院大门，他们又走了长长的一段路。爸爸嫌苏辰走得慢，索性抱着他走。

他们上了一栋大楼。走廊口的门上有几个字，苏辰一个也不认识。爸爸带着苏辰走进了一个房间。

房间里很亮，到处都是白的。除了一个老医生，房间里再没有别的人。苏辰害怕穿白大褂的人，他轻轻挣开爸爸的手，站在门口不肯进来。爸爸让他不要跑远，就在走廊里玩，自己坐到了老医生面前。

走廊两边有好多房间。有些房间的门开着，还有些房间的门关得严严的。透过一扇开着的门，苏辰看到了很多玻璃瓶子，还有一台机器，上面有一些红红绿绿的灯在闪烁，他不知道它们有什么用。他嗅到了一股刺鼻的气味，阴阴的，好像是从哪一个门缝中挤出来的。前方的墙上有一盏红灯，它把走廊照暗了。苏辰突然觉着了一种很严重的东西，他不知道它来自何方，只是觉得很害怕。走廊里这时一个人也没有，苏辰突然喊了一声：

爸爸!

他飞快地往走廊口跑去。他被什么绊了一下，差点摔倒，他踉跄了几步，这才站稳了。他差一点就要哭了。

这时左边的一扇门打开了。一个阿姨走了出来。她的右手拎着一个白色的东西。她摸摸苏辰的脸问：小朋友，你怎么啦？

苏辰没有答话。她的手上戴着手套，苏辰感到她摸过的地方很不舒服。他惊恐地看着她右手上拎着的那团东西。他先看到了两只长耳朵，一团白毛，然后是，一只兔子。

小朋友，你的爸爸妈妈呢？

苏辰晃一晃脑袋，让开了她那只再次伸过来的手。他闻到了一股血腥味。他呆呆地盯着她手里的兔子。它一动不动，白毛上有血。它已经被杀死了。

小朋友，谁带你来的？

苏辰突然说：不要你管！他一扭身，跑开了。

爸爸听到说话声，从房间里探出了头。苏辰跑了过去。那个老医生正站在房间当中和爸爸说话。看到苏辰进来，他对爸爸说：看看，多好的一个孩子。我对你很难理解。

爸爸说：请你让我假设一下，如果您产生了这种怀疑，您会怎么办？

老医生沉下了脸：请不要做这样的假设。

爸爸说：那就不能再商量商量吗？

不能。老医生说：我已经说过了，没有法院的许可，没有你妻子的同意，我们不做这样的鉴定。

爸爸低着头慢慢地走出了门。苏辰跟在他后面。爸爸，这个医生不让我们消毒吗？

什么？爸爸愣了一下，想起了自己说过的话。不是，不是，他说他不管消毒。

我知道，这地方专门管杀兔子。苏辰说：我看到他们杀了一只兔子。

爸爸想着自己的事，没有理他。苏辰说：那没有消毒我们还能回家看小兔子吗?

爸爸说：我们自己消毒。他走进一个房间，跟一个打针的阿姨要了几个药棉给苏辰，让他自己擦擦手。

苏辰惦着家里的小兔子。它们长什么样子呢?他仔细地擦完手，催爸爸快点回家。他真恨不能飞回家去。

到家的时候天还没有全黑。妈妈老远就迎出了院子。苏辰，爸爸去接你啦?我去幼儿园，老师说你早被爸爸接走了。苏辰说：妈妈，我要看小兔子。

好，好，一会儿就给你看。妈妈说，你们去哪儿啦?

苏辰看看身后的爸爸，没有说话。在路上爸爸就叮嘱过他，不许把去医院的事告诉妈妈。苏辰愿意跟爸爸有一个共同的小秘密。已经很久没有这样了。

妈妈狐疑地看看爸爸，对苏辰说：走，我先去给你洗手。

妈妈牵着苏辰走到卫生间。她刚一抓苏辰的手就奇怪地说：咦，你手上怎么有酒精味?

苏辰说：妈妈你快点好不好，我要去看兔子。

妈妈说：你不告诉我，就不让你去看小兔子!

苏辰急得不行。他着急地说：你不是也去消毒了吗?爸爸带我去消毒了。

什么?!

爸爸说不消毒就不能去看小兔子。

我明白了。妈妈轻轻地说了一句，然后继续给苏辰洗手。洗好手，妈妈说：你自己去看小兔子，但是你不能去摸它们。

为什么？

你一碰小兔子，它们的妈妈就会在它们身上闻到别人的味道，它就会以为它们不是自己生的。它就会不要小兔子了。

苏辰点点头。他蹑手蹑脚地走到院子里，贴着墙根走过去。他趴在地上往兔子笼那儿张望。他看到了小白，它正蹲在毛茸茸的窝里面忙活着什么。它的肚子那儿有一堆粉红色的东西，苏辰看不真切。他隔着家门冲妈妈喊：妈妈，我看不清楚！

妈妈拿着苏辰平时玩的望远镜走了出来。苏辰高兴得一把抢了过去。

妈妈和爸爸在家里说话。苏辰举着望远镜瞄着笼子看。他看见了，看见了！真的是四个。小白真是厉害，它生了两对双胞胎。

四只小兔子红红的，肉粉粉的，浑身没有一点毛。它们闭着眼睛，就像四只小老鼠，只是耳朵大一点。它们肯定还不会睁眼睛，所以喝不到奶，小白也正着急地把自己的身子往小兔子们面前靠。苏辰透过望远镜看到这一幕，心里很着急。兔子笼近在眼前，好像手一伸就能摸着，可是其实还有很远。苏辰把望远镜放在地上，轻轻走了过去。

小白小白，我是来帮你的，你不要咬我。

苏辰拉开笼子门，小心翼翼地把手伸进去。小白也许是太累了，它只是警惕地盯着苏辰的手，身体没有动弹。苏辰把小兔子一个一个地挪到了小白的肚子那儿。有一只小兔子一口叼住了奶头。

苏辰不敢再动它们。他的手上还留着小兔子身体那肉乎乎的感觉。他就这样蹲在笼子前，一直蹲到天黑，什么也看不见。

这一天晚上，爸爸和妈妈一直都没有说话。睡觉前妈妈问苏辰，他愿意跟爸爸睡，还是跟妈妈睡。苏辰说：我跟你们两个睡。妈妈说，不，你只能选一个。苏辰想了想说，那我今天跟你睡，明天跟爸爸睡。妈妈答应了。

夜里，他做了一个噩梦。他哭醒了。妈妈问他梦见了什么，苏辰一点也想不起来。第二天早上，他起来的第一件事就是跑到院子里去看他的小兔子。然而立即，他就哭着跑了回来。

妈妈，爸爸！小兔子不见了！

妈妈走了出来。她看到了窝里的白毛上染着鲜红的血，就像它眼睛的颜色。小白舔着它的三瓣嘴，那上面好像涂了口红。

妈妈颤抖着说：小兔子被小白吃掉了。

红口白牙

萧老师退休以后的生活，一直就没找到感觉。养花、喂鸟，打打太极拳，看上去倒也没闲着。他到学校的花房买来了几盆大叶兰、龟背竹，都是好侍弄的东西，但三个月不到，萧老师就把它们养死了。他又养鸟。他问早他几年退休的老张：什么鸟儿最省心，又叫得好听？老张寻思了一下说：那你先弄两只芙蓉鸟养养吧。第二天老张就把鸟儿送来了，连笼子都是现成的。两只鸟儿呆呆地站在笼子里，一声也不吭，萧老师怀疑地问：这鸟会叫吗？别是哑巴吧？老张说：它们这是紧张，还不适应，等两天它们叫起来，就怕你嫌烦！萧老师说：你还不知道吗，我现在什么都怕，就是不怕烦。老张临走之前又交代他：你也别太省心了，是个活物它就要吃，就要喝。他说：等你把鸟儿的习性熟悉熟悉，再弄只画眉养养，等到了春天，我家的画眉就要孵窝了，到时我送你一只。

芙蓉鸟叫得果然好听。萧老师养得也挺认真。上次他的花是因

为浇水太勤淹死的，这次他接收了教训，喂得勤一点，每次都不多给，防止鸟儿贪吃胀死。不想有天早上起来，他发现一只鸟儿已经死在笼底了。他吓了一跳，却又百思不得其解。把老张喊来一看，老张连连顿脚：你这鸟是渴死的呀，你怎么就不知道要给它喝水呢？萧老师可怜巴巴地说：你又没有交代我。老张说：你就没看到里面还有个盛水的钵子吗？萧老师说：我以为是两只鸟儿各吃各的碗哩。老张说：你以为鸟儿也搞“AA”制呀！他是个好脾气，也不再说什么了，找来个杯子，接了点水，隔着笼子倒到钵子里。剩下的那只鸟儿焉头搭脑，连水都不会喝了。老张连连叹气，让萧老师没事照看着，如果它喝了水，小命就算保住了。

鸟儿还是不吃不喝。它先是有一阵没一阵地叫，叫得萧老师心里直发虚，好像他做了什么坏事。后来不叫了，冷不丁“吱”地喊上一声，像是在咳嗽，但就是不去喝水。萧老师看着它可怜，料想它是看着死去的同伴心里难过，打开笼子，把那只死鸟拿了出来。死鸟躺在手心，轻，瘦，硬，比看上去要小得多。老张并没有告诉他两只鸟的雌雄，但萧老师相信这两只鸟正好是一对。他手里拿着死鸟，不知道该把它放在哪里。想了想，用张报纸包着，先放在写字台上。四年前老伴去世时，他也是好几天都没吃一口饭。不光是难过，还怕，他不知道以后的日子怎么去过。夫妻本是同林鸟，大难到时各自飞。什么是大难？大难就是死。一个先死了，从火葬场的烟囱飞走了，剩下另一个，戴着黑纱，看着那烟。

幸亏那时他还没有退，他还很忙。他是教体育的，还担任着体育系的主任。他原本已经不带课，老伴去世后，他又主动要求上课，还下了系，专管一个系的学生体育工作。体育系的老师大多自由散漫，很多教师平时趿双拖鞋，穿着运动衣，一副短打，像是校

园里身怀绝技的武林高手，上了课倒衣冠楚楚，西装革履，比教授还教授。萧老师看不惯这样。他比谁都干得卖力，干得认真。他制定了规章制度，其中一条就是上课时必须穿运动服，——否则，你怎么做示范呢？他和某些同事的矛盾也许就是那时开始的。但是学生们喜欢他。人都有一个起码的良心，你看着队伍前面的老师，花白着头发，挺着臃肿的肚子，吃力地做着示范动作，再吊儿郎当的学生也不能不为之动容。开校运会了，萧老师所带的系因为专业问题，体育特招的学生一个也没有，成绩上不去，他比谁都着急。他给即将上场的学生拿衣服，送钉鞋，忙得满身大汗。运动会的第二天，有个学生参加标枪比赛，萧老师正好又兼着径赛组的裁判长，他不时把那个学生喊到身边，鼓励他，让他别慌；一轮投过，那学生成绩不错，萧老师又忙里偷闲，拖一根标枪过来，指点那个学生说，做“前扑鞭打”时脚不能离地，不能光顾好看，否则你怎么能借上力呢？他边说边做，诚恳地看着他的学生。那是个很自负的小伙子，他并不认为萧老师就比自己做得漂亮，况且，他的女朋友还在一旁拍照呢！比赛结束了，那个学生名列前茅，他的成绩和外系的一个学生不相上下，肉眼看不出来，要等测量结果才能确定最后的名次。他喝着女朋友递来的矿泉水，故意做出满不在乎的样子。跑道那边正在进行 4×100 米的决赛，看台上的声浪震耳欲聋。萧老师站在运动场的尽头，和几个教师一起丈量着成绩。小伙子远远地看着，倒像个局外人。他看见萧老师指点着地上的小铁旗，和另外两个老师商量着什么。不一会儿，萧老师的情绪好像激动起来，他指着地上，用力挥着手，和别人争辩。小伙子刚想去看看，萧老师已经过来了。你第一，你第一！就多了一厘米，他远远地抱着喜，高兴得像个孩子。小伙子身边的女朋友“哇”一声一蹦老高。

小伙子看着萧老师挂满汗珠的黑红脸庞，心头涌上了一丝难言的感动。那时候他对萧老师还不太了解，后来渐渐熟悉了，他才明白萧老师年轻时并不能算是一个好运动员，也许他终究也不能算一个好领导，但毫无疑问，他确实是一个好老师。小伙子站在夕阳下的运动场上，他根本没有想到，时隔多年之后，他还会为萧老师写一篇文章。好老师往往是这样，只有等你长大了，他也已经不再教你，你才会觉着他的好。

鸟儿终于还是死掉了。萧老师这次丝毫没有马虎，笼子里的鸟食是新鲜的，小盆子里也换上了矿泉水。他时不时地走过去看一看，轻手轻脚，生怕吓着了它。鸟儿还是不吃不喝。萧老师有些急了，他把手伸到笼子里，端起小盆往鸟儿嘴边凑。鸟儿“扑棱”一声飞开去，扒在笼子壁上瑟瑟发抖。萧老师虽说是副教授，却长着一双体力劳动者的大手，笼子太小了，他的手显得很笨拙。多年以前，萧老师还是个毛头小伙子，他的独生儿子刚刚出世时，妻子奶水不足，他笨手笨脚地调好奶，小心翼翼地往儿子嘴上一凑，稍稍一捅，儿子就一口叼住了。儿子长大了，长得比父亲还高，做父亲的感觉却越来越远了，想找也找不回来了。

萧老师睡得很晚。鸟儿连叫都不叫了。半夜时，萧老师突然想起，为什么不把鸟儿放了呢？也许放了，它就能活了。他立即起了身，不想往笼子里一看，连鸟儿的影子也没看见。它已经飞走了吗？萧老师把笼子从挂钩上摘下来，这才发现鸟儿落在笼子的底上。它不是飞了，而是死了。它终于还是死了。萧老师捏着小鸟的尸体站在那儿发愣。这时候门响了，萧老师知道这是儿子。他差不多每天都这么晚才回来，也不知道在外面干些什么。萧老师早已不问他了，不是不想问，而是问了也白问。现在的世界是一个巨大的游乐场，战场，也是哭哭笑笑的剧场，萧老师早已被安排到了观众席上，操心也是白操心。儿子走了过来，身上一股酒气，还有不知道什么怪味。你怎么还没睡？儿子说，跟你说过了，你别等我，你知道我就一定回来睡觉啊！他端起一杯水，咕咚咕咚地喝着，嘴里含混地说：你自己忙你的事，别管我。萧老师被他说得一愣一愣的，这时才插话说：我不是等你。我的鸟儿死了。儿子笑起来：哈，这下我可清静了！他伸头看看，嬉皮笑脸地说：我早就跟你说过，要养还不如养几只鸽子，鸽子死了还有四两肉哩！

西康路三号大院是一个非常大的院落，简称“三号”，H大学的教工和家属绝大多数住在这里。——你住哪儿？我住三号。小驹子从小就是在这儿长大的。这里的孩子很多没有考上大学，但有女儿的人家倒差不多都有个大学以上学历的女婿，这些女婿基本上都是从农村考上来然后又留在本市的，娶个母校教师的女儿，各方面都有了个依靠。小驹子也没考上大学，但他没有姐姐。他是独生子。硬着头皮把大学考完，别人问他考得怎么样，他嘿嘿笑着说：嗨，这下我爸的那些书没有人继承罗！不用说别人，连他自己都认为自己是个缺心少肺的角色。从小到大，他最喜欢的就是玩，溜冰，读武侠，看录像，打游戏机，什么时兴玩什么，什么好玩玩什么。天下最好玩的事是什么？那还不就是玩嘛？！玩来玩去，玩到考大学，玩到大学没考上，这时他倒觉得不知道该怎么玩了。此时的玩家们已经发展到玩影碟，玩音响，玩电脑的阶段，可小驹子连吃饭都要靠老爸掏钱，拿什么去玩？没钱玩他也不闲着，整天在外面闲逛。三号大院的西头是一个巨大的土山，那是他小时候玩熟的地方，他们在那儿寻找孙悟空撒在旗杆下的尿（其实是人尿），埋

地雷（一泡屎），玩了无数不亦乐乎的玩意，现在想来真是莫名其妙。眼前的山头比十几年前低平了很多，树也少了，小驹子再也没有兴致往上面走一步了。

吃闲饭的滋味并不好，他也想去挣点钱。他奇怪，那些三号大院里的同伴，和他一样，也没考上大学，可他们怎么就有那么多的钱呢？那些家伙别着 BP 机，骑着摩托车，后面还带着个小丫头，这都是要花钱的事儿，可他们的钱却总像是用不完。有时他们也不忘了拉兄弟一把，带小驹子出去玩玩，但小驹子觉得很局促，用朋友的钱比吃闲饭的滋味还要差。他老是想打探一点挣钱的法门，朋友也看出来了，有心逗他，故意在他面前装得鬼祟祟的，好像有无数的商业机密，但就是不漏风。有一天在包厢里唱“卡拉 OK”，他们又是这样。小驹子发了犟脾气，一推杯子，甩甩袖子就要走。朋友赶紧拉住他，说：啊呀，其实我们有什么要瞒着你的呀！我们是怕你清高，瞧不上我们的干的事儿！小驹子说：我还清高个屁！你知不知道，我身上现在只剩下五块钱，连打车都不够！朋友说：要钱，那还不容易？你想听，我就说，干不干，随你！

从此以后，小驹子也有了点钱了，至少，出去玩时他有时也可以抢着付账了。他重新和院子里的那帮小伙子混在一起，说话的时候也经常是鬼祟祟的了。

虽然腰包鼓一些，但他还是吃他老爸的。他倒不是觉得这理所应当，而是怕他爸爸烦他，——你小子，从哪儿弄的钱？他怎么回答？口袋里的钱究竟是怎么来的，有时他自己也未必就说得清楚。有钱和没钱完全不一样，钱多钱少倒没什么——钱少也可以花出花头的嘛。他吃，喝，唱，打保龄球，而且，他也开始找女人了。

有一句话，叫“计划不如变化”，很多人原先的设想未能如愿，往往用这句话来自我安慰。其实这话不全，它后面还有半句，是“变化不如造化”，这就很有一些无可奈何的悲凉意味了。老伴去世后，萧老师先是觉得自己的时间一下子就多了起来，不知道怎么打发它；后来突然又觉得自己的时间不多了，所剩无几，很紧迫，还有无数的事情要做。学校升为大学后，体育系就成立了，但一直不像个正规军，虽然主要责任并不在他，但想起来他还是觉得脸红。还有三年就要退休了，细想起来，他还可以做不少事情。建立规章制度只是第一步，最重要的是体育系应该正式招生，哪怕先招一些专科生也行。没有自己的学生，体育系总是不像个样子。有了学生就可以建立自己的运动队，拉出去比赛，既为学校挣点名气，体育科研也就可以起步了。他认为他的这些计划既是为了学校，为了体育系，也是为了系里的教师，因为只有教学和科研搞上去，老师们才有条件去搞科研、写文章，他们的职称晋升也才有了分量。这应该是上下都支持的事情。然而忙了一阵后他却发现，他在系里竟变得孤立了。

问题其实还是出在钱上。学校有一个游泳池，还有网球场和溜冰场，原先都是体育系管理的，收费很低，收入的钱只能维持日常损耗。后来有一些老师提出来，由他们承包，每年给系里交一点钱。萧老师没有同意。一是因为他已经有了一个计划，收费的标准适当提高，但仍然由系里来管理；要搞运动队，要出去比赛，花钱的地方很多。二来也是因为提出要承包的几个人也让他信不过，连本系的学生都管不好，还能面向全校？不想这几个老师能量很大，一下子就把事情捅到了学校。更想不到的是，学校领导竟然支持他们。萧老师这下陷入了被动，他只能接受现实。如果仅仅是这样倒也罢了，从此以后，这几个教师却再也不好好上课，整天待在那几个地方卖票，还拉了不少教师入伙，讲起话来也牛气起来了。系里的教学也陷入了混乱，有好几次学生到了操场却看不到老师，只好在操场“放羊”。萧老师干不下去了。

其实他还没到退休的年龄。他大病了一场，一出院，他就找到学校，把退休手续办了。他闲在家里，真不知道自己还能做些什么。他是搞游泳出身，好多退下来的教师每天到游泳池游上几百米，也拉他去，但自从退下来，他就再没有到游泳池去过一次。他们会说：唷，老领导来了，免票，免票！萧老师不愿去看他们的脸色……他看看阳台，那儿有几个花盆，土都已经干了，几根枯萎的干枝在风中摇摆着。大院里正在施工，在所有的住宅楼的北面接上一块，这样一来，住房的面积就可以扩大了。脚手架已经搭到了五楼，民工们边干活边透过窗户朝里面张望。萧老师冲他们笑笑，问他们要不要喝水，老家在哪儿，一个月能挣多少钱，还打开窗户给他们递烟。他们心里奇怪，这个老师怎么一点架子都没有，他是教授吗？

挂在写字台前的鸟笼子早就空了。老张曾经答应他，等到春天孵窝的时候再送他一只画眉。春天到了，鸟儿也下了蛋，萧老师几乎天天到老张家里去看看，他看着笼子里那只漂亮的画眉，想：孵出的那个小东西，也会像它这么神气吗？他觉得那只画眉早已属于自己了，现在只不过寄养在老张家里。万没想到，老张有天早上起来上厕所，一头栽在了马桶前。等家里人手忙脚乱地把人送到医院，老张早就咽了气。

画眉的事当然不用再提了，办丧事的那几天，连那只老画眉都趁机飞走了。据说鸟蛋也跌在地上，碎了，里面还有一个小虾米一样的小鸟。萧老师一看到那个鸟笼心里就难过，他给老张的老伴打了个电话，她说：我也不能看这东西，您就留着吧，要不扔了也行。萧老师已经没法把鸟笼还给老张了。

房子外面的工地非常嘈杂，轰隆隆，轰隆隆，好像永远也不会停息。满世界都是声音，但似乎没有一丝声音是萧老师的房间里发出的。隔壁传来了“哗啦啦”的洗牌声，那是有人在打麻将，萧老师奇怪，那些人怎么就有那么大的干劲，白天晚上，几乎没个停的时候。这玩意真的魅力无穷？萧老师有些好奇，他很想去看看。他下了楼，走到隔壁单元的那个门洞，却又停住了脚。正迟疑间，儿子从远处过来了。爸，你干吗呢？饭好了吗？我饿死了。萧老师愣了一下，慌乱地说：啊呀，我忘了，我以为你不回来吃了哩。菜现成的，我这就上去弄。儿子不满地摆摆手说：算了算了，我马上还有事，我出去吃了。

儿子走到大楼尽头，一拐就不见了。萧老师突然想起：我真糊涂了，怎么吃饭的时候到人家家里去呢？还是下次再说吧。

小狗子小时候就是个小胖子，长大了就成了个大胖子。脸大，块头也大。自从认识了那些女人，他开始认识到减肥的重要和迫切了。但是胖子都有个好胃口，小狗子也不例外。他在外面吃饭的时候很多，别人请他，当然不能太马虎，否则小狗子会来火，认为别人小看他；他请别人也不能太简慢，否则就塌台了。每次吃饭前他都提醒自己，待会儿菜上了桌，要收住一点儿：你吃下去的不是营养，是增肥药，是砒霜，敌杀死，一扫光，是见血封喉的毒药！但是等到那些香喷喷的菜真的上了桌，他立即就万念俱灰——他知道

自己终究还是忍不住。

小驹子贪吃，长胖，所幸的是，人长胖总还是有一个限度的，——你见过哪一个中国人胖成了一头大象或者是河马吗？没见过吧？小驹子胖到一定程度也就不再胖了（阿弥陀佛！），但是那些过剩的营养总还要有个去处吧，也不知是不是这个原因，小驹子整天在女人堆里厮混。他还没有钱去买摩托车，但他身边倒总有女人跟着。他虽说胖，但花钱豪爽，那些女人也就将就了。小驹子也知道这些女人并不是什么好东西，但他知道自己也不算什么好鸟，也就将就着吧。他承认自己确实是变坏了。

任何事情都是有一个过程的。小驹子早先当然也晓得喜欢女人，但他还是一见到女人就脸红。他还记得他老爸的话，要认认真真地找一个好女孩结婚，他爸还等着抱孙子哩。他的那些朋友们身边的女人走马灯似的换，有时还给小驹子引荐引荐，有些女人也很主动，但他从来不沾。他差不多算是守身如玉了。后来有一次到南方办事，几个朋友白天睡大觉，到了晚上就鬼似的不见了。小驹子当然知道他们是去干什么。他一个人待在宾馆里，想睡觉，却又睡不着。刚闭上眼睛，电话就打进来了，一个娇滴滴的声音：先生，你寂寞吗？不想解解闷吗？或者更生猛：先生，你要小姐吗？服务很好的啦！把个小驹子弄得满身燥热。他气哼哼地把电话拔掉，跑到浴室里冲凉。老天能证明，他确实只洗了一个澡，在浴缸里泡了一会儿。不想第二天，他就感到身上不对了。痒得难受，坐立不安。实在忍不住，就对朋友讲了。朋友们立即笑弯了腰，没一个相信他那天晚上真的什么也没干。小驹子赌咒发誓，差点没跟他们打起来。最后他们又做出大度的样子，说不承认就算了，其实这也没什么，他们有办法。小驹子跟着他们找到街头的一张广告，又按图索骥找到一个“老军医”，花了两千块钱才算把毛病治好。

小驹子真正泡女人就是从那时开始。那几个臭小子对小驹子说：挣钱干什么？放在钱包里；钱包放在哪？放在裤子口袋里；裤口袋离哪儿最近？可不就是那儿嘛！小驹子被他们引坏了。奇怪的是，从此以后，小驹子经过很多女人，倒再也没有染上那种毛病，——这是怎么回事儿？他真不清楚这是什么意思！不过他终究不敢把女人往家里带。别的人讲他可以不听，甚至也不怕他爸发火，但他就是怕他爸爸叹气。他不了解，也不想了解他爸爸这辈人的生活，他不明白他们为什么总是叹气，为什么总会有那么多的感慨。人老了就会这样吗？小驹子比怕胖还要怕老。不过老还离自己远着哩。

三号大院的门口有一个报栏，那儿经常会贴出一些布告。大院的门正对着学校，是个行人驻足的地方。通知：本月二十号发放灭鼠药，请各住户到居委会领药，诸如此类。有时也会贴出一张讣告。上下班的人经过那里，停下来看看，哦，某某某去世了，前两天还看到他的嘛，——唉！又各忙各的去了。

星期三晚上，萧老师去世了。当天下午，学校在礼堂开大会，萧老师还好好的。散会的时候，他还遇上了他的一个学生，就是当年投标枪的那个小伙子，他毕业后留在了学校。萧老师拍拍学生的肩膀说：啊呀，你现在比我高了嘛！学生说：我不一直这么高吗？萧老师说：什么呀，你刚进校的时候才一米六九，我记得很清楚的。学生想想，好像是那么回事。萧老师做着手势说：你长高了，我变矮了，他叹口气说，人老了，就要变矮了……你怎么能想到，一个好好的人，几个小时后就会不在了呢？几个小时，你也许在和

女朋友聊天，情意绵绵，时间一晃就过去了；或许是在赴一场马拉松式的晚宴，你们喝了很多酒，酒量好的人还完全没有感觉……

萧老师就是那天晚上去世的。他是死在麻将桌上，据说还有点“小来来”。但料想来也不会大，萧老师的工资并不高。据在场的人说，萧老师的运气一直不好，但一牌下来，萧老师抓到个“自摸”，他喊了一声，手在桌上一拍，人就软下去了。关于萧老师的死还有其他的版本，说不是“自摸”，是“出冲”，总而言之，他大喜过望，一下子就软到了桌下，送到医院，抢救了个把小时就不行了。

校园是个平静的地方，死个人就算是新闻了。虽说死人的事是经常发生的，但这么多年来，还没听说过本校里有谁是死在牌桌上。校园里有的是闲人，没课上的人闲着，有课上的人下了课也就是闲人。闲人最怕没新闻。萧老师去世后的那两天，无数的红口白牙在上下翕动，萧老师的死简直成了人们议论的焦点。你走在路上，看到前面有几个人正聊得眉飞色舞，走近了一听，他们的话题十有八九就是萧老师。真正了解萧老师的人又有几个呢，他们谈的其实只是萧老师的死。

下了一场暴风雨。布告栏的玻璃破了，里面的通知被雨水淋了个透，淌成了面汤。居委会的人用刷子把布告栏刷干净，找根棍子把布告栏的玻璃框顶起来，让它晾晾干。布告栏像个大嘴似的张开着，等着有新的内容贴进去。等着萧老师的讣告贴进去。

讣告怎么写？这样的死法，校方将如何措辞呢？这倒是一个很自然的发问。大家都看过很多讣告，那些套话，官话，就如同追悼会上的遗像或是死者遗体的姿势，全是千篇一律的套路，大家早就看腻得了。更有些人在心里暗暗兴奋，他们觉得萧老师的死总算给校方出了个难题，他们虽然看不见，但喜欢想象那些校长书记们面

对一张白纸，抓耳挠腮、面面相觑的样子。还有一些人更是言辞凿凿，他们说讣告之所以到现在还没有贴出来，就是因为死者的家属和校方发生了分歧。布告栏前常常聚集了一群人，还有人没事就到那儿转转，他们等待着讣告，就好像是戏台下的观众等待着一个充满悬念的角色出场。

讣告终于贴出来了。糨糊还没干，那儿就围了很多人。布告栏里是一张再平常不过的讣告，符合惯例，符合规范：……萧榕老师……因心脏病突发，经抢救无效于 × 年 × 月 × 日不幸逝世，享年 61 岁。

这是一张辜负了很多人期待的讣告，它完全不能令人满足。讣告下面聚了很多人，议论纷纷。有人做出愤愤不平的样子说：这写的是什么东西呀！至少应该上“鞠躬尽瘁，死而后已”嘛。哪儿呀，另一个人说，应该实事求是，就写“因打麻将，兴奋过度，战死沙场”！周围的人哈哈笑了起来。贴讣告的是体育系的一个小伙子，就是承包游泳池的那个，他贴好讣告还不走，站在那儿看热闹，他突然插话，一本正经地说：我看，就写四个字，因公殉职，就够了……

话音刚落，一个胖大的小伙子从外面窜了过来，就像一句脱口而出的骂人话，令人毫无防备。他猛地揪住体育系的那个年轻人，一把把他推在地上。体育系的小伙子是学武术出身，但他一下子被吓蒙了。他刚站起来，对方又扑了上来，一拳打在他嘴上。胖小伙又高又胖，身大力不亏，体育系的年轻人立即嘴角就出了血。你干什么？你疯啦？！他连连后退。

好些人围上去，拦住了疯牛似的胖小伙。他嘴里骂着：我让你喷粪！我让你喷粪！挣着，骂着，自己的眼泪先流了下来。你们知

道吗，他是第一次打麻将，他平生就打过这一次！他挣开众人，大声喊道：你们这些人就没打过吗？你们打过多少次？你们打了一辈子也没死啊……他蹲在地上呜呜地哭了起来。他捂着脸，双肩抽搐，泪流满面，几天以来，他还是第一次这么放声大哭。他想起了死去的父亲，那个天天在家里等着他的人，现在正躺在殡仪馆里，他的名字写在讣告上，黑黑的两个字。从此以后，再也没有人在半夜里等着他回来了。家，两间空落落的房子……他想起了父亲的一生，还有他自己过的那种日子，南方的经历……那个被打的年轻人张着嘴呆呆地站在那儿，他的嘴角还在淌血，牙齿上也红红的。

大家都呆了。有人悄悄问：这是萧老师的儿子吗？老张的老伴正好从这儿路过，她挤了进来，拉着胖小伙的手说：小狗子，你在这儿闹什么呀，回去吧。小狗子喊了声“阿姨”，又哭出了声。他抽咽着挤出了人群。他走路的姿势很像他的父亲。唉，老萧的儿子都这么大啦，不知谁说了一声。那边，小狗子已经走远了。

青花大瓶和我的手

李崎山发了一笔大财。他早就开始做古董和字画生意，钱当然没少赚，但也算不上怎么发达。可他最近交了好运，只那么一把就发起来了。据刘律师告诉我，李崎山在三牌楼小区租了一栋七层楼房，五十年期限，租金三百万，把他的全部家底都顶上去，还借了不少债。手续办好不久，运气就找上门来了：工商银行要开一个城北办事处，看上了他一楼的房子。两下一谈，银行开出了一千万的价码。两家还在洽谈阶段，剩下的二到七层也陆续租出了，算起来租金总共也有四百万出头，足足把他整栋楼的租金都付掉。这样一来，李崎山一下子就净赚了一千多万。这可不是一笔小钱啊。

李崎山发财并不令人感到意外。早在十几年前，大学生们还在死读书读死书的时候，他就琢磨着怎样做生意。说起来他也走过一段弯路。他先是在校园里摆个小摊子，印一些信纸信封卖给学生，小有进项，每学期的一头一尾生意还很红火，不想学校突然改了校

名，一下子从“学院”升格成了“大学”，中央最高领导还给学校题了校名。这下他的信纸信封一个也卖不出去了，只好全当废纸卖掉。他垂头丧气了好一阵，到底还是不服气，按新的格式又印了一批，再拿出去卖。不料想这一次寿命更短，十天不到，邮电部发布通知，从某年某月开始，邮政部门一律只收寄“符合规定”的信封。李崎山的生意一下子又全砸了。这一下他彻底破产，最后他连骑三轮车到废品收购站的劲头都没有了。

一般人遭此挫折很可能早就金盆洗手了，但李崎山就是李崎山，他没有息手。他闷在宿舍里思谋了两天，终于从信纸信封的事情中悟出了做生意的关窍。用他的话来说，那就是：信息和政策是生意的生命。信息是根绳子，拽准了你才可能不落空；政策是根擀面杖，要你圆你就圆，要你方你就得方！这话说白了一钱不值，生意人谁不知道？但是，又有谁能说他比李崎山的体会更深刻呢？

但理论到实践还有一段距离。李崎山并没有立即就兴旺发达。他三年级时又在外面弄了个咖啡馆，可好景不长就被几个好像是从香港录像里走出的汉子打得一塌糊涂。有一段时间，他突然从学校失踪了。我们几个好不着急。刘律师更是急得火烧火燎，他借了不少钱给李崎山当本钱，现在人没了，他几乎连饭都吃不上了。有天晚上他来找我，一是借点饭菜票，二来叫我帮他参详参详，李崎山到底哪儿去了。我推测了我所知道的他可能去的所有地方，都被刘律师一一否定了。这些地方他全去找过了。最后我说：“难不成他会跑到哪个原始森林里去？西双版纳，要么大兴安岭？”

“有可能。”刘律师苦着脸点头说，“他说不定一时想不开，就此了断残生了。”

一句话说得我心中恻然。突然他又一拍大腿说，“不可能！如

果他真的到了森林里，一看见到处都是可以变钱的木材，他肯定立即就会想起做木材生意的！你信不信？他很快就会回来！”

我信。我当然信。事实证明我们猜得大致不差。李崎山虽没有到森林去，但他确实很快就回来了。他是到郑州去了。那个地方当时正流行着一句话，“要致富，挖古墓”。李崎山从此就开始做古董和字画生意。而且他一回来就把刘律师等人的钱全还清了。

我们那时还没料到李崎山会发财，发大财，只是觉得这家伙特别具备商业头脑；而且我们断定，他的大学是念不完了，他已经没时间，也没心思看书了。

李崎山发财后买了两套房子。一二楼各一大套，上下打通，做了个豪华气派的楼梯。楼下的院子不算大，但足可停得了一辆小汽车。光从这一点看，李崎山就比一般的生意人要聪明得多：他只花了七十万，稍加改造，就得到了一套别墅。地段那么好，和城外的那些什么“城”什么“苑”自是不可同日而语。整栋住宅有八九个房间，在我这种住单间房子的人眼里简直阔绰得可以开旅馆。他家里人不多，连他只有三个。他经常把我们喊过去，让我们欣赏他刚刚弄到手的“好东西”。他拉开这间房门，取一件什么玉佩来，又拉开那间房间，拿出一件某某大师的字或者是画。我看过去，他好像是拉着中药房里摆药的抽屉。他有一次神秘兮兮地拿出样东西来，我一看，原来是一个小册页，画的全是男男女女在干那件事儿；画是工笔，那话儿画得纤毫毕现。我看得心跳耳热，装作见多识广地说：“这就是人家说的春宫画儿吧？”李崎山说：“一点也不错！你看看这是什么年代的？”“是唐朝的吧？”我很没把握地说，“要么是明朝的？明朝人喜欢玩这个。”李崎山说：“错了！是民国的。你看这头发，不是小分头吗？”我一看果不其然。但这些家伙一丝不挂，我哪儿还注意到他们的头呀！我说：“民国的东西，值不了几个钱吧？”李崎山说：“我哪会去卖，我是把玩把玩。”我嘿嘿地笑起来。

你可不要误会，李崎山此人绝不好色。他和他妻子是总角之交，青梅竹马，至今恩爱如初，在这方面他无懈可击。他对朋友也很不错，差不多能算得上仗义疏财。我和刘律师都是他的同学，他经常让我们帮点忙，从来也没亏待过我们。说起来我们有时心里也颇为不平。我是历史学博士，刘律师好歹也是个硕士，还有块律师的招牌，而李崎山才大学三年肄业，可我们都只能给他打打工。他当年和我同班，可如今——，你说说这事儿！我们只能说是李崎山的学问不多不少，正好够用。我算是被学问给害苦了。李崎山发财发得有理，不服气不行。你想想，就算是一注大财从天上落下来，正好落到他租的那栋房子上，可他怎么就未卜先知地挑了那栋房子呢？要知道，那儿的开发商因为房子推不出去早已急得双唇起泡了。

好了，再说这些我就有些饶舌了。下面的故事才是正题。说起来它真是一件有意思的事情。

噢，对了，还得说一句，李崎山之所以经常叫我去帮忙，不是因为别的，只是因为我有一项手艺。具体地说，是因为我会配制一种胶水。那是祖传秘方。

还有，我的手也特别灵巧。我一直认为我的父母给我最好的遗传就是一个还不算笨的脑袋，还有就是一双特别灵活精巧的手。我认为我的手比大脑还管事。儿子出世以后，我给他的最实惠的玩具就是我的手。我经常在手背上画上一个鬼脸，或者在大拇指上画上一个小狗头，然后慢慢从指缝里戳出来，逗得他咯咯直笑。我觉得我的聪明大多数都集中到我的手上了。我的手比我的脸更具有表现力，也更管用。我给李崎山打工，靠的就是我的手，还有那个祖传秘方。

现在言归正传。

那天李崎山打电话给我，让我尽快到他家去一趟。十万火急！我知道，生意又上门了。一般来说，他如果是让我去开眼界长见识，只会说，你来吧，没空就算了。“十万火急！”——只有要我帮忙了，他才会如此措辞。我带上我的祖传秘方的胶水，骑上车，直奔他家。那是个雪后的阴天，寒风刺骨，我的手戴着手套还是冻得生疼。

我一进门，就看见他家客厅的升降灯正低低地压在桌子上方。明亮的光线下，一大堆破瓷片摊在桌子上。瓷片约莫有十几块，在明亮的灯光下发着釉光。几个脑袋正围成一圈，盯着它们发愣。

一共是三个人：李崎山，刘律师，还有老庄。老庄是个台湾人，男性，五十岁左右的年纪；留了一条马尾巴，看上去很像个艺术家，但他自称胸无点墨。我原本不信，初次见面时还试探了一下，结果发现他连老聃加庄周合称老庄都一无所知，可见他确实并非自谦。他没文化，但他会倒腾文化，还因此发了大财。据说他有一次把一匹三彩马弄到台湾，一下子就赚了一千万台币。三个人都是熟人，不必客套，我开门见山，问道：“弄了堆碎东西，要我把它粘起来是不是？”

老庄说：“哪儿是什么碎东西，老李兴奋过度，把它搞碎了。”语气里颇有抱怨。

李崎山说 :“你别急呀，我这不是把高手请来了吗。这是麦城第一修复大师，半个小时后保你回复原样。”

刘律师插言道 :“这话不该你来说。朱辉说了才管用，对不对？”

我说 :“我得先看看东西。还有——，”钱的事已到了嘴边，但我没好意思说出口，“我得估一下要花多大工夫。”

老庄说 :“你先看看能不能弄起来再说别的。”

我拿起一片碎瓷端详着。李崎山见我有些不快，连忙说 :“一千块，怎么样？”

这个价码已经大大高出了我的估计。我第一个反应就是，这堆破东西到底能值多少？但我没有问，这是我们的行规。我不想多费口舌，默认了这个价钱。我开始干活。

我挑了最大的一块瓷片，拿起桌上的放大镜，仔细观察断口的纹理。断口很干净，没有旧泥，而且一尘不染，显然是新口，这就不需要我再清洗了。这原先是一个完整的青花大瓶，胎体厚重，十分致密。看上去灯光下的碎瓷釉质细腻，温润如玉。我拿的这一片上有一些石榴和佛手的青花弦纹，只从这一片我就可以断定，这是明代江西的东西，说不定还是“官窑”制品。至于它原来是干什么的，我一时还拿不准。我问李崎山道 :“这是个什么东西，你们弄明白没有？”

老庄说 :“你管那干吗，你粘起来就是。”

我说 :“那可不一样。如果是个唾盂什么的，我立即就去洗手。我嫌脏！”

李崎山急了，他着急地说 :“你看你，又不是不懂行！天下哪有这么大的唾盂？”

我说 ：“那是什么？”

李崎山说 ：“实话告诉你，这是明朝浙江超尘禅师的骨殖瓶，我们弄到手时骨殖早就被洗掉了。这是装舍利子的东西，大吉大利，发大财！”

我说 ：“骨殖瓶又算是什么好东西了？况且发大财的是你们。”

老庄说 ：“得，再加两百怎么样？”

我说 ：“那就随你们了。”

我正式开始干活。我从包里把在家配好的胶水拿出来，双手随意拨弄着桌上的碎瓷。碎瓷上有一些破碎的铭文，记述的大概是禅师的行实，有“宣佛法，活人命”等字样。我闭上眼睛，一言不发，想象着青花大瓶未破时的模样。这是一种仪式，我从不马虎。我看见在明亮的灯光下，青花大瓶白瓷润泽，清花明快，亭亭玉立。整个瓶体呈口小体大状，估计瓶口大概有手腕粗细，我正好可以从这儿下手。我两手搓搓，往空调口靠靠，烘了一会儿，手发热发红了。

好了，可以开始了。

气氛立时轻松下来。他们三个开始聊天。老庄说 ：“你有把握吗？可别手一碰又塌下来。”

刘律师道 ：“他又不是第一次干这个。到时候肯定摔都摔不破。”

这时我已在左手腕上把瓶口粘成个小圈，手在里面托着，一片片往上粘。我忙里偷闲对刘律师道 ：“你可别给我瞎吹，摔是摔得破的，只是有一条，要是再破了。肯定不是我粘的这些缝。”

李崎山说 ：“那当然，你这是祖传秘方嘛！”他笑着问，“能不能把秘方透露透露？价钱好商量。”

我说："你想得美！秘方一告诉你，你立即过桥抽板，那我可不就完啦？"

李崎山说："哪能呢！你这双手还不是长在你胳膊上？"他得意地看一眼刘律师，"我用的就是律师的嘴巴和你的手！"

这话多少让我有些不快。但我一干上活就沉醉其中，一时无暇计较。我有条不紊地忙着，上胶，贴片。说话间我手里已经嵌上了最后一片碎瓷，一时间瓶子完整如初。我的手疲惫不堪，酸痛得不行。我舒了舒瓶里的左手，攥成个拳头，顶着瓶子道："怎么样，完好如初！"他们三个的眼睛全亮了。

李崎山说："要不要再等它干干？"

"完全不必要。"我说，"它现在差不多已经达到最大强度了。"我用右手指在瓶子上一敲，瓶声清亮，宛如钟声。

"别，别。你快把它放下来吧。"老庄说。

"好了，一手交钱一手交货。"李崎山从口袋里往外掏钱。我用右手扶着青花大瓶，左手往外一拔，糟了，手太大了，瓶口太小，出不来！

"怎么啦？"

"有点不对，我的手出不来了！"

他们三人刹那间变了脸色。李崎山说："你可别吓我们！"

我苦着脸说："我吓你们干吗？我真弄不出来了。"我使劲地拽着，脸都涨红了。他们三个一齐围上来，看见我的手腕处已经开始出血。老庄说："你可别玩什么玄的！要钱我再加。"

"钱，你就是钱！你把我的手弄出来。"

李崎山说："朱辉，这就是你的不对了。你倒反过来怪我们？"

"不怪你们怪谁？"我左手平举，仿佛戴着一个硕大的拳击手套，“这鸟东西就是晦气！”

刘律师说：“好了，还是想个办法吧。”

四个人一起坐在沙发上，你看我我看你，苦思良策。最后还是我先站起来，说：“用肥皂！”

他们三个立即忙起来，一会儿一盆稠稠的肥皂水就泡好了。我把肥皂水从手腕处倒到瓶子里，晃晃，把手弄滑，然后往外拽手。手被拽得生疼，还是拽不出来。我垂头丧气地一屁股又坐到沙发上。

后来他们又提出弄香油来试一下，结果还是不行。四个人坐在沙发上，无计可施。我的手在这些滑腻腻的东西里泡得时间长了，很不好受。我说过的，我的聪明可能是大部分都集中到我的手上了，也就是说，手就是我，我就是手。手在里面憋着，我头发昏，手闷气，我的胸口也开始发闷。

老庄开始发毛，他说：“你看着办吧，反正你把瓶子还给我就行！”

我也火了。我顶道：“反正我的瓶子也粘好了，你给钱吧！”

“你放屁！你把手拔出来呀！你手拿出来我要赖你一分钱我就是王八蛋！”

我说：“你把钱给我，我用右手拿。”

老庄斗鸡似的一蹦老高：“你还我瓶子！”

我回敬：“不是你的鸟瓶子我的手也没事，你还我的手！”我扬起瓶子，作势要砸他。刘律师伸手打圆场说：“你可别砸，这可是文化！”这事跟他并无干系，所以他还有心思说俏皮话。

一时间我觉得特别没意思。只在嘴里嘟哝道：“反正我的活干完了，随你们吧。”

李崎山说：“看来我们只有请律师来解决了。老刘你看看，这事怎么了结？”

刘律师挠头道：“这事很尴尬，很难说。进不得，退不得；不砸不行，砸了也不行……”

李崎山说：“你就别绕了，你说怎么办吧。”

“怎么办？”刘律师说，“要说吧，朱辉确实把瓶子粘好了，按约定，他该拿钱。”

我说：“就是。”

“可是呢，按我们约定俗成的理解，你干活全过程的最后一个动作应该是把瓶子交给雇主，这个动作完成了你才能拿到佣金。可手一拿出来瓶子又要碎，你约定的工作又没有完成，你怎么把手拔出来呢？”

李崎山和老庄一齐道：“就是嘛！”

我脑袋一闪，把右手一伸，说：“那好办。我把瓶子给你们，你们把手还给我。”

李庄二人大惊失色，一齐道：“这倒成了我们的事儿啦？！”

三个人吵成了一锅粥。

……

好了，我的故事讲完了。你肯定关心最后的结果。好，我不再卖关子，告诉你。最后青花大瓶当然是重新打破了，我的手由此解放；钱他们当然是一分未付，我知道也要不到。我还要帮他们把瓶子再粘好。但因为增加了无数的新裂痕，据说那个青花大瓶很可能就此身价大减，李庄二人哭丧着脸说，十有八九连本钱都收不回了。我反正是管不了那么多了。我已经够倒霉的了。

还有，我那个祖传秘方说白了一钱不值，但我目前还不想说。现在可以先行透露的是，其中相当于“药引子”的东西，其实就是一撮纸灰。父亲传我的时候叮嘱再三，一定要用古旧书籍的纸灰，年代越久越好。可这成本太高。那么现在的纸张能不能用呢？我总想试一下，但还一直没敢。

类似于自由落体

我这年龄自然还谈不上什么回忆录，不过回忆总是难免的。有些事自从发生过，就栽在脑子里，拔都拔不掉，赶都赶不走。

那是一个意外，却也是必然。事情很突然，转眼间，刹那间，一切已无可遏止。我算是侥幸生还，但却从此落下了病根，老是梦见自己从高处失足坠落。耳边风响，自由落体，一声惊呼，最后大汗淋漓，躺在床上发现自己并没有死。为此，我多次去看过医生，心脏科。我去心脏科是为了排除。各种检查果然排除了任何器质性问题。医生倒建议我去心理科看看，我嘴上答应，实际上没去。我很清楚病根，还去跟心理医生啰嗦个什么？除非他或者她能够跑到我梦里，牵着我的手，在高处扶住我；或者索性不做梦，而要做到这一点，安眠药比心理医生更令人信赖。

二十多年就这么过去了。我自己不说，没人能看出我的心病。身体上的痕迹倒是明摆着的，我的右颊、右肩、右胯和右膝，一路

向下，都留有暗红色的疤痕。作为一个男人，躯体上的这些疤痕我毫不在乎，但作为一个人，我不能装作不在乎脸上的那个疤。有几个刊物封面用过我的照片，我的脸总是微侧，就是为了掩饰。好在天长日久，当年的小白脸已逐渐泛黑，就是说岁月平均刷上了涂层，疤痕已基本消于无形了。

当然如果我指给你看，那个疤现今依然可以看出，颜色稍深，皮肤略有不平。如果是夏天，衣着简单，我一撸袖子一绾裤腿，身体右侧的一路瘢痕更可以证明那次事故真实存在，而且确实摔得不轻。不过我现在不会像勇士展示金创那样地去解说了。摔伤未愈的那段日子，我有义务向周遭解释、描画，绘声绘色，兼有自我辩白的意思：我可不因为鸡鸣狗盗之事致伤。虽然是从墙上摔下来的，但那个墙不是一般的围墙，也不是人家阳台。我这是强调，我既没有窃财，也不是偷了人。客观地说，我是在做一件好事时不慎摔伤。这样的反复解说让我十分厌烦，脸上的痂一掉，路还有点拐，我也绝口不提了，别人用目光相询，我也视而不见。

此事已过去二十多年，现在提起这个事，不是因为我已着手写回忆录，其根本原因还是因为我离开了当时那个单位，有些感受我可以毫无顾忌地说出来。那是一所大学，我当时留校不久，用现在的话说还是个“菜鸟”，当时叫“新兵”，高教行业的新兵。先做学生辅导员，经历了一些事情后，身心俱疲，觉得并非长久之计，于是请求领导，找人帮忙，调到了出版社。虽说是个工程类专业出版社，但总和文字近些，觉得对自己的文学梦会有好处。就是说，我那时刚到新单位上班，不知深浅，是个需要谨言慎行的时候。我尊敬领导，友善待人，十分在乎大家对我的评价。之所以说这些，是我必须交代我当时的心理基础。总而言之，巴结，很巴结，十分巴

结，是我当时发自内心的心态。琐碎事、脏累活我一点不推脱，领导和同事们也看在眼里。

出版社琐碎事多，这可以想见；其实脏累活也不少，譬如发行部卸书。运书的卡车来了，难免人手不够，年轻编辑有时也去搬运。我就常干这样的活，因此和发行部的人混得挺熟。发行部有一辆三轮车，人力的，通常停在发行部门前，有时搬书累了，我就坐在三轮车的鞍子上，和同事说说话。发行部的副部长老陈曾撺掇我试着骑骑三轮车，我藐视地跨上车，蹬几下，开始还好，可拐弯却很别扭。不过稳稳神稍一调整，车子也就基本听了使唤。那时候路上汽车很少，我骑出一段，拧着身子全身用力拐个大弯，又把车子骑了回来。老陈冲我比比大拇指，我这第一次三轮车路考就算过了。

从理论上说，会骑自行车也就会骑三轮车，但骑上去却完全不是一回事，我通过第一次试骑知道了这个道理，但并没有往心里去。前面又说过，因为刚到出版社，比较巴结，对每个同事都很友善，能出手帮助别人都觉得是得到个机会。在这种背景下，出版社从印刷厂弄来一批西瓜发给员工，我积极主动地去帮忙应该不难理解。

分西瓜，简单的一件事，其实也有多个程序：卸瓜、分瓜和送瓜。卸瓜，就是把西瓜从卡车上往下卸，因为卡车白天不让进城，送瓜的车一大早就到了，太阳出来瓜会蔫，所以瓜必须马上卸完。我住得离发行部不远，我自然跑过去帮忙。卸完瓜就分，按人头论个数摆成一堆一堆的，这个事我不插手。送瓜倒不是每家都要送，大部分得到通知的同事都是来自取，只社领导和几个家里没有劳力的老同志家要送。没有谁指令我，这本也不是我的事，不巧的是，专职踩三轮车的小杨前几天脚崴了，一大堆瓜摊在地上，考验着人的公益心。大热天，这不是个好差事。鬼使神差地，我说了句："我来吧。"老陈立即冲我竖竖大拇指。这是他就我和三轮车的关系第二次伸出大拇指。他不是在指挥我，是鼓励。有时鼓励比指挥更管用，我简直觉得义不容辞了。

此前我做学生辅导员，遇上一场风波，因处置不当收到责难而心灰意冷。到了新单位就是一个新开始，在这种情况下我骑车送瓜，多年后想来，依然可以理解，不想迄今为止我人生最大的劫难已在前方埋伏。当时我心情平静，不觉得是苦役。西瓜有大有小，如果由我当着人家的面搭配大小，就很犯忌，得罪人，因此预先一家家大小搭配好，中间用破纸箱隔开，一趟送两家。虽然几户人家都不太远，我送过两车后还是大汗淋漓了。烈日当头，地面蒸，上面烤，实在有点吃不消。已送过的四家都是社领导，其中两个已经退休。我先送的是两个退休的，因为他们两家彼此相近，楼层也不高，都住二楼。西瓜每家七个，必须两趟才能上楼，一趟三个，一趟四个，搂着上。说到这里我想起了不三不四这个词，当时我可没有想到这个，仿佛这瓜本就该我送。考虑到退休领导年纪都大了，我先把瓜搬到楼上，摆在领导家门口再敲门。第一家开门的是个老太，大概是领导夫人。我说我是出版社的小朱，单位分瓜。领导夫人嗯了一声，示意我把瓜搬进去。领导夫人有点架子，看着我搬瓜，还抱怨说发什么瓜，这么多瓜肯定要吃坏。我不接话，赶紧去往第二家。第二家领导要客气得多，老两口一起搬瓜，胖胖的领导还问我是不是新来的。我说是，却也不好申明我是编辑，并不是发行部专踩三轮车的。胖领导连声道着辛苦，他老伴还拧个毛巾过来，给我擦汗。我还回毛巾说还有两家要送，领导已从厨房找了两

个大网兜过来，说这样可以拎，效率高。胖领导肯定误认为我是发行部的临时工，却还为我着想，我心里一阵温暖。本来就很热了，这一温暖更是汗出如浆。再去送两个现任领导的瓜时，上衣已全部浸透，腰带那里还火辣辣的。

网兜管大用了。七个瓜，一边三个一边四个，一次就可以提到楼上。两个现任领导一个是总编，一个是社长。总编和社长当然知道我是谁，对我的勤快和主动均大加赞赏。我一个年轻人，要的不就是这个么？领导表扬，那就没白吃苦。总编切开一只瓜，要我吃，我谢绝了，说楼下的瓜还要送。社长家也开了瓜，要我吃，我说三轮车还在楼下，没锁，怕丢了影响工作。这番表现其实也有代价，天知道我口干舌燥，实在很想吃瓜。不吃瓜就只能到发行部大喝冷开水了。

喝冷开水是我的预想，瓜还是吃了的。我回到发行部时送瓜的卡车已经开走，老陈正和仓库保管员阿兰在吃瓜。他们都是老员工，不知哪里找来的刀，开了个巨大的瓜正吃得不亦乐乎，不时还腾出嘴来抱怨星期天还要来加班，这抱怨也是在给自己私吃公瓜找个理由。见我满头大汗进来，连忙招呼我一起吃。瓜很好吃，不吃白不吃，可吃了还真不是白吃。我吃了两大瓣，肚子里咣里咣当好不活跃。吃瓜吹电扇感觉很好，但我自己和主任家的瓜还没拿走。俗话说不怕官只怕管，我是既怕官更怕管。编辑部主任是我的顶头上司，只送社领导却不送主任的，传出去很不好听。况且老陈告诉我，刚才给李主任打电话，他说了，反正他跟我住前后楼，我拿瓜时给他带过去就行，他可以下楼来拿。他这话有安排工作的意思了，不送是不行的。我用发行部的共用毛巾擦擦手脸，继续上阵了。记得共用毛巾挂在靠墙的脸盆架上，白底子已经成了灰褐色，

触鼻一股霉味，我忍不住打了几个喷嚏。

回想起来，此时我也还有另外的选择，就是说，我可以不用三轮车，把西瓜装到网兜里直接挂在自行车上。骑不起来，可以推着走；一趟不行，那就两趟。阿兰的自行车是现成的，我用过再还回来即可，用三轮车不也要还么？但我当时真没想到这个。一来用三轮车确实方便些，二来前面两趟我骑得蛮好，感觉还挺新鲜。其实这种新鲜感里潜伏着危险，正如婚外情里女方跟你讲她什么都不要一样，时候一到，就露出狰狞了。骑三轮车和自行车，其操控要求完全不同，准确说是完全相反。具体哪里相反，我就不细说了，说也说不清。总之，如果你会骑自行车，你陡然骑上三轮车，会突然觉得自己不会拐弯；如果你不会骑自行车，你倒直接就可以骑上三轮车，操控如意，一点问题没有。要命的是，骑三轮车和骑自行车看起来又是那么像，任谁都会藐视三轮车的。按理说，我不会出问题，在正式骑三轮车送瓜前，我已经试着骑过，解决了那个拐弯的问题。老陈为此还冲我竖过大拇指。我其实不该怪他的大拇指，要怪还该怪我自己过于自信，我过高估计了自己的运动技能。我大学期间，曾是运动场上的高手，标枪拿过全校第一，成绩达到了国家等级运动员标准；如果不是1500米拖后腿，我参加七项全能可以进前三的。再往前看，我小时候就以顽皮闻名乡里，石锁哑铃、上树下河都出类拔萃。身手矫健这个词，用在我身上还真不是吹的。1500米不够强，其实就是耐力有欠缺，我送这最后一趟西瓜，还真有点累了。其实所谓有欠缺，只是对运动场上的人而言，比一般人那还是强过不少，我感到累，主要还是天热。九点已过，烈日当空，因为刚出了梅，还特别闷，我是又热又累，心里就想着一趟就解决问题，赶紧去冲个澡。总而言之，我装上自己和主任的两份

瓜，一共十四个，骑上三轮车就出发了。

我知道我这腔调很不像回忆录，我写的本来就不是回忆录，可积习之下我很像是在写一个故事。我得说，这不是故事，是事故，是我人生中一次重要的意外。到目前为止，这次事故位于我已过岁月的中点，就是说，那是二十六年前的事。那时我二十七岁，正当健壮之年，少不更事，对这个世界满怀诚恳。不曾想，这件意外之事在我的脑子里打下了个楔子，使得我对周遭的人和事都改变了看法，对自己也多了警醒。

闲话不赘。我骑上车从学校边门绕进去，进了校园。上一个坡，再下一个坡，然后再上一个长坡。在长坡上我感到了吃力，大腿的肌肉绷得紧紧的，裤子绷得蛮好看。瓜不重，主要还是车子的自重累人。我索性下了车，学着路上看见过的民工的样子，一手扶龙头，一手拽着车身往坡上走。这坡我每日上下班都要走的，骑车，即使是上坡都可以直接骑上去，下坡那直接放马平川，半带着刹车，划个弧线一溜而下，但拖着三轮车到中间就不得不小歇片刻了。坡呈弧形，坡路西边是山体，东边是壁立的悬崖，依次排着教一舍直至教五舍，都是每户成套的教师住房。坡顶是两栋青年教师的筒子楼，住的是未婚和刚结婚的青年教师。两栋楼之间有一片不小的空地，挂着破烂不堪的排球网兼羽毛球网。我气喘吁吁地上了山顶，端的是汗如雨下，腿肚子发软。我把三轮车拖到楼下的阴影里，摇着大草帽心里犯嘀咕。我住这栋楼的二层，李主任住那边楼的六层。我的天，六层！这时候我后悔刚才在发行部时，没有先打个电话请主任下来帮忙。我略一犹豫，决定先把自己的瓜拿回去，然后给李主任打个电话。那时候我还没有手机，只有一种叫 BP 机的东西，说起来这种玩意有点可笑，很恰当地说明了年轻人的状

态：你带了BP机就随时能被别人找到，这样似乎你就不会错过任何机会，但你要找人，你还必须有电话。好在两栋楼的各个楼层都有电话，实在不行在楼下朝六楼喊两嗓子也能管事，就是有点难看。

我把大草帽扔到车子里，正要拎起一网兜西瓜，楼门里走出个人，他看见了车子和瓜，问道："这瓜怎么卖？"我一愣，没好气地说："不卖！白送！"他看我一眼，哈哈大笑，指着我道："你这鸟样，可不就是个卖瓜的！"我苦笑。小丁是我邻居，社科系的，我笑骂他以貌取人，告诉他是单位分了瓜。他嬉皮笑脸地说："知道了，知道了。两袋，你一袋我一袋。"我叫他滚，要吃瓜就帮我拿上去，可以送他一个。为了表示我确实需要帮助，我手指在脸上一刮，甩出一线汗水。小丁伸出两根手指："两个。"说归说，立即拎起一袋瓜上了楼。我跟上去，抱了两个瓜要给他，他不肯要，但保留随时来吃的权利。

小丁很够朋友。他一眼把我看成个卖瓜的，其实已标明了我当时的疲沓情状。后面还会有人也这么看我，不过我当时未能预知。骑着三轮车，戴个大草帽，车上有瓜就是个卖瓜的，车上没瓜可不就是个民工？不过我当时可没心思去琢磨这个。小丁有事，开了个瓜他只吃了一片就要走，我跟他一起下去。主任的瓜还在车上呢。小丁得知车上的瓜是李主任的，笑道："拍马屁的事还是你自己做效果好。"骑上自行车跑了。他一溜而下，衣角被风掀得像腰间插着两面小旗。

我打起精神，在门卫室给李主任那层楼打了个电话，接电话的却说他不在。我只得扯着嗓子在楼下喊。我喊的是"李某某主任"，这样既不会有人错听，又不失礼貌。我当然知道直接送上去更显得礼貌周到，但确实是力所不逮了。我喊了好几声楼上都没有回应，吸一口气正要作最后一喊，六楼，一个阳台里探出个头，叫道：“他不在，走半天啦。”这个头我也认识，是李主任的邻居。他说不在就真的不在了。

我死了心，打叠起精神，把最后一袋瓜拎到了李主任家门口。心里虽有点怨气，但李主任既已布置了送瓜的工作，他又何必再插手？这也是对下属的一种信任嘛。我自己做通了自己的思想工作，下得楼来，朝三轮车走去。最后一件事，是把三轮车还到发行部。

我当时的状态，说强弩之势不能穿鲁缟，那有点夸张了，但确实比较累，累了就特别想省力。我把三轮车拖到长坡前，朝下面望望，略一迟疑，跨上了车；我踩了几脚，试试刹车，蛮好，管用；再蹬几脚，三轮车下坡了。

在这里有必要将我骑车下坡前的心理解释一下。当时略有迟疑，是因为这条路我骑着自行车天天走，骑三轮车却还是第一遭。可如果不骑，那人和车的关系就特别难弄，是在后面拖着车子慢慢下去呢？还是扶着车龙头顶着车身向下滑行？最后我还是觉得坐在鞍子上更合逻辑。试过刹车我更放心了，手上随时带一带刹车，车身将绝对处于有效控制之下。事后看来，我还是疏忽了，太自信了。年轻嘛，常常犯这个错误，但如若不是当时年轻，我大概也没命了。

坡路是水泥路，很滑溜。我只略蹬了几脚，三轮车就开始自动滑行。我没有感觉到一丝紧张和危险，只觉得惬意。朝路两边看看，右边不远是山，满是爬山虎，是一道绿墙；左边的路面下，五栋教师宿舍的楼顶依次排列，我看见火辣辣的太阳下，楼顶上热浪变幻升腾，像是妖气。我之所以详细描写这条坡道，是因为巨大的危险已在前方埋伏，而我却一无所知。

起初的滑行十分舒畅。风携带着速度从我的身体穿行而过，即使是热风也有凉意。三轮车顺坡而下，很快进入了弧线。要拐弯了。我双手扶着龙头，速度越来越快。我下意识地捏一捏手闸，却捏了个空。这时我还没有慌张，我想起三轮车的手刹不在龙头上，而在车架上，裆部前面的位置。我腾出右手，找到手刹使劲拉住，却发现效果有限，车子正难以遏制地加快速度。头上的草帽霍地立起来了，拖在脑后，橡皮绳紧紧地勾在我脖子上，它逃不掉。我并没有忘记拐弯，但一时手忙脚乱。现在方向是关键，只要方向能够把准方向，挨过这个大弯，后面就是直道。我扳龙头，试图把方向扳过来，可一扳方向，巨大的离心力立即显示出它的执拗。我恐慌的视野里，弧线边缘正在逼近。此刻我又想起刹车，捞了两把才抓住，我尽力平顺地拉，努力给车子一个持久可靠的阻力，可惜为时已晚，车子速度虽有所降低，但悬崖已近在眼前。我清晰地看见了路边的悬崖，悬崖下伸上来的树枝已近在眼前。

尽管三轮车的刹车管了点用，但巨大的惯性实在无法抗拒，三轮车蹿出水泥路滑向了路边的杂草丛，这是掉下悬崖的最后屏障。草丛和灌木无疑有效延缓了三轮车的速度。它开始倾斜了，以左边两个车轮着地的姿势又向前蹿了几米，似乎还顿了一下，毕竟要换个姿态，车身侧得更厉害了。

我脑子里迸出的念头是：“我要死了！”又或是“我完蛋了！”多年以后回想起来，我难以确定当时头脑里迸出的是哪四个字。这不重要，但总之是哀叹。此后的动作完全出于本能。车身倾斜时我至少有一只脚还蹬在脚踏上，否则我不可能借上力。就在车身逼近悬崖的那一瞬间，我用力一蹬，身体离开了车子。在坠落中，我双

手扒住了悬崖的边；稍一滞缓，身体继续下坠；我又抓住了一根树枝，树枝从石缝里长出，有胳臂粗，嘎巴一声断了。我重重地落下，坠下去，摔在地上。

应该说明的是：因为三轮车已沿坡道下滑了一段，我摔下的高度大大降低了。坡顶大概五层楼高，我摔下的地点与三楼阳台齐平，以民用建筑每层3.3米计算，大概六米上下。时隔多日后，我曾去现场看过，确切地说，我真正进入自由落体的起点，应该是那根折断的树杈，约莫离地五米多。事实上，不需要去现场勘验，我也清晰地知道我摔下的地点。因为在我飞身脱离三轮车的那一刹那，我看见了三楼的阳台。我看见了阳台栏杆上晒着的被子以及被子上的花纹，我还看见阳台的纱门里有人影晃动。

这个阳台里的人家是我熟悉的。水工系的孟虎是我熟识的朋友，他一直做辅导员，早我几年毕业，已分到了成套的房子。虽然小，在我的心中，那就是梦想。我和一帮住筒子楼的家伙经常去他家打扑克。他老婆爱莲也是本校教师，漂亮贤淑，我们吆五喝六地玩乐时，她常常抿嘴笑笑，要我们也让她打几把——写到这里我应该插一句——我明确意识到我记录下的是回忆录素材，不是小说。如果是小说，我可以尽情虚构，写到这里大可以添油加醋，说我跟孟虎老婆有暧昧。一个即将坠落的男人看见了自己心仪暗恋的女人，这够有张力的；或者，更厉害的，是我看见了阳台里的房间里，孟虎或者他老婆某一方的奸情，这更劲爆，可惜不是事实。事实是，孟虎老婆爱莲十分漂亮，因为是学外语的，也落落大方；孟虎也一表人才，以“知识分子”自许，挂在嘴边的话是“独立人格”。老实说，孟虎有点夸夸其谈，绣花枕头，本质上配不上爱莲。我当时只是对爱莲略有好感，偶尔也为爱莲抱屈，如此而已。就是

说，我只是到孟虎爱莲家玩过，并无特别纠葛。

说道哪里了？哦，树枝断了，我重重地摔在地上。折断的树枝摔出老远，掉在泥地上青翠欲滴，好像从来就长在那里。三轮车已先于我落下，两轮朝天落在我南边。我自己朝右侧卧在地上，浑身麻，疼。嘴里有血腥气，我吐出一口血沫，舔舔，牙齿似乎倒没掉，没有吐出去。可气的是，经过这个短暂却也惊险的坠落，那草帽竟还挂在我脖子上，只是那细绳被拽得老长。我在湿热的地上躺了很久，知道自己还活着，动动手脚，疼，但也还都在。我想爬起来，可是脸疼得厉害，用手摸摸，血。

一切已经结束了。我没死。除了脸上身上的伤痕，我的心理似乎从此落下了阴影。这阴影很复杂，肇始于坠落，但坠落后的遭遇，似乎才是这阴影最黑的一笔。

我翻转身体呈仰卧状躺在地上，正午的阳光直射我的眼睛。我不记得片刻前所看到的阳台，当然更没有去猜想那阳台主人的日常生活。我头脑里空空如也，只知道自己还活着。地上像蒸锅的锅盖，热，热气在蒸腾。知了叫，蜻蜓飞，蚊蝇在我脸前飞舞盘旋，我浑身疼，又加上了痒。右脸颊火辣辣的，眼睛也难以睁开。我知道摔伤后不能乱动，但周围臭烘烘的，不能再躺下去了。我慢慢坐起了身。

就在这时，我看见前面不远的楼门里走出了一个人，是个女的。她拿着个芭蕉扇挡着太阳，径直走到一排双杠那里翻被子。我心里一喜，这是我经过生死大劫后看见的第一个人类，但我没有出声。虽然很需要帮助，但我现在这个样子太狼狈了，丢人现眼。我觉得我能行。我继续努力，慢慢站了起来。我认出她了，是爱莲。我站起身，试着动动自己的手脚，都无大碍，四下扫视一下，走向了三轮车。爱莲显然看见我了，她看见一个男人，衣裳破烂，满脸是血，正使劲把底朝天的三轮车翻过来。此地是三轮车不可能到达的地方，除非它从上方的坡道上跌落下来。她呀了一声，怔了一下，看了看上面的坡道，这说明她明白了三轮车的来路，但她也只呀了一声，就继续翻弄她的被子。

我背对着她，我相信她没有认出我，事后我也证实了这一点。那时我的伤已痊愈，自己不说没人会看出我出过那次事故。爱莲说："我怎么知道是你啊！肩膀上掩个草帽，在弄三轮车，打死我也想不到是你呀！"是啊，戴草帽蹬三轮车，这是苦力的标配，我一向也这么认为的。爱莲责怪我说："你为什么不喊我？你喊一声我不就知道是你了？"我呵呵一笑，没有回答。我本就不是去责怪她的。我为什么要跟她说这个事，连我自己也不明确。那天她翻完被子又朝我这边看了一眼，然后就婷婷袅袅地走了，回家去了，遮着芭蕉扇（写到这里，我倒想把这篇东西叫"草帽与芭蕉扇"，不过想想，还是算了）。

不知道我怎么还有那么大力气，竟然独自把三轮车翻了过来。三轮车废了，前杠断了，前轮也歪得不成模样。我忍着疼，看着车子发愣，眼睛不由自主地扫扫楼门那里，希望爱莲会把孟虎叫来帮忙。当然没有。楼里安安静静，像是一栋死楼。全死光了。

事后我心里不断在问：民工掉下来就不是事故么？至少也可以过来问问啊。爱莲已给了我答案：如果知道是我她会出手相助。她怪我没喊她，我倒想问：如果是一个不认识的民工，喊她了，她就会帮助吗？

我没有问。从那以后，我对孟虎两口子生分了。孟虎喊过我去他家玩，我托词谢绝。他们两口子一年后闹离婚，在离婚前各自都

找过我诉苦，兼抨击对方。孟虎还有托我说合的意思，我假装听不懂。这关我什么事呢？我住在筒子楼里但新婚恩爱，他们住着成套的住房却在闹离婚，这说明我们也不是一类人啊。

这是后话。当时我不再指望有谁会来帮我，幸亏三轮车虽已不成样子但还能推着走，只要把前轮拎离地就行。说起来从悬崖摔下倒还操了近道，我可以直接从家属院的小门到发行部。我使出全身的余力，气喘吁吁地把三轮车拖到了发行部门前。草帽这时管用了，它遮不住我的狼狈，却可以遮住我的脸。我扔下三轮车，双手撑在车身上喘息，扑哧吐出一口血唾沫。老陈看见了，嚷起来。阿兰也跑过来，大惊失色。我朝他们尴尬地摇摇头，告诉他们我从山坡上摔下来了。老陈说：“那你还管这车干吗？！去医院啊！”他这一说，我也奇怪，是啊，我还管这车干吗？为大家送瓜，出了事故，即使影响了工作又算啥？可我那时就是这么单纯，年轻嘛，更可笑的是，这时我觉得已无大碍，还特别强调：三层楼高，我等于是从三层楼摔下来的。我喜欢充大头，那个时候就已暴露无遗。阿兰说三轮车她会去修，要我赶紧去医院，边说边扯了一大把卷筒纸让我擦；老陈说阿兰的自行车现成，要打车他这就去拦。他也真去拦了，好不容易拦到一辆，可司机看我满脸的血，轰一声跑了。我只能骑车。好在省人民医院距此也就两站地，我可以的。

事后我曾猜测，如果打到车，老陈会不会陪我去。事实上他没有陪我去医院，客观上是只有阿兰一辆自行车，但他也可以随后打个车跟过去，我如果跟他换个位置，我就会这样做。但他只是从口袋里掏出五百块钱，就让我自己骑车走了。也难怪，我那时刚进出版社两个月，跟他们并无交情；而且从系分团委书记岗位过来，不，是下来，这就说明不适合当领导。他们对我比较淡漠，确也不无道理。老实说，我对他们的态度开始时很有些愤懑，后来也就释然了。此后领导和同事们的态度也大致类似，我就转而在自己身上找原因，我找的原因如上所述，总之你是一个新人，不像会有大出息。

我骑上自行车。刚骑起来竟还歪歪扭扭有些不适应，不过很短暂。这体现了三轮车与自行车的区别，也说明我脑子没坏，指挥运动的小脑完全没有问题。到了医院，急诊。医生问："你哪里不好？"我说我从山上摔下来了，三层楼高。医生说："谁？你？"他上下看看我，我右侧的脸颊刚才擦干了，大概看不出有多重的伤。他看见我上衣和裤子的两个破洞，我又把十个手指伤了八个的手往他前面一摊，他这才相信摔伤的就是我。我说我浑身疼，牙齿也活动了。医生让我平举双手，蹲下站起，又让我沿着地上的地砖缝走了个直线，问："头疼不？"我说疼。他又问："真的三层楼高？"我说是，三轮车都报废了。医生嘴一咧道："你厉害。"

他写没写病历我已经忘记了，反正后来几次搬家都没有发现那次的病历。处方肯定是开了的，因为我记得我用了药，一些药膏之类。唯有他开的检查单我记得很清楚，上面写的是：脑震荡，脑部CT。就是说要我去做个CT。我问他，做过CT，后面呢？医生说："没事就好。注意观察就可以，有变化要及时来看。"我拿了单子，自己沿着地砖对角线直直地走到交费处，迟疑一下，只交了药费，决定CT不做了。我一个转身，走向急诊处大门，还是走直线，一点也不歪。倒是直线上挡着我路的人，看我宁可停脚也闪避一下，奇怪地看看我。他们没准认为我是个斗殴负伤的泼皮。

最后的结果是：因为我最合理的落地姿势，右侧的脸、肩、胯部和右腿关节平均受伤，主要是擦伤和淤青；好几个牙齿松动，不知是震的还是磕的；衣服上有洞，只能扔。扔也不是回了筒子楼就扔的，要等到我几天的自我观察期过后，我能够自如活动了，我才拿去扔掉。我原也想留着，给回娘家度假的老婆看看，这可是绘声绘色的好本钱，可惜那几件衣服因为血迹和汗渍，丢在地上都有些发臭了，我又不愿意为了吹牛去洗干净，这就扔掉了。当时自己潜意识大概也厌恶这几件衣服，觉得晦气，干脆一扔了之。其实扔掉不久我就后悔了。那天，大概已是摔下后一周，我从坡道下山，走过摔落地点，我鼓起勇气慢慢朝悬崖走过去，探头望去，我看见下面的杂草丛中，有一片枯黄的倒伏，还有一根树枝，已经完全焦黄；稍远处，是三轮车的坠落点，我在那地方又把车子翻过来，所以倒伏的面积更大。坡道上的摔落处与下面的落地点，可以连出坡道的切线。倒霉！突然我看见了下面有一根低矮的水泥柱，离我的坠落点不超过一米！如果我稍微偏一点，摔在柱子上，不死也必定半身不遂！我倒抽一口凉气，觉得自己其实运气很好，如果不是我及时反应，在最后一刹那跳离三轮车，又在挡土墙上抓一下，然后又薅住一根树枝，我极有可能呈抛物线飞出，落在柱子上；即使不那么巧，三轮车和我一起落下，我被砸死的可能性也极大。侥幸，侥幸至极！我有点后悔扔掉衣服了，至少可以留一个内裤，以资纪念。

我从医院回家后，自己躺在地板上，像一只受了伤的狗，自我疗伤。社长来过一趟，看见我的样子，吃了一惊，说没有想到摔这么重，都没带点慰问品。不过他宽慰我，三轮车坏了不用担心，社里会处理。他果然颇有社长的样子，虽然此后没再来看我，但编辑部李主任来看我时就带了水果之类，说是社里的慰问品。当时一句话到了嘴边：那你的慰问品呢？我可是为你送瓜的！当然我没有

说，人家没准看破了实质：你是自己拿瓜，顺带一下而已。于是我说，这些水果其实我不需要，我有瓜。我倒是要几卷挂面，其他东西我没胃口。可怜我哪里是没胃口，我是不方便去教工食堂吃，也不愿意出门买菜做，我必须把跟人解释的可能降到最低。

以后几天，我就吃面。晚上会去校外马路边的小饭店吃上一顿。发行部的老陈和阿兰来看过，老陈对我竖起大拇指，说我牛，这身体素质！他当过兵，据说还是特种兵，因此他的夸奖具有某种权威认证的意思。阿兰说我不但身体素质好，人也好。她的意思是我送瓜了，助人为乐了。这是唯一表扬我送瓜行为的同事，要不是她的表扬我更觉得自己是个傻瓜了。老陈大拇指又一竖：“人好！”他喜欢竖大拇指，再后来见得多了，话说到某个点，他不竖大拇指我都觉得落了空，不舒服。可我刚试着骑三轮车时，他要是不竖大拇指，我说不定就此不骑了，也没后来这一摔。说来说去，我还是怪别人。我自己劝自己，朋友们来看我的不多，那是因为正在假期里，大家并不正常上班，人家不知道。即使知道，原来的系，你已经调走了，出版社，你是才来不久的新兵，别太把自己当根葱了。不过说实话，我对摔下后的景况很长时间都难以释怀。我曾设想，如果摔下来的是社长，那会怎么样？很显然，校领导会去看望，同僚和下属肯定要去慰问，年轻人说不定会轮值服务，里面一定有我。当然这样的设想根本就不可能实现，社长不可能给别人送瓜，他万一如我这般摔下，肯定直接歇菜了。

那是最难过的一周。最初的麻木和迟钝过去，各种疼痛从暗处钻了出来。幸亏骨头没事，脑子更没事。学校的假期正好可供我躲避养伤。但恐高的问题慢慢显现了，有段时间还似乎呈严重趋势。摔下后刚能不瘸不拐地行走，我还能去坡道边凭吊失事现场，还为没有落在柱子上庆幸，当时也只是有点头晕。后来我可以正常入眠了，却经常会做坠落的梦，吓醒。很久以后，这样的梦才慢慢少了些。我尽力避开可能会引起恐惧的高处，从来不乘透明电梯，那透明的地板肯定能把我吓尿。时隔多年，有一次集体到天堂寨旅游，风景秀丽，心情轻松。我们爬山，因为山体巨大，并不陡峭，我虽逐渐有些紧张，但并未失态；待上得山顶，远眺对面山峰，我浑身就开始出虚汗。到对面的山峰有缆车可乘，十多分钟即到，我是领队，当时已开始带领大家开始排队，但我看着挂在半空、悠悠前移的透明缆车，后脊凉飕飕的，尾椎那里直往上蹿凉气。我打定了主意，脱出队伍，叫大家往前排。那缆车已安全运行多年，绝对不会趁我在上面时掉下来，这概率太小，绝对小于我走山道崴脚的可能，简直近乎零，这道理我懂，但我还是说："我喜欢走山路，这风景空气多好啊！"大家都笑，笑话我胆小怕死。我有点尴尬，但态度坚定。只有阿兰没有嘲笑我，她看我一眼说："朱社长喜欢走山路，我也想走呢，就是也有点想乘缆车。"我说："你们乘吧。"阿兰说："那我们到了就等你们。"有心脏病和高血压的老陈也不乘缆车，他笑道："说不定我们走得快，还要等你们哩。"大家哄笑，说等着瞧。

这一走就是一个半小时。但我还是蛮感谢阿兰，毕竟她看出了我的心病。这二十几年物是人非，出版社搬过三次家，当年的两个社领导都已退休，一个已去世，我成了副社长。职位虽不高，但一路走来，也好不辛苦，自也少不了紧张心惊的关节。幸亏我早早明白了高处不胜寒，任何自大和疏忽都可能导致严重后果，也知道了在大学里并不全是温情知理的彬彬君子，别人并不会理所应当地对你友善。这二十多年我可以说一直处于间歇性的坠落当中，梦里的

坠落已逐渐让我习惯，或许还有阴阳调剂之效哩。

我不以梦里坠落为苦了。在梦里跌下来，我睁眼看看，可以继续睡。那次坠落成了我生命中的转折点，也成了我在家人面前炫耀自夸的资本。可惜当年短视，把可供证明的破衣服扔了，说起来缺少了确凿的证据。儿子小时候深信不疑，觉得他老爸厉害，也十分相信他爸爸的这句话：如果那次摔死了，也就没有你了！到他十岁时，他开始提出各种疑问，他妈妈在旁为我作证他也还是将信将疑。有一次他放学回家，告诉我他到那个地方勘查过了，人根本不可能掉下来。我只得向他解释，那栏杆是后来装上去的。但他接着说，什么"摔死了就没你了"，这是骗人的，因为老师告诉他人是十月怀胎，他说："你摔下来是夏天暑假，可我是第二年一月生的，怎么也没有十个月！"我问："这怎么啦？"他说："这说明你摔下来时，我已在妈妈肚子里了！"我语塞。为什么非要说得那么明确呢？不说哪一年摔下的不行么？不说是暑假不行么？于是我认识到，即使是写回忆录，也不能时间地点人物全真，否则会有麻烦。因此这篇文字，里面的人名基本都是虚拟的。就是说，那个未向我伸出援手的爱莲和她丈夫孟虎，实有其人，但名字却是假的。

绝对星等

一、75 光年

中大曾有“东方最美的校园”之誉，小青山又是中大最幽美的地方。它位于校园西北角，因为遍植常绿植物，一年四季郁郁葱葱，春秋两季，山花满坡。

这里不但僻静优美，而且别致。山顶上有一个巨大的半球体，曾经名列城市十景，名曰“穹庐夕照”。那是天文馆，醒目的穹庐是小青山最独特的标志。僻静优美的地方从来都是恋爱者的乐园，到了傍晚，成双结对的男女沿着山坡拾阶而上，找到中意的地方，花前月下，探寻人生奥秘。

星期六，八点过后，郑先生穿过校园西北门，踏着石阶踽踽而上。小青山海拔 82 米，并不算高，但他已略有些喘。他驻足歇歇，

抬腕看看表，约定的时间显然还没有到。手表上有时间还有日期，当然没有年份，没有这样的表，但郑先生一瞬间却看见了一个日子，很清晰：快四年了。他已经从这里退休差不多四年了。

身边，一对学生三步并两步地超过。女生因为男生不等她，娇嗔地蹲下，赌气不走了。郑先生笑笑，慢慢地上山。类似的情景他见得太多，对小青山除了科研教学以外的这个功能，他早已熟知，习焉不察。他也年轻过，而且——他突然哑然失笑——他今天，简直也算是来赴约的哩。

前方的穹庐是山顶的主体。在夜空的衬映下，呈现出一个完美弧线。郑先生当年来这里读书时，这穹庐地位还很高，作为中大科学精神的象征印在招生宣传画上，因为一个外系的同学戏称这其实就是小青山戴了个钢盔，郑先生还和他吵了一架。后来做了老师，他向学生的描述是：这是眼睛，地球的眼睛，人类共同的眼睛。底下的学生眨巴着各自的眼睛，若有所悟，郑先生继续道：而你们很快就要接触到的天文望远镜，那就是你们的眼睛。

天文望远镜首先是郑先生的眼睛。不过这两年他去得少了，越来越少。不是因为退休，退休前他就不常去了。准确地说，在他真正的科研时间，夜晚，他不怎么去了。不是对本行失去了热情，也不是因为那几台望远镜逐渐落伍，主要原因是，天际线已被楼群蚕食，耀眼的城市灯光已差不多把星光淹没了。此时的穹顶反射着城市灿烂的灯火，从某个角度看过去，炫目的霓虹灯在半球上明灭，仿佛做着无奈的鬼脸。

这里现在只是情侣们的乐土。他们探究人生，或许也会看看天上的星星。但他们的要求不高，有那么个意思就行了。他们没准儿还喜欢朦胧哩，月朦胧鸟朦胧。可郑先生喜欢的是清澈，清澈晴朗的黑夜。那才是属于他的夜。

他站在穹庐前，初春的夜风从衣襟灌进去，有点冷，却也让他略感兴奋。八点一刻了，一进大厅，那巨大的时钟就在提醒他，约定的时间快到了。

天圆地方。这大厅是一个模拟的天空。天象仪可以在这里呈现虚拟的星空，每颗星体都按自己的轨道运行。在郑先生眼里，星空是寂寥却也是热闹的，每颗星体都有自己的容颜和表情。但这会儿，大厅空无一人，死寂荒凉。那门卫大概也快退休了，他见来的是郑先生，也不多问，打个招呼就要去值班室开电梯的电闸。郑先生说不用，自己走楼梯。门卫诧异地怔一怔，继续玩自己的电脑游戏去了。

通往天台的楼梯一共 123 阶，郑先生有点吃力。爬到三楼，那里有个房间曾经是自己的办公室，现在黑着。他皱皱眉头，赵婧呢？她应该是已经到天台去了吧？

今天，这个时间，是一个约定，在这里。对他，对赵婧，应该是不言而喻的。可是在天台上他不见赵婧。

赵婧是他的学生。早年的本科生，后来硕士、博士，再后来留校，都跟着他。所谓入室弟子，就这个意思了。赵婧天分好，人也端正，四十刚出头就晋升为教授。不过，升教授后不久，她就离婚了。具体什么原因，郑先生也不问。他曾经有意无意用目光询问过，赵婧说："老师你是关心我离婚的事吧？宇宙多复杂，人就多复杂。不可解。"这等于什么也没说。

郑先生刚才出门时儿子孙子全都在。儿子对郑先生这个时候出去，而且似乎掐着时间，很狐疑。老妈去世好几年，老爸现在这是什么情况？老爸临出门，儿子说我有事要和你说——这房子就要拆迁了，现在什么个进展？郑先生说：“再说，再说。你急什么？”抬腕看看表，出门走了。可他到了小青山，进了天文馆，不见赵婧；他登上天台，赵婧也不在这里。他略有些动气。平心而论，从非专业角度看，城市的夜色是美艳的。凉风习习，灯火璀璨，浩大广阔的不夜城有如环形画卷。他之所以能撇开专业眼光，是因为再等——嗯，八分钟，他将迎接他最为醉心和向往的真正黑夜。对这里的一切，他熟极而流，八分钟，足够他做好相应的准备工作。

在他期待的视野里，一刹那，天空暗了下来，甚至漫射过来的市光也暗淡了。此刻是晚间八点半，地球一小时。为了环保和低碳设立的国际活动，天文学沾光了。绝大多数景观灯都熄灭了，路灯也熄掉了至少一半。郑先生期待的黑夜，如期而至。

还得感谢连日来的北风，它吹散了灰蒙蒙的市尘。天空晴朗而清澈。郑先生当然是真正的专家，但他此刻的心竟加速了跳动。他自嘲有点没出息，深深地呼吸几下，先用肉眼在天空扫视。这是浏览，是阅读前的享受。这无尽的繁星，真是久违了啊。

这是三月的星空，他十分熟悉。星空稳定而又变幻。它亘古如此，却又有无尽的未知。有一种公认的理论，说宇宙是无限的。郑先生曾对这个理论提出过质疑，但有一点却绝对明确，那就是人类对宇宙的了解还极其卑微。1977 年发射的旅行者一号，至今也才穿越太阳系千分之一的距离。太阳系，银河系，河外星系，宇宙，我们近似一粒尘埃。也许只有光，从天际传来的光线，才是它们唯一的信息。

北斗很清晰。勺子形，七颗星。移动视线，那个反着的问号加一个三角，并不怎么像狮子，可它就叫狮子座。你好，狮子。郑先生喃喃问候，然后他又看见了牧夫座，这牧羊人亿万年来都不躲避

狮子来袭。你胆子真不小哦，郑先生忍俊不禁，笑了。

郑先生收回视线，却发现天台上有了些变动。几座相对较大的望远镜不见了。尤其是那台口径 430 毫米的折反射望远镜，还是二十多年前郑先生经手置办的。原来的位置上安着一台小东西。郑先生一眼就看出，这东西口径 150 毫米，业余级的，谈不上研究，只能用于教学。教学当然没什么不对，但这是大炮换了鸟枪，将就着看看罢了。

是的，就是看看而已。谈不上观测。这台东西可以看见月球上的环形山，但是此刻月亮正在地球的另一边。按说没有月亮才是真正的好黑夜，但郑先生对好角度，调整旋钮，突然才发觉，他自己竟不知道究竟要看什么。他手上早已没有科研课题，即使天台上所有的设备都在，他大概也只是来检阅，来重温，来看望一下久违的星空图景。

北斗七星很清晰。这是大熊座的尾巴。最近的那一颗离地球也有 78 光年。实在是太遥远了啊。郑先生一时有些恍惚。他看着星星，或许，在某个不可知的星球上，也正有一双眼睛朝着地球方向，聚焦，遥看这个穹庐。谁知道呢？这是一个未知，一个谜，一个没有人知道确切答案的谜，但有一点郑先生十分清楚，那就是，如果那双眼睛确实看见了这个天文馆，那么，他应该处于距离地球小于 75 光年的某个位置，因为中大的天文馆建造于 75 年前。75 年前的 10 月 10 日，天文馆竣工，它的影像出现，其光线经过 75 光年的漫长跋涉，现在才刚刚触及那一双眼睛，不可知的生物的眼睛。如果他位于 75 光年以外，则穹庐的影像尚未抵达。

这其实算是常识，但郑先生想起这个心里竟有些高兴：这说明他的脑子还管用，基本概念和理论依然能够在他的大脑里运行。天台上有点冷，但他不想离开。地球一小时，因为仅有一小时才弥足珍贵。可是，赵婧怎么还没来呢？她应该来，她怎么可以不来？郑先生掏出手机拨通了赵婧的电话。

那边很快接通了。“你在哪里？”郑先生其实是多此一问，他打的是赵婧家里的座机，赵婧说：“郑老师啊，你在哪里啊？有事吗？”

“我在馆里。观测台。”他顿住了，沉默其实就是诘问。赵婧听出了郑先生的语气，笑道：“郑老师，对不起啊。你恐怕还不知道吧？天文馆马上就要拆啦。”

“什么？”郑先生瞪大了眼睛，“拆的不是我们那边的住宅吗？怎么要拆馆？”

“一起拆，造酒店。四星级大酒店。”赵婧看来心情不错，她还要说什么，郑先生的手机已经挂了。

马上就 9 九半了，这难得的一小时即将结束。如果赵婧所言属实，这一小时将是绝唱，最后的告别。郑先生已无心情享用剩余的十几分钟。他抬起头，星空是一如既往的表情。这半球已在这里耸立了 75 年，为什么要拆掉它？它碍着谁了？他决定去了解情况，必要时有所行动。不能拆。他的目光再次投向星空，喃喃道：你们知道吗？你们也许正看着我们，但我们愚蠢的同类却要自挖眼睛了。如果你们天上有知，请阻止他们——转念间他自嘲地笑了。在数光年的范围内至今尚未发现外星生命，更遑论智能生命，即使遥远的生命看见这个穹庐轰然倒塌，那也是几年，甚至几十年几百年之后了。所谓的叫天天不应，就是这个味道了。

郑先生临走前把望远镜转个方向，对准了自己家的位置。即使是这小儿科的玩意，这么用倍数也实在是太大了，而且，成像是倒

的。没法看，甚至找不到目标。这时候还是肉眼管用。西边，校园的围墙外，跟树梢齐平的位置是四楼，他家的灯还亮着。

二、暗物质

他家很近，出校门穿过金银街就是。儿子和孙子都还在。自从老伴去世，他们来得更勤了。这是好意。最近他们就会搬过来一起住，因为孙子马上就要上学了。

这里将要拆迁郑先生早就知道，小区布告栏里的告示一直在那里贴着，其中有一条：户口冻结，只出不进。反正孙子的户口一直落在他这里，因为是原地安置，他原本一点也不反对拆迁。就在刚才这一小时，拆迁协议的样本已经送上门来了。他进了家门刚坐下，儿子就把一张纸往他面前一推，说："你看看老爸，好事真的上门了，早点把字签了吧。"郑先生拿眼绕着协议在桌子和茶几上一转，孙子已经把老花镜送上来了。孙子很可爱，协议也没有问题，学校还提供过渡房。但郑先生皱着眉，不说话。儿子诧异地看着他，想说什么，郑先生摆摆手，在电话机上按起了数字。

还是打给赵婧。她毕竟还在天文系工作。她证实，系里已经传达了，天文馆肯定要拆掉，跟住宅区的地皮连成一片，造一座星级酒店，青山大酒店——你看，连名字都预定了，但郑先生毫不知情。是的他退休了，但那个穹庐跟他有关系！他可是天文系的元老。就不谈科研吧，科研它用处是不大了，但天文专业的教学怎么办？学生们大眼瞪小眼，怎么学天文？赵婧说：郑老师你不会反对吧？其实我们反对也挡不住的。她顿一顿，语气竟然带一点娇痴了："你别反对好不好？"郑先生沉默，她也五十好几了，这腔调

他感到不适应。赵婧说："你们那个小区拆掉，建两栋高层，除了安置老住户，我也有机会。我现在的房子又小又旧，你知道，我分房的分数会蛮靠前的。"郑先生嗯了一声，把听筒搁下了。他曾经在某一天突然察觉自己对赵婧的莫名好感，也有热心人主动请缨要去张罗，但现在，他们的问题显然出现了。这是分歧，立场的分歧。

儿子和孙子在看电视。电话里说什么，儿子听不清，但赵婧的声音他熟悉。这情况很像是老爸刚才去和赵婧约会，但闹了别扭，所以老爸回家后还要电话追过去。这个，他做儿子的不操心。但是，隐隐约约的黄昏恋再加上拆迁，让他坐不住。他丢开儿子的小手，询问地看着郑先生。郑先生不看他，抬眼望着虚空里。赵婧说反对了也没用，真的如此吗？他脑子在转，高度逻辑地运转。半晌，坚决地说道："天文馆，不能拆。"

他的思路是：拆天文馆是为了造酒店，住宅不拆地皮就不够；地皮不够酒店就造不成；酒店造不成，则天文馆则依然屹立。

他现在能完全支配的也就是他自己。他不同意，谁也不能拿枪逼他。他不能支配别人，但他或许可以影响拥有支配权的学生。

他学生里发达的不多，改行的不少。现任章副校长本科是天文，硕士博士读的是地理，分管基建。郑先生曾戏谑说："章副校长你上知天文下知地理，通才。"章副校长顿时红了脸说："郑老师，你永远是我的老师，就叫我章立凡，好不好？"不过后来郑先生碰到他还叫他章校长，他也不再纠正，回一声郑老师好，也就罢了。章立凡的办公室整洁气派。寒暄数句，绿茶一杯，郑先生正要说事，桌上的电话响了，章副校长拿起电话听一下，正色说道："我这里有个很重要的客人，嗯，是我的老师。我知道你急，你半小时后再打吧。”郑先生顿时觉得心头一热，这学生心里显然还有他这个老师，本来心里带的气刹那间全消。半小时，他不应该耽误更多的时间。他说明来意，简明严谨地阐述了自己的观点。章副校长含笑听完，逐一予以解释：教师住宅年久失修，学校有义务改善，此其一；学校的活动很多，各路宾客纷至沓来，接待条件太差，而宾馆是学校的门面，也能增加学校的收入，此其二；第三，天文馆已经很落伍，这个，老师你比我更明白，拆掉了，学校将会在新校区建造一个更好的天文馆，不光支撑教学，科研设备肯定更上一个台阶！章副校长看见郑先生脸色渐和，心中一喜，不想郑先生问："新馆什么时候能建起来？"章副校长一愣："正在造计划。应该也快。"

郑先生正要说话，电话又响了。章副校长对着电话说："快了吧，应该快了。"放下电话对郑先生说，"天文系的赵婧，在催呢，问什么时候能住上新房。"他顿一下，这一顿是想顿出点压力。郑先生"啊"一下，似乎这才想起是哪个赵婧。但他不接茬，接着道："新馆没影子，老馆就要拆，这就是现状，对么？"

章副校长说："现状还有你住的房子只有 71 平方。太小，太小了啊！"

郑先生说："我五十几块工资拿了快二十年，我惯了。我也想要大房子，但我舍不得老馆。没有天文馆，天文系怎么办，天文学专业还要不要？"他有点动感情了。有点求的意思了。他说："和天文馆比，我的房子不重要。"

章副校长娓娓道："我记得你教过我们一个术语，叫星等，就是星星的亮度；还有个术语叫绝对星等，就是假定把各个恒星放在距地球 32．6 光年的地方测得的亮度，这个最客观。老师啊，我觉得天文馆，你的住房，还有酒店，它们距离我们远近不一样，但把它们放到同一个距离看，你的住房和酒店，显然亮度更高。”

郑先生皱眉看着学生苦笑道：“你还记得这个。”他看看阳光灿烂的窗外，太阳，绝对星等4．83。他喃喃道：“拆掉天文馆，我觉得对不起日月星辰，对不起这太阳。”章副校长似乎没听清。郑先生说：“你的意思我明白了。我的大脑觉得你们不是没道理，但是——”他指指自己心口，“我的心还是难以接受。”他把大脑和心分开，这不符合科学，但他的神色是认真的。

章副校长确实很忙，电话又来了。这次是开发商。他放下电话，握着郑先生的手说：“那边在催着动迁哩。学校造酒店缺资金，造新馆也没有钱，开发商拿走两栋住宅，这才能做起来。老师，理解吧。”

郑先生叹了口气。“暗物质，”他嘟哝着，和章副校长摆摆手出了门，走出校长办公楼，他继续嘟哝道：“暗能量。”他恍惚看见了一些东西。如果谁真的发现了暗物质和暗能量，那将是一个诺贝尔物理奖级的发现。他只是察觉到了资金和钱在电子流里运行。暗物质占宇宙质量的23%，暗能量占宇宙能量的73%。寻常看不见。这就是宇宙。

突然想起了赵婧刚才的电话。她和章立凡是同学。他似乎看见了她急切期待新房的表情。原来她和自己不光隔着师和生，隔着近十年的年岁，他们的距离其实应该用光年来测算。他当然还会看见她，但是，无法靠近。

三、地外生命

房子确实小。已经住了快二十年。但这里离学校近，菜场医院，什么都方便。更重要的是，离天文馆也近，遥遥相望。那个穹顶是一个坐标原点，看见它，郑先生就能明确自己的位置，甚至人生的位置，它提醒自己虽然是个退休老头，但也曾经搞过天文学。现如今这已不再是个值得炫耀的身份，但郑先生很在意。作为一个天文学教授，他明白四季农时几乎全由太阳和月亮把控，他也知道潮汐甚至地震的发生与引力有关。他看过一篇外文论文，文中通过数据分析证明，婴儿的出生与月球引力存在明确关系，一天中月球对地球引力最大的时刻，也即满月或满潮时，婴儿的出生相对集中。另一则资料表明，临终的病人有一种特别的现象，其呼吸在满潮时比较平静，退潮时则呼吸急迫，甚至出现呼吸窘迫。生和死是人生的括弧，这两个半月形，都与天象有关。

这些无非是常识，对中大这些具有良好教育背景的同事来说，即便不是同行也很容易理解，他们不需要你来科普。在郑先生对天文馆的态度已经广为人知的情况下，他一开口别人最讨厌他说这个，不骂他神经出了毛病已经算是很儒雅了。郑先生不再和别人沟通，但他难以拒绝别人来和他沟通。学校派了多个层次颇具身份的人登门拜访，结果是空手来的空手而去，提了礼物来的也被要求原物带走。吃了人家嘴软，拿了人家手短，郑先生的手没有失控，那个字他不签。

天文系当然也来人了。来的是赵婧。她是学生，身份合适，但她一进门就发现自己带来的礼物很不合适，她开始没敢从信封里拿出来。郑先生很冷淡，也很客气，称呼她赵馆长。她是现任天文馆馆长，郑先生强调这个，其实已暗示了自己的态度。他站在阳台上，遥望穹庐，任赵婧在他身后硬着头皮劝说。郑先生不答话，突然问："宇宙是无限的吗？"

赵婧一愣，一时回不过神来。半晌，她看着郑老师提问的眼睛说："传统的理论认为宇宙是无限的。但法国天体物理学家让－皮埃尔·卢米涅等人基于 WMAP 的数据提出了宇宙有限的猜想。他们认为，宇宙的直径可能仅仅是600亿光年。他们设想了一个模型，宇宙的样子就像是一只大足球，它由 12 个两两相对而略微弯曲的正五边形组成，但它没有边界。我倒是觉得爱因斯坦说得更明白一些，他认为宇宙有界无边，就是说宇宙的空间是有限的，但你不可能找到它的边界，不过——郑老师，我们这个层次搞天文学的，还触及不了这类问题。"

郑先生默默地听着，神情飘忽，看上去有灵魂出窍的苗头。赵婧心中忐忑，她咬咬牙，把信封里的杂志抽了出来。这上面有一篇论文，她和郑先生联合署名，是关于国内虚拟天文台建设的一篇文章。她想用杂志把郑先生拉回现实。郑先生拿眼一扫摆了摆手，轻声道："比陆地广阔的是大海，比大海广阔的是天空，"他抬眼看着深不可测的夜空，脸上突然现出了奇怪的笑容，"比天空更广阔的是什么？"赵婧接口说："是太空？"郑先生说："不是，是欲望，人的欲望！可人心有时候又那么小，"他看着赵婧，手在身边挥出一个圈道，"就只关心这一亩三分地。"

这话一出来，赵婧知道他的心总归还是落到实地了。她回到自己的目的，说："章立凡前天开了个拆迁动员会，您大概没去，他

有句话很有道理，他说，新起的房子，大家很快就能住上，大家交的房款远低于市场价，简直微不足道，这等于是学校给每家奉送了一大笔福利。”她看郑先生神色有变，连忙说：“我知道新房子您要住不会卖，但新房子确实条件好得太多了啊。”郑先生冷冷道：“楼层太高，不接地气。”赵婧说：“这个好办，学校肯定可以给您楼层低一点的。”“那我嫌上面压得慌。”郑先生扑哧笑了，“你别说了，我已经不讲理了。你来过了，完成了任务，我油盐不进，好不？”

赵婧只能告辞。郑先生岂止是油盐不进，他一会儿神游天空，一会儿又要接地气，简直思维混乱了。赵婧以前和郑先生谈论过地外生命和外星人的问题，她对世界各地的外星人传闻持高度怀疑态度，但此刻，她倒觉得自己像个高度智慧的外星人，她面对的郑先生，活脱是个进化水平极低一窍不通冥顽不灵的地球人。她无可奈何，又气又急，这才想起有个重要的理由她忘记讲了——双学区！开发商神通广大，新房子造起来就是双学区房。事实上她忘了讲，此后老邻居老同事可没少讲：“双学区哩，你那宝贝孙子可不就沾光了？那是一劳永逸啊！”郑先生装聋作哑，似乎听不懂；你再解释，郑先生丢下一句话：“什么双学区，我又没有两个孙子！”拂袖而去了。

老邻居兼老同事气得脸煞白，恨恨地说：“他变性了，不是以前那个老郑了。他这是顽固不化，自绝于人民。”另一个道：“当年马寅初说，我虽年近八十，明知寡不敌众，自当单枪匹马出来应战，直到死才会罢休，决不向任何人投降！他倒还真是个有风骨的哩。”马上有人反对：“什么有风骨，不就是个钉子户吗？他这是蚍蜉撼树以卵击石，自不量力。他以为他是谁啊？我倒要看看这事最后是个什么结局！”

什么结局郑先生不知道，但他有信心。动是不动，不动是动，他的信心来源于他的手，他的手长在自己身上，他不签字，神仙也没办法。时间倏忽而过，拆迁动员大会开过后半个月，前面那栋楼突然闹哄哄地家家搬家，然后仿佛一夜间，轰隆隆就被拆掉了。随后机械却停了，橘红色的挖掘机雄踞于破砖瓦砾中，像个巨大的怪兽。郑先生心里有点慌，但立即又涌起一种悲壮感，他觉得自己很强大，一支笔像个千斤顶，顶住了挖掘机的要害，它只能趴窝。但是它不撤走，似乎随时都会启动，钢铁的巨掌随即就会伸向他这一栋楼。

环境已经很差，瓦砾遍地满目疮痍且不说，邻居们，尤其是他这栋楼的邻居，看着他像看着一个怪物。有流言讥讽他，说一辈子也没搞出什么成果，还真以为自己是个天文学家了！一个同事的遗孀甚至指桑骂槐，老远朝他飘话，说还真以为自己能得诺贝尔奖啊？梦！是诺贝尔先生在招他去哩！这是咒他死，他并不在乎，真正刺痛他的是说他一辈子没搞出什么成果。这是他的痛，痛入骨髓。他们这一代，谁搞出像样的成果了？你？我？他？谁都没有！可你得支持下一代搞出成果。你总得在下一代身上留点希望吧？

人在荆棘中，不动则不痛。他不分辩。他站在阳台上，遥望夕阳下天文馆的穹庐，心中泛起一丝温情。忽然间，前面废墟里挖掘机启动了，轰轰地挪动一下，长臂一转，轰隆隆地又往后退。郑先生的心在抽搐。脚下的阳台微微颤动，他几乎已经绝望，觉得大地沦陷，天文馆将轰然坍塌。天崩地裂。然而，挖掘机摇晃一下，停住了，熄火了。这是试车。他们暂时还没敢动手。这是僵持，是对峙。是军事演习。郑先生跌坐在阳台的藤椅上。

夕阳勾勒下，他看上去很安详，其实远非安若泰山。可笑的是，刚才看见挖掘机骤然熄火，心中还蹦出一句话：撼山易，撼我老郑难！他自己也知道这其实可笑。这样的局面，绝对不可能是了局。让他稍感心安的是，儿子孙子最近来得更勤了。儿子话不多，看父亲这个样子，也不大提房子的事。孙子很可爱，这是他的血脉，他的希望。他紧绷的神经唯有孙子才能轻轻拨弄出一丝悦耳的声响。儿子闷坐着看电视，郑先生拿本杂志，似看非看地听着热闹的电视剧。孙子在沙发上摆弄着他的玩具，突然跑过来，问："爷爷，你离我有多远？"郑先生一愣，伸手摸摸他的脑袋说："一手臂多，大约一米。"孙子晃下脑袋跑远些，说："现在多远？"郑先生迟疑地道："三米吧。"孙子头直摇："不对。爷爷你要说多少光年。"郑先生乐了，他确实跟孙子说过光年，孙子听不懂，却记住了。郑先生欣慰了，他笑呵呵地说："光年太大了，用在我们生活里那是杀鸡用牛刀，高射炮打蚊子，我们一般用'米'就够了。"儿子插话说："柴米油盐，米是基础哎。"他朝郑先生看看，这目光有意味有重量。生活里只要米，不要光年，这岂不正是现实？郑先生怔了一下，现实通过儿子的话抽了他一巴掌。但郑先生是执拗的，他继续对孙子说："光每秒走 30 万公里，光线一年走的距离就是一光年，我跟你讲过的。"孙子似懂非懂，突然一蹦老高，跑到房间里，半晌，先出来的是一束光，然后他摇着手电筒出来了。他认真地走，板着脸往前走，走过郑先生身边，走向阳台，然后回过身说："爷爷，我就这样拿着电筒一直走，不吃饭不睡觉，也不撒尿，走一年，就是一光年吧？"

郑先生略一错愕，哈哈大笑。也只有孙子，一个错误的说法能让他如此开怀。他摘下滑到鼻子下的老花镜，走过去，一把抱住孙子。这种抱是奶奶式的抱，孙子简直不适应。郑先生笑着笑着笑

出了眼泪。他想如果老伴还在的话，她一定也不会支持他，她肯定同意拆迁。房子能值多少钱她未必在意，但仅仅是学区就会让她立场鲜明。孙子在郑先生怀里有些不知所措，挣开去，问："爷爷我错了是不是？"郑先生说："你确实没说对。但是，你很有想象力。再大一点你就懂了。"孙子说："那我长大了就学天文学吧，那就一定能懂。"郑先生心中一动，问："聪聪，你真的想学天文吗？"孙子说："嗯。"

郑先生相信这是传承，是遗传，隔代遗传，是潜移默化润物无声，是书香继世长，但他看看儿子，又有点疑心这是儿子提前教好的。但他不追问。儿子插话说："天文那么好学的啊？爷爷可是留过学的。你得先上好的小学，好的中学，知道吗？"孙子说："嗯。我就在爷爷这里上学。"

郑先生相信，至少这话是他爸爸教他的。但郑先生不反感，他对那些对他侧目而视、怨气冲天的邻居同事也不反感。他们都没有错，错的是要拆掉天文馆的人。他反对，是希望能逼出一个理想的方案。他必须坚持。他对孙子说："聪聪，小学你当然在爷爷这里上，上最好的小学。你好好学习，爷爷还等着你学天文呢。"郑先生并不狭隘，但不管孙子以后学不学天文，天文总得有人学，要有天文馆让他们学。天文馆拆掉了，什么时候能建起来，还建不建，天晓得。

"你不要劝我，你想的我都明白，"郑先生看着儿子，"老实说，房子原地重起一下，就能纳入中学学区房，这我还要打个问号哩。而且，聪聪初中就不能考上更好的学校吗？隔壁的中学顶多也就是个保底。"儿子说："保底就是有人兜着啊！要是没有兜底，又考不好，上个好初中要花多少钱？！"郑先生手一抬，止住了他下面的

话。他说："孙子是我的，我会负责到底。如果需要，我花钱，肯定进好中学。但房子也是我的，我也做主到底。"他手摇摇，意思是不要再说了。

儿子的嘴素来不凶，打小就这样，后来不顺遂的生活又把他的嘴缝小了一圈。他走进阳台，叽咕道："都拆掉一栋了，他们就这么算了？你也不想想。"郑先生佯装没听见。

四、琉璃

他以沉默面对世界。对儿子，对同事邻居均不辩白，不解释。他没有战友。不远处的挖掘机也沉默着，仿佛突然发觉他们拆错了，于是连工人都撤走了。但推土机的存在一种威胁，只要来一个人，插上钥匙一点火，它立刻就会还魂，张牙舞爪地扑过来，脚下的楼板瞬时就会坍塌，整个楼马上就会成为瓦砾，然后天文馆就会轰然坍塌。郑先生夜里常常会被这一幕惊醒。

脆弱的睡眠，脆弱的僵局。郑先生曾想有所行动，再给章副校长打个电话，甚至直接找校长。但是他们一定会说到资金问题，而且整个工程已经启动，开发商早已介入，学校不能违约——他怎么回答？既知难以回答，郑先生这个电话不打也罢。说到钱，说到学校的资金情况，他根本无从置喙。虽说现在宽裕些了，但他穷了大半辈子，并不自命视金钱如粪土。和儿子说到学区房，说到以后可能要交择校费，他口气很大，其实底气不那么足——这可真不是小钱。那天当着儿子和孙子的面，为了表示自己的坚定，他把拆迁协议撕掉了。不光没签字，还撕掉，团成一团，扔到纸篓里。他对孙子说："我们聪聪不需要保底，我们自己考，初中、高中、大学，都上好学校，连中三元！”孙子说：“好！连中四元五元，还有硕士博士哩！”郑先生呵呵直乐，突然又觉得这三元四元五元的，怎么像是在数钱呢？

他盯着阳台下的推土机，数着日子过，期待着变局出现。远处的天文馆在他目光的抚摸下，安然屹立，反射着庄严的光辉。他遥望着，有一丝爱怜，也有一丝忐忑。每天晚上他都到阳台上看上一眼，看上一眼才觉得心安，这是他的安眠药，却又似乎是兴奋剂。他很难入眠。躺下了才觉得累。浑身酸痛。他仿佛是那穹庐的受力构件。他在撑着。第二天早晨起来，他刷着牙，走到阳台，突然手停了，牙刷像木棍子戳住了他的嘴，他的嘴死鱼般张得老大，他瞪大眼睛，以为自己看错了方向。但太阳是不会从西边出来的，他没有错，他的眼睛也没有错，可是，他的视野中，那白色的穹庐不见了！它消失了！

夜里似乎听见过一声轰响的，在半梦半醒间那声音很遥远，他不认为在这个到处拆建的城市里远处的轰响与自己有关。他疏忽了。这该死的神经病似的睡眠！天文馆确实已被拆掉。绝不是外星人动的手脚。是定向爆破。穹庐肯定像蛋壳般塌下去，瓦砾都不会乱飞——哪怕飞一片到郑先生的窗玻璃上，也能给他报个信。

报了信又能怎样？那也是在轰然坍塌之后，跟现在毫无差别。郑先生现在能做的，就是吐掉嘴里的牙膏沫子，操起电话打给赵婧。赵婧正在操场晨练，有伴舞的音乐隐约传来。赵婧说她也不知道，也是刚才听别人说的。这明显是搪塞之词，如果真的才知道，那她作为天文馆主任的办公室以及一切用品，都被爆破了。郑先生冷笑道：“你瞒得我好啊！”把电话按掉了。也许所有人都已提前知晓，只瞒着他一个人；更可怕的是他身边的人，最亲近的人，其

实还有更重要的事瞒着他。事实上他很快就知道了真相。章副校长在电话里诧异地说："郑老师您不是同意搬迁了吗？您不同意他们哪敢动啊？基建处告诉我您签字了，我真是蛮高兴的，想打个电话感谢您支持学校工作，一忙又给耽搁了。该骂，该骂！"郑先生道："没耽搁，现在木已成舟了。你不该骂，该嘉奖。我给你一百分！"他满腹狐疑，电话打到基建处，处长告诉他，是他儿子把协议书送去的。

签字自然是假的，但儿子是真的，亲生的。如果追究，基建处一定说是受了骗。问题是，骗人的是他的儿子，被骗的却十分欢喜，甚至心知肚明。天文馆已经拆掉，一切已无可挽回。郑先生跌坐在沙发上，像挨了一闷棍，他脑袋里碎砖烂瓦乱七八糟，就像那坍塌在地上的穹庐，星星点点的碎玻璃闪烁着刺眼的光芒。

他后悔最近几天没有去天文馆看看，虽说爆破防护网肯定是天黑后才拉起来的，但只要一去，自当发现端倪。但发现了又能怎样呢？他能爬到穹顶上，振臂高呼，誓与穹庐共存亡吗？他做不出。现在剩下来能做的，只能是搬家。除他之外，这栋楼所有的人都喜气洋洋，好像是郑先生签字让他们过节了。学校果然不食言，留给他的是相对较好的过渡房。拿到签好字的拆迁协议，他们先拆天文馆，这确实是个高招。郑先生能计算出狮子座流星雨最近一次出现的精确时间，但他绝对无法预知陨石会砸到谁头上。他被砸懵了。他不得不承认，他面对的都是高手。除了在电话里把支支吾吾的儿子大骂一顿之外，他有气无处撒。儿子自告奋勇把杂七杂八的事全包了，他索性袖手旁观。看儿子赔着小心忙得灰头土脸，他要继续数落都无法开口。小孙子乐颠颠地收拾着自己的玩具，搬家公司的人正雄赳赳地搬运重物，这时候骂儿子他也丢不起那个脸。搬家当

天完成，晚上就住到了新居，看孙子欢天喜地地和别的孩子玩成一片，他只能落寞地叹了口气。

这是一种奇特的居住方式，老体育馆里加了天花板，被隔成许多个独立单元，浴室厨房一应俱全。不但孩子们喜欢，老住户们也很快活，他们不一定是真的喜欢比邻而居，而是已进入倒计时的新房子让他们不再计较。他们的交流更多，扯闲话也更方便了。郑先生赌气似地不去关心新房子的进度，但邻居们几乎每天都会在跑道上发布相关消息，新房子正在一天天长高。

说他对新房子完全漠不关心那是假的。如果不出意外，那将是他毕生最后一套房子，最后的栖身之所。他只是不愿表露出心有所系的样子。他从来不去工地看，接孙子放学他也绕过那一段。理由是现成的：那里乱哄哄的，不安全。因为这，他和孙子要绕老长一段路。儿子心里清楚他心里的结，也不去点破。邻居们终究是有知识的，或许还感念他终于高抬贵手，也不再对他冷言冷语，没有人在他面前主动提到房子。此前的纠葛恍若前尘旧梦。

他自己也想开了。既然不能阻止它拔地而起，索性随遇而安好了。他一辈子就挣了这一套房子，那就等着，住进去。他没有必要把新房子当成自己失败的象征。他只是按照自己的想法做过一件事，没有做成而已。他这一辈子的失败难道还少了？科研上未有重大建树，老伴的病发现得太迟，儿子没有大出息，如此等等，他只能接受结果。就像儿子偷偷代他签字，最后他只能默认一样，不接受又能怎么？他告诫自己，不要把新楼当成肉中钉、眼中刺，否则没法活，可那天文馆却像他失去了的一个器官，他冷不丁就会有感觉。他睁着眼睛，看或者不看，天文馆都已经消失，但只要闭上双眼，那白色的穹庐就幽然浮现，巍然屹立。

这样的状态很不好。他简直不知道该如何处置自己的眼睛。挣开，或者闭上，这是个问题。他必须迈过这个坎。那天下午接孙子，去的时候他犹豫一下，还是绕开了那一段；接到孙子，祖孙俩说得高兴，不知不觉就走上了通往工地方向的路。他突然站住，有些迟疑。孙子使劲拉着他的手往前走，郑先生要是再回头连自己都觉得是个怪物了。来看一下又怎么啦？印证一下，目睹一下，也确认一下，这或许正是他必须补上的一课。

这是一个仪式，是凭吊。这样的仪式大概只对郑先生一个人有意义。没有人在意，也上不了校史，连他匹马单枪的阻止也上不了校史。工地很规范，就是说虽然在大干快上，却井然有序。塔吊在旋转，混凝土搅拌机嗡嗡运行，楼群已建到四五层了。回头望去，小青山上静悄悄的。穹庐当然已经消失，想要看清遗址，他必须沿着台阶爬上去。但一根绳子把台阶拦住了。

也真是不需要上山的。拆掉穹庐的山顶一定平坦而开阔，四周山坡上依然郁郁葱葱。从天空俯瞰，一定像一个沧桑的头顶。就是这样了。

小青山上将要耸立起一座酒店，它将每天占据他的视野。住宅楼很快就会建好，毫无疑问，他将在此终老，可他一时间没觉着和自己有什么关系。孙子在边上问："爷爷，我们家住几楼啊？"郑先生一愣，说还不知道哩。孙子说："最高多少层啊？"郑先生说可能是十八层。孙子说："我要住十八，我要住最高！"郑先生随口问一句："为什么啊？"孙子说："看星星看得清楚啊！住得高不是离得近吗？"

郑先生的脸上漾起了笑容。孙子对天空星辰感兴趣，这总是有出息的苗头，无论他今后做什么。郑先生慈爱地看着孙子，正

斟酌着怎么再给他引导一下，孙子却说："爷爷，你知道天蝎座吗？还有双鱼座，你知道在哪儿吗？"郑先生弯下腰，奇怪地看着孙子。孙子说："我就是天蝎座的，娇娇说她是双鱼座，她和我最配！"郑先生怔住了，他没想到孙子说的是这种星座。孙子郑重地说："娇娇还要我小心婷婷，因为她是牧羊座的！"郑先生愕然，他终于明白了孙子说的是什么。此星座非彼星座。现在满世界都是追星族，连小孙子都对电视里的明星如数家珍，但他们与自己这样用望远镜追星的人，终究是南辕北辙。郑先生直起身，轻轻叹了口气。

他感到失落，也有怨气，却无法对任何一个明确的人去抱怨。历史车轮滚滚向前，而他是个小人物。他熟知很多星星的星等，无论用目视星等还是绝对星等来衡量，他都是一颗最黯淡最微不足道的星。天上一颗星，地上一个丁，丁就是人，他这个丁人微言轻，岂是挖掘机推土机的对手？他原本把阻止拆迁当成一件大事来做，现在可以彻底放下了。不过，失之东隅收之桑榆，双学区的新房总算是一个补偿。孙子能好好读书，总归会比他爸爸强。他看看隆隆旋转的吊塔，心里说，搞不过你们，那你们就忙去好了，我坐享其成。他拍拍孙子的后脑勺说："我们走吧。"

刚走几步，郑先生停住脚，在路边蹲下了。他捡起一块闪光的瓦片，用手指搓去上面的浮土。孙子问："你捡到什么了，爷爷，这是什么？"郑先生解释说："这是琉璃。不是玻璃啊。回去给你看。"孙子突然一蹦老远，指着草丛说："蛇！爷爷，你看，蛇！"郑先生大惊失色，挡到孙子前说："哪里？哪里？"他看见了，不是蛇，是蛇蜕。艳丽的蛇蜕。离他捡琉璃瓦片的地方很近，刚才他完全没有注意。他拉住孙子的手，告诉他这是蛇脱的壳，附近可能会有蛇，赶紧走。他边走，一边继续搓着瓦片，他相信这肯定是穹庐的碎片。

五、流星雨

琉璃瓦一直放在书桌上。孙子只玩了一会儿就打成了两片，没兴趣了。新楼日新月异，高度已超越周围的楼房，站在体育场也看得见了。那是遥遥在望的话题，那么显眼，那么切身，躲都躲不开的。儿子有天回来说，有人来跟他谈新房子的事了，就是正在造的房子，人家愿意出钱买，七百万。郑先生以为自己听错了，他不懂。儿子强调说："七百万，不是日元韩元越南盾，是人民币七百万！"虽说章副校长曾展望过新房子的美好前景，但七百万这个数字实在令人难以置信。郑先生被这个数字砸晕了，他像是挨了一棍，灌顶而下，双脚被夯进了土里，半晌迈不开步子。他曾被人讥讽为绝缘体，但七百万这个电压太高了，刹那间击穿了他。看着儿子那副立了大功等待表扬的样子，他觉得魂魄都从脚下走掉了。儿子得意扬扬地安排说，七百万，我们可以买个稍远一点的房子，至少还能到手一半钱。反正聪聪小学已经上到了，再好的初中二十万也绝对能够搞掂。他并没有见钱眼开放弃他儿子的学业，郑先生连反对都无处下嘴。

核实完全是多此一举。邻居们都在疯传这事。因为选的房号不一，有的人被出了五百万，六百万，倒没听说有超过七百万的。有一次他在路上遇到赵婧，听见她正接着电话，说反正我不急，等房子建好我们再谈吧。郑先生远远地听着，没有过去打听。听说有人已经草签了协议，他也不去验看。他如果凑上去，那相当于自抽耳

光了。已经有人说他因为拒绝签字，反倒得了好处，房号好得超出了他的资历，他至少多拿了一百万——“人家签字拿钱，他不肯签字倒多得，这道行，深啊！”郑先生万没想到他拒绝拆迁的行为被标了价，而且其溢价约等于他一辈子的工资总额。多得一百万。他啼笑皆非。但这是事实，无可置辩。儿子问他对新房子是什么主张，他没好气地说：“随你们搞！随你！”对儿子他还可以摆摆脸，对周围邻居，他简直不知该怎么面对。平静了几个月，他再一次被侧目而视，无奈地成了议论的话题。他曾坚定地站在那里，挖掘机先把他推开，现在满载巨款的推土机又轰隆隆从他身上碾过了。躲都躲不过的。任谁都难以对几百万巨款无动于衷。等新房建好，他还真的不见得就住能进去。届时，他或将远离他工作生活了大半辈子的校园，这些邻居也将星散。

深秋了。落叶萧萧。

郑先生丢下手里的琉璃瓦片，起身走出家门，出了体育馆。这是晚上八点多，秋风飒飒，体育场上十分热闹。自从体育馆变成过渡房，这里就形成了一个广场舞群落。乐声响亮，动作整齐，他们情绪饱满热烈。郑先生远远地撇开去，沿着跑道散步。他不时抬头看看天际。狮子座流星雨今夜将在东北方向的夜空出现一个峰值，今天好天气，是难得的观测时机，不过他现在只能在操场上逛逛了。

流星尚未出现，他先遇到了赵婧。她穿着运动装，显然也是来跳舞的。她不忙入列，陪老师走了一圈。她告诉郑先生，她也快退休了。郑先生心里一咯噔，想想还真是，也就只剩五年了。她也已青丝染霜，来跳舞是提前找到了队伍。他摆摆手，催她过去。他眼看着她汇入人群，看不见了。他远远望着跳舞的人群，突然想起了

房子。她们都背负着对房子的期待，是背着房子在跳舞。蜗牛。郑先生忍不住笑了。他继续沿着跑道走。耳边飘来了他们的口号：我调和阴阳天，打通小周天！我面向北斗星，紧握大周天……

他站住脚，下意识地抬起头。突然，一道弧线划过夜空。流星！那么绚烂，那么短暂。流星划过他的视野，划过他的脑际，如此清晰。他的老花眼简直相当于望远镜哩。他呆呆地站在那里，等待着第二颗流星的出现。

他等不到的。现在离每小时十五颗的峰值出现时间还早，看到一颗已算难得。他只是站着，遥望东北的夜空。

他又愣神：我没有保住天文馆，却有了七百万，这是怎么回事？什么意思？

据说地球生命来自于彗星。倘若如此，彗星当然也会在其他星球播撒生命，外星人真有可能存在。那些智慧远超人类的外星人，也许能轻易破解这七百万是怎么回事——但是，他们不说话。

郑先生在操场盘桓良久。跳舞的人说散也就散了，稍一走神他们已烟消云散。郑先生站在广阔的操场中央，留恋地驻足，举头再看一眼星空。扫视。凝眸。熹微的星光洒落在他脸上。满天繁星。那是宇宙的复眼，在看他。

小说闲谈（代后记）

“莫须有”的艺术空间

“莫须有”的出典尽人皆知，是说岳飞的罪名“也许有”，说你有你就有，没有也有。皇上需要给岳飞定个罪名，他权力大，几乎为所欲为，于是岳飞就有了。作家在自己的专业领域，拥有构思和驱使的权力，差不多也是国王。就小说而言，作家需要艺术空间，因为人物要活动，心理要铺陈，作家的身手也要在这个空间里闪展腾挪。我们都见过街头卖艺的兄弟，他双手作拱，大声吆喝：“没钱的捧个人场，有钱的捧个钱场”，咣咣咣咣一通锣鼓，其实一是请观众来，二是让观众退，因为他需要个打把势的空地。连天桥的卖艺人都明白这个理儿。

纳博科夫有许多伟大的作品，我不说《洛丽塔》和《微暗的

火》。他是真正的大师，一部不那么红火的小说《黑暗中的笑声》也足可以证明。小说讲述了三十年代的柏林，一个心怀明星梦想的电影院女引座员（玛戈），诱惑了一个有着高雅品位的中产阶级已婚男子（欧比纳斯），然后勾结她的旧情人一步步欺骗、控制男子。男子后来失明，被愚弄后报复，却因为眼瞎，最终死于自己枪下。

这故事够俗吧？简直俗不可耐，一毛钱买八个。但作家可以点石成金。类似的故事反复发生在古今中外，它俗，但是它有典型性。纳博科夫没有放过这个俗故事，他戏仿描摹了金钱和野心驱动的生活。没有技能和底气，他不会去写，也写不好，弄不好要落到地摊文学里去。最令人惊叹的是小说开始后不久，第三章，《平静中的不安》，描写了玛戈来欧比纳斯家幽会。这个精明而又野心勃勃的姑娘通过一系列欲迎还羞的撩拨，得到了欧比纳斯的邀请。她说“也许我会吻你”，却故意晚到了二十分钟。这二十分钟很重要，因为欧比纳斯费尽心思才把妻子女儿和女佣打发出门，时间有限却又被缩短，被绷紧了，张力于是形成。等待中的焦灼可想而知。玛戈终于来了，她穿着红色短袖衫，青春逼人。她为什么穿红衣？黑色不诱惑吗？白色薄纱不更撩人么？可是作家指令她穿上了红色。这很重要，很关键。这件红衣，是作家的权力。

先是参观豪宅。玛戈说：“你住得挺阔气”“瞧这地毯！”“这是你女儿的房间吗？”此后是各种诱惑，一个想睡，另一个似乎不肯，但她却主动跑到了卧室，还啪地弹了一下吊带袜。对一个中年男人来说，这很要命。欧比纳斯顶不住了，眼看就要入港，可玛戈还要继续撩，身为一个底层的姑娘，她大概深知轻易送出的拿不到好回报。她蹦起来咯咯笑着跑向过道，使劲带上了门，而且从外面把门锁上了。欧比纳嘶喊她开门，骂她小妖精，可他只听见一串远

去的脚步声。

欧比纳斯被锁在卧室里了。这个欲火焚身的男人除了拍门，无计可施。房子很大，房间众多，玛戈只是跑出了卧室，未见得跑出了家门。正焦急间，大门的门锁响了，有人进门，是保罗，欧比纳斯的小舅子进来了。他听到了姐夫在拍卧室的门，他诧异地把门打开，偷情的姐夫和小舅子四目相对——尴尬的一幕被作家弄出来了。

更妙的还在后面。是的，红上衣。穿红衣的玛戈去向不明。慌乱中欧比纳斯说，他刚才发觉家里来了贼，他追到卧室，却一不小心被贼锁在里面了。他当然是在撒谎，但这几乎是唯一合理的解释。他阻止保罗报警，却不得不随着保罗巡查各个房间。没有异样，但查到书房时欧比纳斯大惊，他看见沙发后面的地上有一抹红色！红衣的颜色。红衣的一部分。玛戈的藏身处。玛戈出不去了！

欧比纳斯强压惊恐，故作镇定。不久他妻子女儿回来了。日常描写，家庭生活。欧比纳斯心猿意马，如卧针毡。谁知道“小妖精”玛戈会做出什么？她会重新回到卧室，对着床上夫妻来一段调笑吗？谁能预料情节将如何发展？怎么收场？

这一段笔墨惊心动魄，跌宕起伏。玛戈没有被抓住，但读者被抓住了；玛戈藏起来了，但欧比纳斯内心的天人交战被极充分地暴露呈现了。纳博科夫卓越的才华也得到了充分的施展，他创设了施展的空间。我之所以这样说，是因为这一章还没有完，整部小说才刚刚开始。欧比纳斯从床上起来，对妻子说他还要去书房看会儿书。他怀着“噩梦般的惊恐”走到书房——小说没有说他拿了大门钥匙，但我相信此时他的目的就是立即把玛戈放出去——他进入书房，淡淡的灯光下，他看清了，那一抹红色原来是他几天前刚买回来的沙发靠垫。红色的。

“一抹”原来是一块，有形状，正方形。红色。作家创造了一个惊悚，要够了，才微笑着把它戳破。他用一个道具，创设了一个巨大的艺术空间。这个空间“莫须有”，没有能力你就没有，但大师可以“无中生有”。这个章节，足以令《黑暗中的笑声》成为杰作。如果说巨量的素材是一块趴在地上的大毡子，这个柔软的红靠垫就如一根擎天柱，它撑起来了，巨大的蒙古包出现了。

小说的奥秘迷人而丰饶，它们常常深藏不露。

小说的腰眼

我们听作文课时，都听说过一句话：文章要虎头，豹尾。开头要虎虎有生气，重要；结尾要有力道，切忌虎头蛇尾，也很要紧。学生知道了，开头结尾都重要，那么中间呢？老师说：虎头豹尾猪肚子，别忘了，文章要容量大，肚子要像猪。于是学生笑起来了。开头结尾中间都重要，老师说的是个啥啊，直接说“文章天下事”，块块都重要，不就完了吗？

小说其实是个活物。虎就是虎，豹子就豹子，猪就猪了。总之是个活物。不是拼接在一起的“四不像”，不是拼盘肉菜。倒更像是个人，会呼吸有爱憎的人。别忘了，人要紧的地方其实是腰眼。

这腰眼是支撑。是活物之所以为活物的轴心。前仰后合，左右转动，弯腰抬头，靠的都是它。腰不好，你头都抬不起来的。

多年以前，我曾编过一本书，《中国历代寓言 150 篇》。为此，我找到尽可能多的寓言，细读，津津有味。其中有一篇“常山之蛇”，出自《孙子 · 九地》：“故善用兵者，譬如率然。率然者，常

山之蛇也。击其首则尾至，击其尾则首至，击其中则首尾俱至。”这条叫率然的蛇，被用来说明兵阵。但一打它中间，则首尾俱至，实在很吓人的。吓人，说明这是要害，是关键。小说的腰眼也很关键。这个腰眼，很可能就是小说中间的变化和转折。

腰眼不见得就要亮出八块腹肌，也可能被衣服挡着，甚至棉衣挡着。但腰眼就是腰眼。

我总认为，看了开头就知道结尾的小说是无趣的，哪怕你最后尾巴摆一摆。腰不好，那也就是死尾巴，是死尾巴在动。腰眼决定了小说的力量。就我而言，找不到腰眼我不会动笔。

写出好小说并不容易，但这正是小说家的使命和理想。好小说的诞生需要天赋、努力，甚至还需要机缘，但即使写不出杰作，皓首穷经的阅读和殚精竭虑的写作本身也是愉悦迷人的。这个集子里的小说，创作时间跨度很长，我的挑拣明示了我自己的偏爱。